NI VU NI CONNU

Jeffrey Archer

NI VU NI CONNU

Traduit de l'anglais (Royaume-Uni)
par Séverine Quelet

LES ESCALES

Titre original : *Hidden in Plain Sight*

Édition française publiée par :

92, avenue de France
75013 Paris – France
Courriel : contact@lesescales.fr

ISBN : 978-2-36569-576-3
Dépôt légal : juin 2021
Imprimé en France

Couverture : Hokus Pokus créations
Mise en pages : Nord Compo

À John et Margaret Ashley

1

14 avril 1986

Assis autour de la table, tous les quatre contemplaient le panier gourmand.

— À qui est-il adressé ? s'enquit le commissaire divisionnaire.

William lut l'étiquette rédigée à la main.

— « Joyeux anniversaire, commissaire divisionnaire Hawksby. »

— Ouvrez-le donc, Warwick, dit Hawk le Faucon, en se radossant à son siège.

William se leva, écarta les deux brides en cuir et souleva le couvercle de l'énorme panier en osier rempli de ce que son père aurait qualifié de « friandises ».

— Quelqu'un semble bien nous apprécier, déclara le commandant Lamont tandis qu'il s'emparait de la bouteille de scotch sur le haut du panier.

Il découvrit avec joie qu'il s'agissait d'un Black Label.

— Et bien connaître nos petites faiblesses, également, ajouta le commissaire divisionnaire en prenant la boîte de cigares Montecristo qu'il posa devant lui. À votre tour, agent Roycroft, ajouta-t-il en faisant rouler l'un des cigares cubains entre ses doigts.

Jackie prit le temps de retirer la paille d'emballage avant de découvrir un bocal de foie gras, un produit de luxe que ne lui permettait pas son salaire.

— Et enfin, agent Warwick, l'invita le commissaire divisionnaire.

William fouilla dans le panier et y trouva une bouteille d'huile d'olive d'Ombrie qui enchanterait Beth. Il allait se rasseoir quand il remarqua une petite enveloppe. Elle était adressée au « commissaire divisionnaire Hawksby, médaillé de la police de la Reine », et marquée « personnel ». Il la tendit à son supérieur.

Hawksby déchira l'enveloppe et en extirpa une carte manuscrite. L'expression sur son visage ne laissa rien transparaître, pourtant la note qui n'était pas signée était sans équivoque. « Vous aurez plus de chance la prochaine fois. »

À mesure que la carte passait de main en main, les sourires cédèrent la place aux froncements de sourcils. Les présents tout juste déballés retournèrent aussitôt dans le panier.

— Vous savez le pire ? commenta le commissaire divisionnaire. C'est effectivement mon anniversaire.

— Et ce n'est pas tout, ajouta William qui rapporta alors à l'équipe sa conversation avec Miles Faulkner au Fitzmolean après la présentation de tableau de Rubens, *La Descente de croix*.

— Mais si le Rubens est une copie, intervint Lamont, pourquoi ne pas arrêter Faulkner et le refaire comparaître devant l'Old Bailey où le juge retirera le mot « sursis » de sa condamnation et l'enfermera pour les quatre années à venir ?

— Rien ne me ferait plus plaisir, affirma Hawksby. Mais si le tableau s'avère être l'original, Faulkner nous aura ridiculisés encore une fois et publiquement qui plus est.

Il posa ensuite à William une question qui le surprit.

— Avez-vous prévenu votre fiancée que le Rubens pouvait être un faux ?

— Non, monsieur. J'ai préféré ne rien dire à Beth avant que vous ne décidiez de l'action à entreprendre.

— Bien. Continuez ainsi. Cela nous laissera le temps de réfléchir à la prochaine carte à abattre : il va falloir penser comme Faulkner pour le faire tomber, ce fichu lascar. Allez, ôtez-moi ce truc de la vue, ordonna-t-il avec un geste agacé en direction du panier. Et veillez à ce qu'il soit enregistré dans les primes et cadeaux offerts à la police. Mais avant, faites relever les empreintes ; il y en aura peut-être d'autres en plus des nôtres et sans doute celles d'un pauvre vendeur de Harrods.

William saisit le panier en osier et l'emporta dans la pièce contiguë où il demanda à Angela, la secrétaire du commissaire divisionnaire, de le faire parvenir au service D705 pour une recherche d'empreintes. Angela ne put cacher sa déception.

— J'espérais récupérer la sauce aux canneberges, admit-elle.

À son retour dans le bureau du chef peu après, William retrouva avec étonnement le reste de l'équipe qui tapait sur la table du plat de la main.

— Asseyez-vous, *brigadier* Warwick, lança le commissaire divisionnaire.

— L'Enfant de Chœur en reste sans voix, pour une fois, plaisanta Lamont.

— Ça ne va pas durer, promit Jackie.

Tous éclatèrent de rire.

— Vous voulez la bonne ou la mauvaise nouvelle ? s'enquit le commissaire divisionnaire quand tous se furent rassis.

— La bonne, déclara le commandant Lamont. Parce que vous n'allez pas aimer mon dernier rapport sur les trafiquants de diamants.

— J'imagine qu'ils vous ont vu arriver et se sont tous échappés, avança Hawksby.

— Pire, j'en ai peur. Ils ne sont même pas venus, pas plus que la cargaison de diamants. J'ai passé la soirée entière en compagnie d'une vingtaine de mes hommes armés jusqu'aux dents à contempler la mer. Je vous en prie, monsieur, donnez-moi une bonne nouvelle.

— Comme vous le savez, l'agent Warwick a réussi son examen pour passer brigadier, et ce, bien qu'il ait frappé l'un des manifestants antinucléaires dans les...

— Je n'ai rien fait de tel ! protesta William. Je l'ai juste invité poliment à se calmer.

— Version que l'examinateur a acceptée sans poser de questions ; telle est la réputation de l'Enfant de Chœur.

— Quelle est la mauvaise nouvelle, alors ? demanda William.

— Dans le cadre de votre promotion, vous êtes affecté à la brigade des stupéfiants.

— Mieux vaut lui que moi, commenta Lamont avec un soupir.

— Néanmoins, poursuivit le commissaire divisionnaire, le directeur de la Met, dans sa grande sagesse, considère qu'il ne faut pas changer une équipe qui gagne. Aussi vous allez tous les deux le rejoindre pour former une unité d'élite antidrogue dès le premier du mois prochain.

— Je démissionne ! annonça Lamont qui sauta sur ses pieds pour feindre l'indignation.

— Cela m'étonnerait, Bruce. Vous êtes à dix-huit mois de la retraite, et en tant que chef de cette nouvelle division, vous êtes promu commissaire.

Cette annonce déclencha un autre élan d'enthousiasme et davantage de tapements sur la table.

— Cette unité devra œuvrer séparément des autres brigades des stupéfiants existantes. Elle n'aura qu'un seul objectif, que je vais vous détailler dans un instant. Mais avant, je tenais à vous informer que l'équipe va accueillir un nouvel agent dans ses rangs, qui pourrait être à même d'éclipser notre cher Enfant de Chœur.

— Je demande à voir, railla Jackie.

— Eh bien, vous n'aurez pas longtemps à attendre. Il va nous rejoindre dans quelques minutes. Son CV est remarquable, il a étudié le droit à Cambridge où il a intégré l'équipe d'aviron et participé à la Boat Race.

— Il a gagné ? s'enquit William.

— Deux années de suite, répondit Hawksby.

— Il devrait plutôt rejoindre la police fluviale dans ce cas, répliqua William. Si mes souvenirs sont exacts, la Boat Race se déroule entre Putney et Mortlake, il ne serait pas dépaysé.

Son commentaire provoqua l'hilarité générale.

— Vous le trouverez tout aussi impressionnant sur la terre ferme, selon moi, rétorqua le commissaire divisionnaire quand les applaudissements s'estompèrent. Il a déjà servi trois ans au sein de la brigade criminelle régionale de Crawley. Cependant, je souhaiterais vous faire part d'une chose avant...

Un coup sec frappé à la porte interrompit Hawksby et l'empêcha de terminer sa phrase.

— Entrez !

La porte s'ouvrit sur un beau et grand jeune homme, qui semblait tout droit sorti du tournage d'un feuilleton policier plutôt que fraîchement débarqué d'une brigade criminelle régionale.

— Bonjour, monsieur. Je suis l'agent Paul Adaja. On m'a informé que j'étais sous vos ordres.

— Asseyez-vous, Adaja, déclara Hawk le Faucon, que je vous présente le reste de l'équipe.

William observa Lamont avec attention tandis que celui-ci, la mine grave, serrait la main qu'Adaja lui tendait. La police métropolitaine avait pour nouvelle politique de recruter davantage d'officiers issus des minorités ethniques, mais jusqu'à présent, ils y parvenaient aussi bien qu'à arrêter les trafiquants de diamants. William s'interrogeait sur les raisons qui avaient poussé quelqu'un comme Paul à vouloir rejoindre les forces de l'ordre. Il comptait en tout cas le faire s'intégrer à l'équipe au plus vite.

— Nous tenons ces réunions d'équipe tous les lundis matin, agent Adaja, annonça le commissaire divisionnaire. Afin que tous soient au courant des progrès des principales enquêtes.

— Ou du manque de progrès, ajouta Lamont.

— Poursuivons, dit Hawksby en ignorant la remarque. Y a-t-il d'autres nouvelles concernant Faulkner ?

— Christina, son épouse, a de nouveau pris contact, les informa William. Elle a demandé à me rencontrer.

— Tiens donc ? Une idée de la raison ?

— Non, monsieur. J'ignore ce qu'elle veut. Mais elle ne cache pas son envie tout aussi forte que la nôtre de voir son mari derrière les barreaux. Je suppose donc qu'elle ne propose pas de prendre le thé au Ritz dans le seul but de goûter leurs scones à la crème fraîche.

— Mme Faulkner aura connaissance des autres activités criminelles dans lesquelles son mari pourrait être impliqué, ce qui nous serait fort utile, affirma Lamont. Mais je n'ai aucune confiance en cette femme.

— Moi non plus, approuva Hawksby. Pourtant, à choisir entre Faulkner et son épouse, je dirais qu'elle est un moindre mal. Mais seulement d'un cheveu.

— Je peux toujours refuser son invitation.

— Hors de question ! asséna Lamont. Il ne se présentera peut-être pas de meilleure chance de mettre Faulkner à l'ombre. N'oublions pas qu'aussi mineure soit l'infraction, en raison du sursis accordé par le juge, elle lui vaudrait d'être enfermé au moins quatre ans.

— Exact, confirma Hawksby. Toutefois, brigadier Warwick, soyez certain que Faulkner nous surveillera avec la même vigilance que nous mettons à garder un œil sur lui ; il a très certainement engagé un détective privé pour filer son épouse vingt-quatre heures sur vingt-quatre jusqu'à ce que le divorce soit prononcé. Par conséquent, si un thé au Ritz est acceptable, un dîner ne l'est pas. Suis-je clair ?

— Tout à fait, monsieur. Et je ne doute pas que Beth partagera votre avis.

— Souvenez-vous que les lapsus de Mme Faulkner sont savamment préparés. Et qu'elle sait également que tout ce qu'elle vous confie nous est répété mot pour mot à la seconde où vous regagnez Scotland Yard.

— Sans doute même avant que son chauffeur l'ait redéposée à son appartement d'Eaton Square, ajouta Lamont.

— Bien, revenons à ce qui nous occupe. Vous aurez plusieurs affaires à présenter à la nouvelle brigade des biens culturels avant de prendre votre nouvelle affectation.

— Monsieur, avant l'arrivée de l'agent Adaja, vous alliez nous expliquer en quoi cette unité d'élite différait des autres brigades des stupéfiants.

— Je ne peux pas vous dire grand-chose pour le moment. Mais vous n'aurez qu'un seul objectif, et ce ne sera pas d'attraper des dealers à la petite semaine qui vendent du cannabis au coin de la rue.

Soudain, tous furent sur le qui-vive.

— Le directeur de la Met souhaite que nous identifiions un individu dont nous ignorons le nom et dont nous ne sommes pas sûrs des déplacements. Tout ce que nous savons, c'est qu'il vit et travaille quelque part au sud de la Tamise, dans le Grand Londres. En revanche, nous connaissons sa profession officielle.

Hawk le Faucon ouvrit un dossier marqué « Top secret ».

2

— Alors, as-tu réussi ton examen de brigadier ? demanda son père. Ou bien vas-tu rester un simple agent toute ta vie ?

L'expression de William ne trahit rien, comme s'il affrontait l'éminent avocat de la Couronne à la barre des témoins.

— Un jour, votre fils sera directeur de la police métropolitaine, intervint Beth en décochant à son futur beau-père un sourire chaleureux.

— J'attends toujours de connaître le résultat, soupira William avec un clin d'œil à sa fiancée.

— Je suis convaincue que tu auras réussi avec brio, mon chéri, affirma sa mère. Si ton père devait passer le même examen, je ne serais pas aussi sûre de moi.

— Voilà une chose sur laquelle nous sommes tous d'accord, intervint sa sœur.

— Un jugement qui ne se fonde sur aucune preuve ni aucun élément concret, répliqua Sir Julian qui se leva et se mit à faire les cent pas dans la pièce. Dis-moi, sous quelle forme se présente cet examen ? demanda-t-il tout en attrapant les revers de sa veste comme s'il s'adressait à un jury hésitant.

— Il se compose de trois parties, répondit William. Une épreuve physique, qui comprend notamment une course de huit kilomètres à terminer en moins de quarante minutes.

— J'ai peu d'espoir d'y parvenir, reconnut Sir Julian sans cesser ses va-et-vient.

— Un exercice d'autodéfense, que j'ai tout juste pu accomplir.

— Aucune chance dans cette épreuve non plus, se lamenta Sir Julian. À moins qu'elle ne soit verbale plutôt que physique.

— Et enfin, il faut nager trois longueurs de bassin, en uniforme et matraque à la main, sans couler bien sûr.

— Je suis épuisée rien que d'y penser, commenta Grace.

— Ton père échoue aux trois tests physiques, dit sa mère. Il passerait certainement le reste de sa vie à faire la circulation.

— Les forces de l'ordre ne portent-elles donc aucun intérêt aux facultés mentales ? interrogea Sir William en s'arrêtant face à eux. Seul compte le nombre de pompes que l'on peut réaliser ?

William se garda bien d'avouer qu'il n'y avait en réalité aucune épreuve physique et qu'il taquinait son père. Il n'avait pas l'intention de le laisser s'en tirer aussi facilement.

— Après quoi, il y a les examens pratiques, père. Il serait fascinant de découvrir si tu t'en sors mieux.

— Je suis prêt, affirma Sir Julian en reprenant ses déambulations.

— Sur trois scènes de crime différentes, les examinateurs jugent de notre réaction en diverses circonstances. Je m'en suis tiré avec les honneurs sur la première : j'ai fait subir un alcootest à un conducteur impliqué dans un accident de la route sans gravité. Le test a viré à l'orange, pas au rouge, ce qui indique que l'homme avait récemment consommé de l'alcool mais pas avec excès.

— L'as-tu arrêté ? s'enquit Grace.

— Non, je l'ai laissé repartir avec un avertissement.

— Pourquoi ? s'étonna Sir Julian.

— Parce qu'il n'avait pas dépassé la limite autorisée et aussi parce que d'après le fichier informatique national de la police, c'était un chauffeur privé sans aucune infraction précédente à son actif. Si je l'avais arrêté, il aurait pu perdre son emploi.

— Tu es trop sentimental, commenta Sir William. Ensuite ?

— Je suis intervenu sur un cambriolage dans une bijouterie. Un des employés ne cessait de hurler et le directeur était en état de choc. Je les ai tranquillisés tous les deux avant d'appeler les renforts par radio, puis j'ai préservé la scène de crime en attendant l'arrivée des enquêteurs.

— Il me semble que tu t'en sors extrêmement bien jusque-là, fit remarquer sa mère.

— C'est aussi ce que je pensais, puis j'ai pris le commandement d'une équipe de jeunes agents qui encadraient une manifestation en faveur du désarmement nucléaire, et les choses se sont gâtées.

— Que s'est-il passé ? demanda sa sœur.

— Il semblerait que je n'ai pas réagi avec suffisamment de calme lorsqu'un manifestant a traité l'un de mes hommes de sale fasciste.

— Je n'ose imaginer de quel nom d'oiseau on m'aurait qualifié, intervint Sir Julian.

— Ni comment tu aurais répondu, ajouta Marjorie.

Tous s'esclaffèrent, à l'exception de Beth qui voulut savoir comment avait réagi William.

— Je l'ai frappé à l'entrejambe.

— Tu as fait quoi ? s'exclama sa mère.

— En réalité, j'ai seulement sorti ma matraque, mais il a prétendu le contraire lorsque nous l'avons conduit au commissariat. Que je ne mentionne pas ce qu'il s'était passé dans mon rapport n'a pas joué en ma faveur.

— Je ne peux pas prétendre que j'aurais mieux agi, déclara Sir Julian en se laissant tomber sur sa chaise.

— Père, soyons honnêtes, dit William en lui tendant une tasse de café. Tu aurais emprisonné le conducteur ivre, enjoint le bijoutier et son employé de cesser de pleurnicher et sans aucun doute frappé une seconde fois le manifestant dans les parties. Pardon pour ma franchise, Mère.

— Tu as dit qu'il y avait trois volets à cet examen, enchaîna Sir Julian pour changer de sujet.

— Le troisième est un test écrit.

— J'ai toujours une chance alors !

— Il faut répondre à soixante questions en quatre-vingt-dix minutes.

William but une gorgée de café et se radossa à sa chaise avant de cesser de faire languir son père.

— Si un individu cueille des jonquilles sauvages dans le jardin de son voisin et qu'il les offre à sa femme, l'un des deux est-il coupable d'un délit ?

— Très certainement, assura Sir Julian. L'homme est coupable de vol. En revanche, l'épouse sait-elle qu'il a pris les fleurs dans le jardin du voisin ?

— Elle le sait, en effet.

— Dans ce cas, elle est coupable de recel de biens volés. Une affaire simple comme bonjour.

— Permettez-moi de désapprouver, maître, intervint Grace en se levant. Je crois que vous conviendrez que le terme le plus pertinent est « sauvages ». Si toutes les parties concernées savent que ce sont des fleurs sauvages et non pas plantées par le voisin, mon client, lorsqu'il les cueille, est dans son bon droit.

— C'est la réponse que j'ai donnée, approuva William. Et il s'avère que Grace et moi avons raison.

— Laisse-moi encore une chance, quémanda Sir Julian en réajustant sa robe invisible.

— À quel âge un mineur peut-il être tenu responsable d'un acte criminel ? Huit, dix, quatorze ou dix-sept ans ?

— Dix, répondit Grace sans en laisser l'occasion à son père.

— Encore exact, la félicita William.

— J'avoue ne pas défendre beaucoup de mineurs.

— Pour la bonne raison qu'ils ne peuvent s'offrir tes services aux tarifs exorbitants, railla Grace.

— As-tu déjà représenté un mineur, Grace ? demanda sa mère avant que Sir Julian ne reprenne son contre-interrogatoire.

— Oui. La semaine dernière encore, j'ai plaidé dans une affaire de vol à l'étalage à Balham. L'accusé avait onze ans.

— Tu l'as fait acquitter à n'en pas douter en prétendant qu'il venait d'un quartier défavorisé et que son père le battait régulièrement.

— C'était une fille, en réalité, rétorqua Grace. Son père a quitté le domicile familial peu après sa naissance en abandonnant sa femme qui exerçait deux emplois pour élever trois enfants.

— Cette affaire n'aurait jamais dû aller devant le tribunal, se lamenta la mère de William.

— Je partage ton avis, mère. Et elle n'y serait pas allée si ma cliente n'avait pas été prise en flagrant délit. Elle a volé dans son supermarché local les plus beaux morceaux de viande en les glissant dans un sac doublé de papier d'aluminium pour tromper les détecteurs du magasin. Et cela, pour les revendre à cent mètres de là à un boucher sans scrupule.

— Qu'a décidé la cour ? demanda Marjorie.

— Le boucher a écopé d'une lourde amende et l'enfant a été placée. Mais il est vrai qu'elle n'a pas eu la chance de grandir dans une famille aimante de la classe moyenne, dans un confortable cottage du Kent. Elle ne s'était jamais éloignée plus d'un kilomètre de chez elle. Elle ne savait même pas qu'il y avait un fleuve dans la ville dans laquelle elle est née.

— Dois-je être considéré comme coupable, maître, pour avoir tenté d'offrir à mes enfants une chance dans la vie ? plaida Sir Julian avant d'ajouter : Puis-je bénéficier d'une dernière tentative avant que les examinateurs ne me renvoient ?

— Qu'on lui donne un violon ! plaisanta Marjorie.

— Un patron de pub est au courant que certains de ses clients fument du cannabis dans le jardin de son établissement, reprit William. Commet-il une infraction ?

— Très certainement, répondit Sir Julian. Car il permet que ses locaux soient utilisés pour la consommation d'une substance contrôlée.

— Et si l'un des clients qui fument tend sa cigarette de cannabis à un ami, qui tire une bouffée, est-il aussi coupable d'un délit ?

— Bien sûr. Il est à la fois coupable de possession et d'approvisionnement d'une drogue illégale, et il doit être poursuivi en conséquence.

— C'est de la folie, intervint Grace.

— Je suis d'accord, reconnut William. Entre autres parce que la police ne possède pas les ressources suffisantes pour poursuivre chaque infraction mineure.

— Une infraction loin d'être mineure ! protesta Sir Julian. En fait, c'est le début d'une pente glissante.

— Et si le propriétaire ou le client ne savent pas que c'est un délit ? demanda Beth.

— Nul n'est censé ignorer la loi, répliqua Sir Julian. Sinon chacun pourrait assassiner qui bon lui semble et prétendre qu'il ne savait pas que c'était un crime.

— Quelle riche idée, commenta Marjorie. Parce que j'aurais plaidé l'ignorance il y a fort longtemps si j'avais su que je pouvais tuer impunément mon mari. En fait, la seule raison qui m'en ait empêchée, c'est de savoir que j'aurais besoin de lui pour me défendre si je comparaissais devant un tribunal pour son meurtre.

Tous éclatèrent de rire.

— Franchement, mère, dit Grace. La moitié du barreau britannique serait ravie de te représenter et l'autre comparaîtrait spontanément comme témoin de la défense.

— Quoi qu'il soit, intervint Sir Julian en passant sa main sur son front plissé. Ai-je raison cette fois ?

— Oui, père. Mais ne vous étonnez pas si le cannabis est légalisé avant ma mort.

— Tant qu'il ne l'est pas avant la mienne ! conclut Sir Julian avec emportement.

— Il me semble, poursuivit Marjorie, que si ton père a complètement échoué à cet examen, tu l'as en revanche réussi.

— Même si tu as frappé un manifestant dans les parties, ajouta Sir Julian.

— Non, je n'ai rien fait de tel, répliqua William.

— Non, tu n'as pas réussi l'examen, ou non tu n'as pas frappé le manifestant ? interrogea son père.

Tous rirent de bon cœur.

— Vous avez raison, Marjorie, annonça Beth en venant au secours de son fiancé. À partir de lundi prochain, William sera le brigadier Warwick.

Sir Julian fut le premier à bondir sur ses pieds et à lever son verre.

— Félicitations, fiston. Trinquons au premier échelon d'une fabuleuse carrière.

— Au premier échelon d'une fabuleuse carrière ! répéta le reste de la famille tandis que chacun se levait pour porter un toast.

— Alors, dans combien de temps passeras-tu inspecteur principal ? demanda Sir Julian avant même de se rasseoir.

— Du calme, père, intervint Grace. Ou je pourrais bien raconter à tout le monde ce que le juge a dit de toi dans son résumé lors de ta dernière affaire.

— Le vieux bougre partial.

— Entre semblables, on se reconnaît ! s'exclamèrent-ils tous les quatre à l'unisson.

— Quels sont tes projets pour la suite, fiston ? demanda Sir Julian pour changer de sujet.

— Hawksby envisage de réorganiser notre service, maintenant que les politiciens reconnaissent enfin que le pays fait face à un sérieux problème de drogue.

— C'est si terrible ? s'inquiéta Marjorie.

— Plus de deux millions de personnes en Grande-Bretagne fument régulièrement du cannabis. Quatre cent mille autres prennent de la cocaïne, parmi elles certains de nos amis, dont un juge, même si dans son cas ce n'est que le week-end. Encore plus tragique, on recense plus de deux cent cinquante mille héroïnomanes, ce qui est une des raisons principales pour lesquelles les services de santé publique sont débordés.

— Si c'est bien vrai, commenta Sir Julian, j'imagine que de vils personnages amassent des fortunes sur le dos des toxicomanes.

— Certains barons de la drogue roulent littéralement sur l'or, et de jeunes dealers, dont certains vont encore à l'école, peuvent empocher jusqu'à cent livres par jour, ce qui est plus que le salaire de mon commissaire divisionnaire, sans parler de celui d'un simple brigadier.

— Avec autant d'argent en jeu, dit Sir Julian, les moins scrupuleux de tes collègues pourraient être tentés de prendre une part.

— Pas avec le commissaire divisionnaire Hawksby. Pour lui, un flic véreux est pire qu'un criminel.

— Je suis du même avis, approuva Sir Julian.

— Qu'envisage-t-il de faire au sujet de ce problème de drogue ? demanda Grace.

— Le directeur de la Met lui a donné carte blanche pour monter une unité d'élite, dont l'unique mission sera de retrouver et d'arrêter un baron de la drogue en particulier. Les brigades des stupéfiants se concentrent sur la chaîne d'approvisionnement, laissant à la police locale le soin de s'occuper des dealers de rues et des consommateurs, qui commettent d'autres délits comme des cambriolages et des vols pour financer leur addiction.

— J'en ai défendu un ou deux récemment, confia Grace. De pauvres créatures pathétiques et désespérées, sans autre but dans la vie que de trouver leur prochaine dose. Combien de temps avant que les autorités ne comprennent que c'est souvent un problème médical, et que tous les toxicomanes ne doivent pas être traités en criminels ?

— Mais ce sont bel et bien des criminels ! intervint son père. Ils devraient être enfermés, pas dorlotés. Attends que ton propre domicile soit cambriolé, Grace, tu verras peut-être les choses différemment.

— Nous avons déjà été cambriolés deux fois, répliqua celle-ci.

— Sans doute par un individu incapable de garder un emploi. Les drogués commencent par voler leur propre famille, déclara William. Puis leurs amis, et pour finir quiconque laisse une fenêtre entrouverte. Quand je patrouillais, j'ai arrêté un jour un jeune homme qui avait une douzaine de téléviseurs dans son appartement, des tonnes de matériel informatique, des tableaux, des montres et même un diadème. Et puis il y a les receleurs qui se font une petite fortune. Ils montent de prétendus bureaux de prêteur sur gage pour des clients qui n'ont aucune intention de revenir chercher leurs biens.

— Mais il est sûrement possible de les fermer ? avança Beth.

— On pourrait. Mais ils sont pires que des cafards. On en écrase un et une demi-douzaine d'autres surgissent des menuiseries. Le trafic de drogue est désormais une industrie internationale, au même titre que le pétrole, la finance, ou l'acier. Si certains des plus gros cartels devaient déclarer leurs revenus, non seulement ils se retrouveraient dans la liste des cent entreprises les plus cotées en bourse, mais surtout le ministère des Finances pourrait récupérer des milliards en impôts.

— Le temps est peut-être venu d'envisager la légalisation régulée de certaines drogues ? suggéra Grace.

— Il faudra d'abord me passer sur le corps, répliqua Sir Julian.

— Je crains que les corps ne s'entassent si nous ne le faisons pas.

Sir Julian fut momentanément réduit au silence, une pause dont Marjorie tira avantage.

— Dieu merci nous vivons à Shoreham.

— Je peux t'assurer, mère, qu'il y a plus de trafiquants de drogue que de contractuels à Shoreham.

— Que compte faire Hawk le Faucon à ce sujet ? s'enquit Sir Julian.

— Il veut couper la tête du monstre qui contrôle la moitié des dealers londoniens.

— Pourquoi ne pas l'arrêter simplement ?

— Sur quel chef d'accusation ? En dehors du fait que nous ne savons même pas à quoi il ressemble. Nous ignorons sa véritable identité, l'endroit où il réside. Dans le milieu, on le surnomme la Vipère, mais nous n'avons jusqu'à présent pas réussi à trouver son nid, encore moins...

— Comment avancent les préparatifs du mariage, Beth ? interrompit Marjorie, pour changer de sujet. Avez-vous finalement arrêté une date ?

— Malheureusement non, dit William.

— Oui, répondit Beth.

— C'est aimable de ta part de me le faire savoir, rétorqua William. Espérons que je ne serai pas de service ce jour-là, ou pire, à la barre des témoins pour tenter de faire inculper un criminel endurci défendu par mon père, l'avocat de la Couronne surpayé.

— Auquel cas, le procès sera terminé pour le déjeuner, répliqua Sir Julian. Et nous serons tous les deux à l'heure pour la cérémonie.

— J'ai une faveur à vous demander, dit Beth à Marjorie en ignorant le père et le fils.

— Je vous écoute, ma chère. Nous serions ravis de vous apporter notre aide.

— Puisque mon père a passé quelques années en prison, et comme nous n'avons...

— Une grave erreur judiciaire qui a été dûment réparée, intervint Grace.

— Et comme nous n'avons trouvé que très récemment une maison où habiter, continua Beth. Je me demandais si nous pourrions nous marier dans votre église locale ?

— Où Marjorie et moi nous sommes unis, déclara Sir Julian. Rien ne me procurerait plus de joie.

— Miles Faulkner derrière les barreaux pour les quatre prochaines années, peut-être ? proposa William. Et Booth Watson rayé du barreau, par la même occasion.

Sir Julian garda le silence un instant.

— Je me dois de demander au juge une suspension de séance, car il se pourrait que je considère l'éventualité d'un changement d'argument.

— Et toi, Grace, qu'en dis-tu ?

— Moi, j'aimerais seulement pouvoir épouser ma partenaire à l'église.

3

— Félicitations, brigadier, lança Jackie quand elle le rejoignit au bar.

Parce qu'elle avait perdu à la courte paille, elle ne buvait qu'un panaché ce soir : c'était elle qui reconduirait chez lui le brigadier récemment promu. Elle avait déjà prévenu Beth de ne pas attendre son fiancé avant minuit.

— Merci, répondit William après avoir vidé sa quatrième pinte.

— Personne n'en doutait.

— Sauf mon père.

— Fin de service, messieurs ! annonça le patron avec fermeté, notamment parce que ses clients étaient des policiers.

Même si, à la vérité, une fois les civils partis, il arrivait souvent qu'ils s'attardent pour profiter des lieux en privé et que le propriétaire du pub continue de servir les hommes et femmes en uniforme. Chaque service pouvait se targuer d'avoir un arrangement similaire avec au moins un établissement. Une entente qui, en plus de gonfler les profits du patron de pub, indiquait que celui-ci ne redoutait pas les poursuites. Néanmoins, Jackie considérait qu'il était temps pour William de rentrer.

— Puisque tu as de toute évidence eu ton compte, le chef a recommandé que je te raccompagne.

— Mais c'est ma fête ! protesta William. Et je vais te confier un secret, Jackie : je n'ai jamais été aussi soûl.

— Quelle surprise ! Raison de plus pour que je te reconduise chez toi. Ce serait dommage que tu sois rétrogradé le lendemain de ta promotion. Même si cela signifie que je pourrais récupérer ton poste.

— Mon père m'a mis en garde contre les femmes dans ton genre, dit William tandis qu'elle le prenait par le bras.

Elle le guida tant bien que mal hors du pub sous les applaudissements de la foule. Tous souhaitèrent une bonne nuit au brigadier, à l'Enfant de Chœur et même au directeur de la Met, sans aucune pointe d'ironie ni de sarcasme.

— N'espère pas que je t'appelle monsieur et que je joue les lèche-culs avant que tu sois au moins commandant.

— Sais-tu d'où vient cette expression, « lèche-cul » ?

— Aucune idée. Mais j'ai le sentiment que tu vas me l'apprendre.

— Le duc de Vendôme, un aristocrate du XVIIe siècle avait pour habitude de recevoir ses courtisans quand il se trouvait sur la chaise percée. Un jour, après qu'il s'est essuyé les fesses, l'un d'eux s'est avancé et les lui a embrassées. « Oh, mon Seigneur vous avez le derrière d'un ange. »

— J'ai beau vouloir regagner mon grade de brigadier, répliqua Jackie, je n'irai pas jusque-là.

— Tant que tu ne m'appelles pas Bill, conclut William en s'effondrant sur le siège passager.

Jackie quitta le parking et s'engagea dans Victoria Street en direction de Pimlico ; William ferma les yeux. Un an auparavant seulement, quand l'agent Warwick avait rejoint leur équipe, elle était brigadier, bien installée sur le deuxième échelon. Mais à présent, après le fiasco de l'opération Période Bleue[1] et le retour triomphant du Rembrandt au Fitzmolean, les rôles étaient inversés. Jackie ne se plaignait pas : elle était heureuse de faire encore partie du cercle intime du commissaire divisionnaire. William se mit à ronfler. C'est en tournant au coin de la rue qu'elle le repéra.

— Tulipe ! s'écria Jackie en enfonçant la pédale de frein, ce qui réveilla William en sursaut.

— Tulipe ? répéta-t-il en tentant de fixer son regard.

1. Voir *Qui ne tente rien.*

— La première fois que je l'ai arrêté, il allait encore à l'école, lança Jackie qui bondit hors de la voiture.

William parvint tout juste à distinguer sa silhouette floue qui traversait la route et courait vers une ruelle sans éclairage où un jeune homme à la peau noire avec un sac des supermarchés Tesco donnait quelque chose à une autre personne dont le visage était dissimulé dans l'ombre.

Tout à coup, William fut complètement réveillé, l'adrénaline remplaçait l'alcool dans ses veines. Il sauta du véhicule et suivit Jackie, accompagné par plusieurs klaxons tandis qu'il zigzaguait à travers la circulation. Un concert de sons rageurs qui avertit Tulipe qu'il était repéré. Le jeune homme fila aussitôt dans la ruelle.

William se mit à courir et dépassa Jackie qui était en train de menotter l'autre type. Il savait pourtant déjà qu'il ne rattraperait pas un individu de son âge ce soir. Les dealers de rue buvaient rarement de l'alcool et peu se droguaient, car leur moyen de subsistance était en jeu. Avant même que Tulipe ait tourné à l'angle, sauté sur une moto Yamaha noire et démarré sur les chapeaux de roues, William s'était fait une raison : il ne l'épinglerait pas. À contrecœur, il s'arrêta au bout de l'allée, se soutint à un réverbère et, penché en avant, il vomit violemment sur le trottoir.

— Dégoûtant, maugréa un vieil homme en passant d'un pas hâtif à côté de lui.

Par chance, William n'était pas en uniforme. Après quelques minutes, il se redressa et retourna d'un pas lent dans la ruelle pour rejoindre Jackie qui lisait ses droits au prisonnier. William les suivit d'une démarche mal assurée jusqu'à la voiture dont il réussit, à la deuxième tentative, à ouvrir la portière arrière afin que Jackie y pousse son suspect sur la banquette.

William vint s'asseoir à l'avant avec elle et s'efforça au mieux de refouler ses haut-le-cœur malgré les cahotements de la voiture qui roulait en direction du poste de police le plus proche. Jackie connaissait les adresses des commissariats de

Londres aussi bien que les chauffeurs de taxi connaissaient celles des hôtels. Elle s'arrêta à l'arrière de celui de Rochester Row, empoigna son suspect par le bras et l'escorta vers le bureau d'accueil avant même que William soit descendu de voiture.

Certains prisonniers protestent à grand renfort de cris et de grossièretés qui feraient rougir le ciel nocturne pendant que d'autres cherchent la bagarre et requièrent l'intervention de deux ou trois policiers pour être maîtrisés. Mais la majorité se contente de garder le silence et la tête baissée. Au grand soulagement de William, leur prisonnier était de ceux qui préféraient faire profil bas. William avait en revanche appris après quelques semaines à son poste que si les consommateurs se sentent souvent honteux, les dealers ne le sont jamais.

L'agent de permanence à l'accueil leva les yeux à leur arrivée. Jackie brandit son insigne et lui expliqua pourquoi elle avait arrêté le suspect en ajoutant qu'il avait refusé de coopérer après qu'elle lui avait lu ses droits. L'agent s'empara sous le bureau d'un formulaire de garde à vue et d'une déclaration des biens personnels pour noter les informations sur le prisonnier avant de le mettre en cellule pour la nuit. Après avoir inscrit *deux sachets de poudre blanche,* il se tourna vers l'homme.

— Ok, mon gars, commençons par le nom et le prénom.

L'autre resta résolument silencieux.

— Je te le redemande. Comment tu t'appelles ?

Le prisonnier le fixait avec un air de défi, sans un mot.

— Pour la dernière fois, je te demande…

— Je connais son nom, intervint William.

*

— Tu l'as reconnu après toutes ces années ? s'enquit Beth lorsqu'il se mit au lit le soir.

— On n'oublie jamais le premier crime que l'on résout, affirma William. C'est à cause de moi si Adrian Heath a été expulsé de notre école privée. J'ai prouvé qu'il volait des Mars dans le magasin de bonbons. Personne n'a été surpris quand je me suis engagé dans les forces de l'ordre, même si certains de ses amis ne m'ont jamais pardonné. À l'époque, je n'étais pas l'Enfant de Chœur, juste un petit rapporteur.

— J'ai de la peine pour lui, commenta Beth en éteignant la lampe de chevet.

— Pourquoi ? s'étonna William. De toute évidence, il a mal tourné, comme l'avait prédit mon père.

— Ce n'est pas dans tes habitudes de porter un jugement aussi péremptoire. Je préférerais savoir ce qu'il s'est passé toutes ces années où tu n'as plus eu de nouvelles de lui avant d'aboutir à une conclusion hâtive.

— Il y a peu de chance que je le découvre ; Lamont va sûrement me retirer l'affaire.

— Pourquoi ferait-il cela ? Alors que tu pourrais être le seul à qui Adrian accepte de parler ?

— On ne doit pas être impliqué personnellement avec un suspect. C'est une règle d'or pour tout officier de police qui se respecte.

— Cela ne t'a pas empêché de t'impliquer avec Christina Faulkner, rétorqua Beth en lui tournant le dos.

William ne répondit rien. Il ne lui avait toujours pas avoué que Christina avait repris contact avec lui.

— Je suis désolée, murmura Beth alors qu'elle se tournait vers lui pour déposer un baiser sur la cicatrice dentelée qui ne s'était jamais vraiment estompée, physiquement ni mentalement. Si tu n'en avais pas fait ton amie, nous n'aurions sans doute jamais récupéré le Rembrandt. À ce propos, nous organisons une collecte de fonds demain soir à la galerie et bien que ta présence ne soit pas obligatoire, j'aimerais beaucoup que tu viennes. Surtout parce que les dames d'un certain âge t'apprécient.

— Et les plus jeunes ?

— Toutes bannies, répondit Beth en se pelotonnant dans ses bras.

Quelques minutes plus tard, elle dormait.

William resta éveillé un long moment : il s'efforçait de chasser cette nuit à Monte Carlo de son esprit. Et voilà que son patron lui demandait de revoir Christina ! Serait-il jamais libéré de cette femme ? Elle avait menti sur tout le reste et si Beth lui posait un jour la question, mentirait-elle également sur ce qu'il s'était passé quand elle s'était glissée en douce dans son lit ?

*

— Alors comme ça, vous étiez à l'école avec le suspect, brigadier ? s'exclama Lamont.

William venait de lui relater les évènements de la veille après leur départ de la fête donnée en son honneur.

— En école préparatoire, oui, répondit celui-ci. Adrian Heath était un de mes amis les plus proches à l'époque. Je présume que vous allez m'écarter de l'affaire et que l'agent Roycroft va prendre le relais.

— Hors de question. C'est exactement le genre d'opportunité que Hawksby attendait. Nous pourrions même avoir quelqu'un à l'intérieur si vous parvenez à faire de votre ami un indic.

— Sauf que nous nous sommes quittés dans les pires termes qui soient, lui rappela William. N'oubliez pas que je suis responsable de son expulsion.

— Il se sentira toujours plus en confiance avec vous qu'avec Jackie, ou n'importe quel autre flic d'ailleurs.

William se garda de répondre.

— Je veux que vous retourniez au commissariat de Rochester Row sur-le-champ et que vous fassiez le nécessaire pour que Heath redevienne votre meilleur ami. Je me fiche de savoir comment vous vous y prenez.

— Bien, monsieur, répondit William sans conviction.

— Et puisque nous en sommes à discuter des amitiés, avez-vous rappelé Mme Faulkner ?

— Pas encore, monsieur, reconnut-il.

— Eh bien faites-le. Et inutile de revenir me voir tant qu'ils ne sont pas tous les deux de nouveau dans vos petits papiers.

*

— Christina ?
— Qui est à l'appareil ?
— William Warwick. Je vous rappelle comme convenu.
— J'ai cru que vous m'aviez oubliée, dit-elle avec un rire enjoué.
— Ça ne risque pas d'arriver, après notre dernière rencontre.
— Peut-être devrions-nous nous revoir ? J'ai une information qui pourrait nous être bénéfique à tous les deux.
— Un déjeuner au Ritz ? proposa William, optimiste.
— Pas cette fois. L'entrée ne serait pas commandée que mon mari apprendrait que je déjeune en compagnie du jeune inspecteur qui l'a arrêté. Un endroit plus discret serait préférable.
— Que diriez-vous du musée des Sciences ?
— Je n'y suis pas retournée depuis l'enfance ; c'est une excellente idée. Je serai en ville jeudi prochain, rejoignons-nous devant l'entrée principale à 11 heures.
— Non, devant l'entrée, on pourrait nous voir et nous reconnaître, répliqua William. Je vous retrouverai près de la fusée de Stephenson, au rez-de-chaussée.
— J'ai hâte, affirma-t-elle avant de raccrocher.

William retranscrit sa conversation avec Mme Faulkner et déposa en partant son rapport sur le bureau de Lamont. Il se rendait à Strutton Ground. Il profita du court trajet pour répéter les questions qu'il avait pour Adrian Heath, même si, à en croire sa réaction de la veille, il doutait d'obtenir la moindre réponse. Quelques minutes plus tard, il se tenait devant le poste de Rochester Row. Lorsqu'il montra sa carte de police à l'agent de l'accueil, un homme d'un certain âge, celui-ci ne put dissimuler sa surprise.

— Je souhaiterais interroger Adrian Heath, le prisonnier qu'on vous a confié hier soir, annonça William.

— Je vous en prie. Cellule numéro 2, répondit l'agent en cochant une case dans le dossier de garde à vue. Il a refusé le petit déjeuner ce matin. Il va sans doute comparaître devant le juge cet après-midi, alors il n'est pas près de s'en aller.

— Tant mieux, parce que j'espérais avoir une petite conversation avec lui et lui soutirer des informations sans rapport avec le délit pour lequel il a été arrêté.

— Bien, mais tenez-moi au courant pour que la paperasse soit à jour.

— Sans faute, répondit William tandis que l'agent lui remettait une grande clé.

— Il est tout à vous, dit ce dernier.

William prit la clé, longea le couloir et s'arrêta devant la cellule numéro 2. Il jeta un œil à travers la grille : Adrian était allongé, blafard, l'air de ne pas avoir bougé d'un poil depuis la veille. Il tourna la clé dans le verrou, tira la lourde porte et entra. Adrian ouvrit les yeux.

— Cet endroit ne vaut pas mieux que notre bonne vieille école, dit-il sans préambule.

William s'esclaffa et s'assit à côté de lui sur le mince matelas taché d'urine. « Je suis innocent » avait été gravé sur le mur au-dessus de la tête d'Adrian par un précédent occupant.

— Je te proposerais bien du thé et des biscuits, poursuivit Adrian, mais je crains que le service d'étage ne laisse à désirer.

— Tu n'as pas perdu ton sens de l'humour à ce que je vois.

— Ni toi ton obsession à jouer les Sir Galaad. Alors, es-tu venu me secourir ou m'enfermer jusqu'à la fin de mes jours ?

— Ni l'un ni l'autre. Je pourrai cependant être en mesure de t'aider si tu te montres coopératif.

— Qu'attends-tu en retour ? Parce que je n'ai jamais cru à la prétendue solidarité désintéressée entre anciens élèves d'écoles privées.

— Moi non plus, assura William. Mais ma proposition pourrait nous servir tous les deux.

— Tu vas me fournir en drogue pour le reste de ma vie ?

— Tu te doutes que non, Adrian. En revanche, je pourrais demander au juge de se montrer clément quand tu te présenteras devant lui cet après-midi, bien que ce ne soit pas ta première comparution.

— Ça n'a rien d'une proposition très alléchante. Je ne vais sans doute écoper que de six mois de toute façon, et il y a pire que d'être enfermé dans une cellule individuelle bien chauffée, avec une télé et trois repas par jour assurés, sans parler d'un accès aux drogues.

— Puisque c'est ta troisième infraction, tu risques de passer Noël à la prison de Pentonville, avec un meurtrier en guise de compagnon de cellule. Ce qui ne serait pas si amusant.

— D'accord, l'Enfant de Chœur, surprends-moi.

Ce fut William qui fut surpris.

— Enfant de Chœur ? répéta-t-il.

— C'est ainsi que ma bonne copine, l'officier Roycroft, t'a appelé hier. Un sacré progrès depuis Sherlock Holmes, je trouve.

William tenta de reprendre l'avantage.

— De toute évidence, tu sais parfaitement ce que je suis devenu depuis la dernière fois que nous nous sommes vus. Qu'en est-il de toi ?

Adrian fixa le plafond de longues minutes, comme si son interrogateur n'était pas là. Une ruse de vieux taulard, selon William. Il s'apprêtait à abandonner et à partir quand soudain un flot de paroles se déversa.

— Après mon expulsion de Somerton, grâce à toi, mon paternel a joué de son influence pour me faire intégrer une école publique. Ils voulaient bien fermer les yeux chaque fois que je fumais derrière le local à vélos, mais ils ont mis le holà quand je suis passé au cannabis. Je ne peux pas leur en vouloir.

Il marqua une pause, toujours sans regarder William, qui avait sorti son calepin de sa poche pour prendre des notes.

— Après quoi, mon père m'a envoyé dans une boîte à bac et j'ai réussi je ne sais comment à obtenir une place dans une université loin de la maison. Dieu seul sait combien mon vieux a dû débourser pour cette petite faveur.

Nouveau silence.

— Malheureusement, je ne suis pas allé au-delà de la première année : un étudiant de troisième cycle m'avait initié à l'héroïne. Je suis devenu accro très vite, et je passais mes journées au lit et la plupart de mes nuits à me demander comment j'allais me procurer ma dose. J'ai été exclu temporairement et mon chargé de TD m'a assuré que je pourrais reprendre mes études si je décrochais. Alors, mon père m'a envoyé dans un centre de désintoxication rempli d'âmes charitables qui voulaient me sauver. Franchement, mon âme ne valait plus le coup qu'on la sauve ; j'en suis parti contre avis médical à la fin de la première semaine, et je n'ai plus parlé à mon père depuis. Je suis resté en contact avec ma mère, elle m'a maintenu à flot deux ou trois ans. Mais sa patience à elle aussi a fini par s'épuiser, ainsi que ses finances sans doute, et j'ai dû trouver d'autres moyens de me procurer l'argent nécessaire à ma survie. Ce n'est pas facile d'essayer sans cesse d'emprunter du fric à ses amis, quand ils savent qu'on n'a aucune intention de les rembourser.

William continuait de prendre des notes.

— Mais quand j'ai rencontré Maria, je suis retourné en désintox et j'ai fait des efforts.

— Maria ?

— Ma copine. Sauf qu'elle n'a jamais été totalement convaincue que j'avais décroché. Un soir elle m'a surpris en train de sniffer une ligne de coke et elle est devenue mon ex petite-amie. Elle en avait assez et elle voulait rentrer au Brésil. Je peux la comprendre. Mais je ferais n'importe quoi pour la récupérer. Même si je doute qu'elle m'accorde une troisième chance.

La première faille dans sa cuirasse, songea William.

— Je pourrais peut-être aider à la convaincre que cette fois tu es déterminé à décrocher ?

— Comment ? demanda Adrian, d'un ton soudain intéressé.

— As-tu déjà envisagé la possibilité de devenir garde-chasse plutôt que braconnier ?

— Pourquoi voudrais-je jouer les mouchards ? Des gens se font tuer pour moins que ça.

— Parce qu'ensemble, nous pourrions accomplir de grandes choses.

— Tu plaisantes, l'Enfant de Chœur.

— Je suis on ne peut plus sérieux. Tu pourrais m'aider à mettre les véritables criminels derrière les barreaux. Ceux qui fournissent la drogue aux enfants dans les cours de récré et brisent des vies. Voilà qui devrait convaincre ta copine que tu as tourné la page.

Un long silence s'installa. William commençait à craindre que sa requête ne soit tombée dans l'oreille d'un sourd quand Adrian s'anima.

— Que faudra-t-il que je fasse ?

— Je veux découvrir l'identité de celui qui contrôle le réseau de drogue au sud de la Tamise, et l'adresse de son laboratoire clandestin.

— Et moi j'aimerais un million de livres en liquide et deux allers simples pour le Brésil, répliqua Adrian.

— Les billets d'avion pourraient être possibles, répondit William. Maintenant, il faut discuter du prix.

— Je te ferai savoir combien je veux, Enfant de Chœur, mais pas avant que le juge ne m'ait libéré avec un simple avertissement.

4

— La fusée, disait un jeune homme qui s'adressait à un petit groupe d'enfants rassemblés autour de l'ancienne locomotive à vapeur, a été construite dans les années 1820 par le célèbre ingénieur Robert Stephenson.

— Robert Louis Stevenson ? demanda une petite voix au premier rang.

— Non, répondit le guide. Robert Louis Stevenson était un éminent auteur de livres pour enfants ; il a notamment écrit *L'Île au trésor*. Et il venait d'Édimbourg pas de Northumbrie.

Près du groupe qui écoutait une conférence qu'il avait entendue pour la première fois vingt ans auparavant lorsque sa mère l'avait emmené au musée, William esquissa un sourire.

— M. Stephenson a remporté le premier prix du concours de Rainhill dans le Lancashire en 1829, quand...

Les pensées de William furent interrompues : une main gantée venait de lui toucher l'épaule. Il ne se retourna pas.

— Quel plaisir de vous revoir, Homme-fusée, dit une voix qu'il reconnut aussitôt. Tout compte fait.

— Mon patron a toujours l'intention de mettre votre mari derrière les barreaux, répliqua William, sans perdre de temps en banalités.

— Assurément ! répondit Christina. Mais je ne peux pas faire grand-chose tant que nous sommes au beau milieu d'un divorce pour le moins acrimonieux, au cas où vous n'auriez pas remarqué, agent Warwick.

William ne la corrigea pas.

— Cinq locomotives étaient en compétition pour remporter le prix de cinq cents livres, poursuivit le guide du musée. La *Cycloped*, la *Novelty*, la *Perseverance*, la *Sans Pareil* et bien sûr la *Fusée* de Stephenson. La machine à vapeur de M. Stephenson a gagné haut la main.

William pivota pour regarder Christina. Elle portait une robe courte en coton dont le large décolleté laissait peu de place à l'imagination. Elle était de toute évidence à la recherche de son second mari.

— Voyez-vous d'autres crimes ou délits, même mineurs, que votre époux aurait pu commettre au cours des cinq dernières années ? demanda-t-il.

— Ils sont trop nombreux pour en dresser la liste, mais vous pouvez être sûr qu'il aura couvert ses traces avec plus d'application qu'un chasseur des Highlands. Ce que je peux vous dire en revanche, c'est qu'après le procès Rembrandt, Miles ne s'embête plus à cambrioler les galeries d'art ou les domiciles des riches collectionneurs, car plus une seule compagnie d'assurances n'accepte de faire affaire avec lui.

— Il n'est pas le genre d'individu à rester passif, alors auriez-vous une idée de sa dernière escroquerie ?

— J'aimerais. J'ai en revanche le sentiment que Me Booth Watson reste le point commun de ses relations criminelles. Cet homme n'est que trop heureux de représenter n'importe quel escroc qui peut s'offrir ses honoraires. En fait, je le soupçonne de consolider son réseau durant ses visites en prison.

— Après la performance exceptionnelle de la *Fusée*, ce prototype est devenu la référence pour toutes les locomotives à vapeur, et reste, jusqu'à aujourd'hui, l'innovation la plus pertinente du transport ferroviaire.

William eut une idée et tenta un coup de poker.

— Votre mari a-t-il jamais consommé de la drogue ?

— Un peu de marijuana, à l'occasion, mais qui n'a pas essayé ? En tout cas, il n'est pas toxicomane.

— On peut tout de même écoper de six mois pour possession de marijuana, et ajoutée à sa peine de quatre ans avec sursis...

— S'il se faisait prendre, Booth Watson témoignerait que c'est vous qui avez allumé son joint.

— En plus d'avoir remporté la prestigieuse récompense, Stephenson a obtenu le contrat pour la construction de sept locomotives supplémentaires pour le compte de la Liverpool and Manchester Railway, la compagnie de chemins de fer.

— Tout ce que je peux vous dire, c'est que depuis que j'ai déménagé de Limpton Hall, Miles organise des soirées qui durent toute la nuit, et je ne serais pas surprise qu'un ou deux de ses amis sniffent de la cocaïne ou pire. Mais pour les prendre sur le fait, il faudrait déjà pouvoir franchir le portail et jusque-là, vous êtes le seul policier à y être parvenu. Et au cas où vous l'auriez oublié, Miles était absent à ce moment-là. Quoi qu'il en soit, je vois mal un magistrat émettre un mandat de perquisition pour des motifs aussi légers que vos soupçons concernant un individu qui pourrait fumer du cannabis dans une soirée privée.

— Lors de l'inauguration de la Liverpool and Manchester Railway en 1830, la *Fusée* a renversé un député qui se tenait sur les voies et dont les blessures lui ont malheureusement été fatales.

— Remarquez, je suis toujours en contact avec notre ancienne gouvernante, alors si j'entends quoi que ce soit, je vous préviendrai.

— S'il vous plaît, oui, répondit William en reportant son attention sur le conférencier.

— Après l'ultime trajet de la *Fusée* en 1862, la Liverpool and Manchester Railway a fait don de l'œuvre de Stephenson au musée des Sciences où elle est exposée depuis.

— Autre chose, agent ? demanda Christina. Je suis déjà en retard pour mon déjeuner au Ritz.

— Si vous pouviez découvrir la date de la prochaine soirée...

— Vous serez le premier averti, William, dit-elle avant de s'éclipser.

— C'est la fin de ma petite présentation, déclara le guide. Si vous avez des questions, je serai ravi d'y répondre.

Plusieurs mains se levèrent tandis que William tournait les talons pour partir. Toutes ses questions avaient reçu une réponse.

*

William attendait le métro à South Kensington pour rentrer à Scotland Yard lorsqu'il le repéra sur le quai opposé, tel n'importe quel voyageur se rendant au travail. Il le reconnut aussitôt à son sac Tesco. À la seconde où leurs regards se croisèrent, Tulipe tourna les talons et se mit à courir en direction de la sortie la plus proche. Ce fut sa première erreur. Plutôt que de monter à bord du train qui arrivait, il avait pris la fuite.

William gravit l'escalator à toute vitesse. Alors qu'il approchait du guichet, il vit Tulipe tendre son ticket au contrôleur qui l'examina avec surprise. William allongea sa foulée et brandit sa carte de police sans ralentir. Il gagnait du terrain sur sa proie. Il fallait reconnaître que cette fois, il était sobre.

Chaque fois que Tulipe regardait par-dessus son épaule, il voyait William plus près d'un mètre. Mais alors il s'arrêta, héla un taxi qui passait et sauta à l'intérieur. Deuxième erreur. William n'était qu'à deux mètres de distance lorsque le véhicule repartit et celui-ci n'en parcourut qu'une centaine avant de devoir s'arrêter à un feu rouge. William vivait cette course-poursuite comme une finale des jeux Olympiques : il ne se trouvait plus qu'à quelques enjambées de la ligne d'arrivée. Il saisit la poignée de la portière et la tenait toujours lorsque le feu passa au vert, forçant le chauffeur à enfoncer la pédale de frein.

— Non mais qu'est-ce que vous faites ? hurla celui-ci en sortant de son taxi tandis que les véhicules derrière jouaient furieusement du klaxon. J'ai déjà un client.

— Police, répliqua William en montrant sa carte.

Il monta dans le taxi au moment où Tulipe en sortait de l'autre côté. Et ce dernier fut aussitôt percuté par un cycliste,

William eut ainsi le temps de l'attraper par le bras qu'il tordit dans son dos avant de le ramener dans le taxi.

— Au commissariat le proche, ordonna William. Et laissez tourner le compteur.

Le chauffeur conduisit sans prononcer un autre mot pendant que William gardait le nez de Tulipe pressé contre la vitre.

Bientôt ils s'arrêtaient devant le poste de Kensington, où le chauffeur prit même la peine de descendre pour ouvrir la portière à ses passagers.

— Restez là, lui intima William avant de conduire de force Tulipe dans le commissariat, ne le relâchant d'une main que pour brandir sa carte de police à l'agent préposé à l'accueil.

William entreprit de vider les poches de son prisonnier, en déposa le contenu sur le comptoir à côté du sac Tesco. Il s'empara du portefeuille de Tulipe et en sortit deux billets d'une livre.

— Mais qu'est-ce que vous faites ? s'exclama l'agent.

— Il a oublié de régler sa course, répondit William en tournant les talons.

— Et ça, c'est quoi ? demanda l'autre en désignant le sac.

— Une pièce à conviction, répondit William. Notez-le sur l'acte d'accusation. Je reviens dans une minute.

Il quitta le poste et tendit les billets au chauffeur de taxi qui sourit pour la première fois.

— Une dernière chose, dit William. Où vous a-t-il demandé de le conduire ?

— Au pub Three Feathers, à Battersea.

Troisième erreur de Tulipe.

William regagna l'intérieur du bâtiment le sourire aux lèvres. Un sourire qui s'effaça sitôt qu'il vit l'agent de l'accueil en train d'engloutir la pièce à conviction.

— Qu'est-ce que vous fichez ? demanda-t-il incrédule.

— Je retire les preuves accablantes trouvées dans le sac de courses, répondit le policier. Vous voulez une part ?

*

— Je me demandais si je pouvais solliciter votre conseil sur une affaire privée, Sir Julian, dit Beth alors qu'ils étaient installés dans un coin du petit salon après le déjeuner.

— Je préférerais que vous ne m'appeliez pas Sir Julian, ma chère. Ça me donne l'impression d'être si vieux. En quoi puis-je vous aider ?

— Certains de mes collègues au Fitzmolean considèrent que notre administrateur, Tim Knox, devrait se voir accorder le titre de chevalier, mais nous ignorons la procédure. Après tout, nous avons été élus Musée de l'Année deux ans de suite, devant la Tate et la National Gallery, dont les directeurs respectifs ont reçu cet honneur. J'ai pensé que, puisque vous-même aviez reçu ce titre, vous pourriez m'indiquer la marche à suivre.

— Ne divulguez votre projet à personne serait mon premier conseil, car si l'idée s'ébruite, ses rivaux pourraient tenter de la faire capoter.

— Tim est un homme correct et bienveillant, je ne peux pas croire qu'il ait des rivaux.

— Quiconque peut prétendre être fait chevalier a des ennemis, entre autres ceux qui pensent mériter davantage cet honneur que lui. Cependant, d'un point de vue plus pratique, il vous faut un sponsor, de préférence une personne à la réputation irréprochable. Qui est le président de la galerie ?

— Lord Kilholme.

— Un brave type, approuva Sir Julian. Un ancien ministre dont le renom s'est renforcé depuis qu'il a quitté le gouvernement, chose rare.

Il se tut quand son épouse leur tendit une tasse de café à chacun.

— Toutefois, Kilholme devra collecter des lettres de soutien de plusieurs membres de la scène culturelle artistique et toutes ne devront pas émaner du même parti politique.

Mais Kilholme est un expert chevronné, il saura très bien comment s'y prendre.

— Et il sait sans doute également qui siège au comité d'honneur ? ajouta Beth.

— Nul ne le sait. Si c'était le cas, ses membres subiraient une effroyable pression. C'est un secret encore mieux gardé que les chiffres du budget prévisionnel. On les appelle simplement les grands de ce monde.

— Intéressant, commenta Beth. Est-ce ainsi que vous avez reçu votre titre de chevalier ?

— Certainement pas. Je suis simplement né dans la bonne lignée. J'ai succédé à mon père, qui lui-même a succédé au sien, qui lui a changé de convictions politiques lorsque Lloyd George est devenu Premier ministre.

Beth s'esclaffa.

— Cela signifie-t-il qu'un jour William deviendra Sir William ?

— Et vous serez Lady Warwick, ce qui...

— De quoi discutez-vous, tous les deux ? demanda William qui les rejoignait.

— Des préparatifs du mariage, répondit Beth.

— Vous feriez un excellent membre du comité d'honneur, lui murmura Sir Julian.

*

— Une part de Forêt noire, commissaire ? demanda Hawksby.

— Je ne vais pas me priver, affirma Lamont.

— Et vous, agent Roycroft ?

— C'est un de mes gâteaux préférés, répondit Jackie, tandis que le commissaire divisionnaire lui coupait une grosse tranche.

— Il faut s'assurer de détruire toutes les preuves, répliqua Hawk le Faucon, en tendant une deuxième part à Paul. Parce que j'ai entendu dire que Tulipe envisage de poursuivre la Met pour arrestation abusive, utilisation exagérée de la force lors d'une intervention auprès d'un citoyen respectueux de la loi, et préjugé racial.

— Dommage que ce ne soit pas moi qui l'aie arrêté, commenta Paul. Il devrait au moins abandonner cette dernière accusation.

— Il exige également que l'officier en question soit suspendu le temps d'une enquête pour brutalité policière.

— Raison de plus pour détruire les preuves, reprit Lamont, en ramassant les dernières miettes.

— Désolé que vous n'ayez pas eu votre part, brigadier Warwick, dit Hawksby. Mais il aurait fallu ajouter corruption à la longue liste des accusations à votre encontre.

Jackie s'efforça de retenir son sourire.

— Mais..., commença William.

— Une chance pour vous, poursuivit le commissaire divisionnaire, la came en question avait été volée dans un supermarché Tesco, mais maintenant que la pièce à conviction est détruite, nous n'avons d'autre choix que de relâcher le suspect avec un avertissement.

— Mais..., répéta William.

— On est loin de la peine de prison de six à huit ans que vous espériez, brigadier Warwick.

— Et ce n'est pas tout, ajouta Jackie. L'adresse que Tulipe nous a donnée n'existe pas. Surprise.

— Mais le pub, oui, répliqua William.

— Quel pub ? demanda Hawksby adoptant un ton grave pour la première fois.

— Le Three Feathers, à Battersea. C'est là qu'il a demandé au chauffeur de taxi de le conduire.

Les quatre policiers furent soudain sur le qui-vive.

— Peut-être devrais-je surveiller l'endroit, proposa William. Essayer de découvrir qui sont ses amis trafiquants ?

— C'est la dernière chose que vous allez faire, rétorqua Hawksby. Ils repéreraient à des kilomètres un Enfant de Chœur tel que vous. Non, c'est le travail d'un agent sous couverture plus expérimenté. Gardez bien vos distances avec ce pub.

— Est-ce que je connais l'officier auquel vous songez ? demanda William.

— Même sa propre mère ne le connaît pas, répondit Hawksby.

5

— Brigadier Warwick, annonça-t-il en décrochant le téléphone sur son bureau.

— Je sais comment s'appelle celui que tu cherches, annonça une voix qu'il reconnut sur-le-champ. Et ça va te coûter un max.

— Cent livres ? proposa William. Mais pour cette somme, je le veux au poste en train de signer ses aveux.

— Pas cette fois, répondit Adrian. Pour cent de plus, je te dis où tu peux le trouver tous les vendredis après-midi à 17 heures.

— Où nous voyons-nous ? demanda William tandis qu'un autre appareil se mettait à sonner.

— Dans la salle basse de la Tour du Sel à la Tour de Londres. Mercredi prochain à 11 heures.

— On te demande sur l'autre ligne, cria Jackie, une main sur le combiné. Dare-dare !

— Je veux le blé avant d'envisager de te révéler son nom, ou l'endroit où il est le vendredi à 17 heures.

— Je ne crois pas qu'elle va patienter encore longtemps, indiqua Jackie.

— Sinon, tout ce que tu verras, ce sont les Joyaux de la Couronne pour la modique somme de cinquante pence.

Il raccrocha. William abattit le combiné sur le socle, traversa la salle comme une fusée et s'empara du téléphone que lui tendait Jackie.

— Brigadier Warwick, annonça-t-il de nouveau.

— Brigadier ? répéta-t-on à l'autre bout du fil, d'une voix qui laissait entendre qu'on n'avait pas l'habitude de patienter.

— Christina ?

William s'efforça de ne pas laisser transparaître sa surprise.

— Miles organise un dîner à Limpton Hall pour neuf de ses amis proches, le 17 mai à 20 heures.

— Connaissez-vous le nom de certains de ces *amis proches* ? demanda William en ouvrant son calepin.

Silence sur la ligne. On avait raccroché.

— On attend pendant des lustres qu'un bus arrive, déclara-t-il, et tout à coup, il y en a deux en même temps.

— Je suis toute ouïe, lui répondit Lamont.

— Mon contact prétend connaître l'identité de la Vipère, ainsi que l'endroit où il se rend chaque vendredi à 17 heures. Sauf qu'il exige deux cents livres en échange de cette information.

— Elle en vaut chaque penny, répliqua Lamont à la surprise de William, avant d'ajouter : si d'un, il dit la vérité et de deux, que son information est fiable.

— Vous voulez courir ce risque, chef ?

— C'est votre décision, brigadier Warwick. Mais si vous choisissez de foncer, je devrais obtenir l'autorisation du commissaire divisionnaire pour sortir une telle somme. Il voudra l'assurance que vous ne donnerez pas un penny à votre indic avant qu'il ne vous ait transmis l'information. Rappelez-vous, votre ancien camarade de classe n'est pas votre ami, et il ne le sera jamais. Mais cela ne signifie pas que vous n'honorerez pas votre part du marché. Il le faudra si vous voulez gagner sa confiance. Et l'autre appel ?

— Christina Faulkner. Elle affirme que son mari prévoit un dîner pour neuf convives à Limpton Hall, le 17 mai.

— Comme j'aimerais être une petite souris et assister à cette soirée, commenta Lamont. Mais même vous ne pouvez pas accomplir ce miracle.

— Non. En revanche, nous pourrions être dans les parages pour surveiller l'arrivée des invités.

*

— Je peux te demander quels sont tes projets pour la journée ? dit Beth tandis que William sortait du lit.

— Je vais visiter la Tour de Londres.

— Tu as peur que l'on vole les joyaux de la Couronne ?

— Non, mais j'espère revenir avec quelques perles, répondit-il avant de disparaître dans la salle de bains.

Il ouvrit le robinet d'eau chaude tout en préparant son nécessaire de rasage. Il comptait être au point de rendez-vous à 10 h 30, bien avant l'arrivée de son ancien camarade de classe. Mais d'abord, il devait passer au Yard pour récupérer les deux cents livres que Hawksby avait accepté à contrecœur de fournir.

— Si vous ne revenez pas avec un nom et une adresse, ou que la piste est bidon, j'en retiendrai chaque penny sur votre paie !

Puisque le salaire d'un brigadier n'atteignait pas les trois cents livres par semaine, cette perspective n'avait rien d'enthousiasmant. Il aurait aimé répondre « C'est une blague » mais il savait que Hawk le Faucon ne plaisantait pas quand il s'agissait d'argent.

Après le petit déjeuner, Beth et lui prirent le bus ensemble jusqu'à Kensington avant de partir chacun de leur côté : Beth se rendit à pied au Fitzmolean tandis que William prenait le métro jusqu'à St James's Park. Il jeta un œil à la une du *Daily Mail* où s'étalait une photo de la princesse Diana avec ses deux jeunes garçons avant de dévaler les marches de la station. Assis dans la rame, il pensa à Beth, et songea qu'il avait hâte qu'elle tombe enceinte. Pour le moment, cependant, elle considérait le Fitzmolean comme sa priorité.

Le commissaire était assis à son bureau lorsque William entra. Deux piles bien nettes de billets de dix livres étaient posées devant lui. William fut surpris qu'elles soient si minces. Il s'assit en face de Lamont, qui compta lentement les billets « ... Dix-huit, dix-neuf, vingt. » puis les replaça en tas. Il ouvrit un tiroir duquel il sortit le formulaire de rigueur qu'il tendit à William.

Celui-ci lut le document avec attention, deux fois, avant de revenir sur un paragraphe rédigé en lettres capitales :

« TOUTE UTILISATION FRAUDULEUSE DES FONDS POURRA ÊTRE SANCTIONNÉE D'UNE PEINE DE PRISON POUVANT ALLER JUSQU'À DIX ANS. » Il signa le formulaire et l'agent Adaja y apposa sa signature en tant que témoin. Lamont conserva une copie carbone pour ses dossiers avant de lui remettre l'argent.

William fourra les billets dans la poche intérieure de sa veste et sortit sans prononcer un mot. Sur le trajet, il se surprit à toucher régulièrement sa poche pour vérifier que l'argent s'y trouvait toujours.

Dans le métro qui le conduisait à Tower Hill, assis à l'extrémité de la rame, il relut le guide officiel de la Tour de Londres, levant les yeux chaque fois qu'un passager approchait. Jackie l'avait prévenu que seuls les pickpockets les plus chevronnés opéraient dans le métro londonien.

Vingt minutes plus tard, il émergeait à la lumière éclatante du soleil. William resta un instant sur le trottoir, à admirer l'ancienne forteresse, étrangement juchée sur une colline herbeuse entourée de bâtiments en verre – que Sir Christopher Wren aurait certainement désapprouvés. Sir Thomas More, Guy Fawkes et Anne Boleyn avaient passé les dernières nuits de leur vie dans les cellules de la tour avant leur exécution. S'il rentrait au Yard les mains vides, il connaîtrait sans doute le même sort. Il se réjouit de ne plus pouvoir subir le supplice de la pendaison et l'équarrissage.

William marcha jusqu'aux remparts où il se joignit à une file de touristes enjoués qui attendaient à la grille ouest. Lorsqu'il arriva à l'entrée, il donna cinquante pence en échange d'un ticket. Le petit groupe de visiteurs se rassembla autour de son guide, un garde d'apparat de la Tour, paré de la tunique bleu marine et rouge traditionnelle et portant le chapeau rond caractéristique. L'homme mena son troupeau de l'autre côté des remparts tout en lui servant un discours ininterrompu. Il leur apprit que la construction de la Tour avait débuté en 1078 sur l'ordre de Guillaume le Conquérant, dans le but d'y protéger ses occupants normands des locaux revanchards. Un corbeau se posa en croassant tout près et leur rappela que les corbeaux de la Tour protégeaient l'Angleterre des envahisseurs infidèles. Tandis qu'ils approchaient de la Maison des Joyaux, le guide annonça, comme s'ils lisaient dans leurs pensées :

— Et maintenant le moment que vous attendez tous, la chance de contempler les 23 578 pierres précieuses d'une valeur inestimable qui forment les joyaux de la Couronne.

— À qui appartiennent-ils ? demanda quelqu'un.

— À sa majesté la Reine, lui répondit-on aussitôt.

— Pas au peuple ? s'enquit une voix à l'accent américain.

— Non, répondit le garde. Ils se transmettent de souverain en souverain, afin qu'aucun politicien ne puisse jamais se les approprier.

La première chose que William remarqua alors qu'ils se dirigeaient vers la salle des joyaux fut qu'il n'y avait pas un garde en vue, et que leur guide, la soixantaine bien tassée, avait une bonne bedaine. Mais après tout, ainsi qu'il était stipulé dans son guide touristique, personne ne s'était échappé de la Tour depuis presque un millénaire.

Quoi qu'il en soit, William n'était pas là pour jouer les touristes, et la journée n'était pas à la contemplation des trésors royaux. Il s'éloigna discrètement du groupe et suivit les panneaux qui indiquaient les salles haute et basse de la Tour de Sel. Il descendit l'allée en direction de l'arche de la Reine Elizabeth et se glissa dans la tour sombre ajoutée à la fin des années 1230 dans le cadre de la construction du mur défensif exigé par Henry III. La pièce octogonale aux murs de pierre était déserte et présentait peu d'intérêt pour quiconque n'était pas féru d'histoire.

William savait que Bess de Hardwick avait été emprisonnée dans la Tour de Sel pour acte supposé de sorcellerie, et il se demandait si Adrian y avait songé. Il s'installa dans une alcôve qui lui offrait une vue imprenable sur l'entrée, afin de ne pas être pris au dépourvu.

Un ou deux touristes passèrent la tête à l'intérieur mais, après un rapide coup d'œil, repartirent vers des lieux plus prometteurs. William entendit l'horloge de la tour sonner 11 heures ; il se doutait qu'Adrian ne serait pas ponctuel. Il tapota une nouvelle fois les deux liasses de billets dans sa poche en attendant l'arrivée de son informateur.

Une silhouette familière apparut dans l'embrasure de l'arche, scanna la salle du regard comme le ferait un animal acculé, jusqu'à ce qu'elle repère William. L'homme s'avança d'un pas rapide et lança avant même de s'asseoir :

— Tu as l'argent ?

— Dans sa totalité, répondit William en montrant le coin d'une liasse de billets craquants, ce qui fit sourire Heath.

Mais il cilla en voyant la liasse retourner dans la poche de William.

— D'abord, le nom, dit celui-ci avec calme.

— Assem Rashidi.

— L'as-tu déjà rencontré ?

— Non.

— Comment peux-tu être sûr dans ce cas qu'il est bien celui qu'on surnomme la Vipère ?

— Maria a eu une aventure avec lui. C'est comme ça que nous nous sommes rencontrés.

— Tu fais confiance à Maria ?

— Elle est la seule personne en qui j'ai confiance.

Les paroles de Lamont revinrent en mémoire de William : « Votre ancien camarade de classe n'est pas votre ami. Il ne le sera jamais. Mais cela ne signifie pas que vous n'honorerez pas votre part du marché. Il le faudra, pour gagner sa confiance. » William sortit une liasse de billets et la tendit à Heath. Elle disparut aussitôt.

— Et pour le reste de l'argent ?

— Quand tu m'auras dit où va Rashidi tous les vendredis à 17 heures.

— Numéro 24, dans les Boltons.

— C'est là qu'il habite ?

— Aucune idée. Ça ne faisait pas partie de notre marché. Allonge le fric.

William sortit la deuxième liasse et la lui tendit.

— Si ton information n'est pas fiable, je te ramènerai ici par la peau des fesses et t'installerai moi-même sur le chevalet de torture.

— Ce n'est pas très gentil, répliqua Heath. Alors que je travaille sur un plus gros projet pour mon vieux copain.

— Quel projet ? s'enquit William en s'efforçant de réfréner son enthousiasme.

— Je te le dirai plus tard. Mais si je réussis, il me faudra assez d'argent pour que Maria et moi puissions disparaître.

— Disparaître où ?

Mais Heath, contrairement à Bess de Hardwick, s'était déjà échappé.

6

— Je parierais sur le Brésil, dit William.
— Pourquoi le Brésil ? demanda Lamont.
— Lors de notre premier entretien, Heath a laissé échapper que sa petite amie était originaire de là-bas.
— Deux plus deux ne font pas toujours quatre, répliqua Hawksby. Mais si les premières informations qu'il nous a fournies sont correctes, votre vieux copain pourrait s'avérer fort précieux sur le long terme.
— Et très coûteux.
— Pas si Assem Rashidi existe bel et bien, intervint Lamont.
— Il existe, assura William. Cependant, d'après Interpol, ce n'est pas le nom qui est inscrit sur son acte de naissance mais celui qu'il utilise de nos jours.
— Vous devez encore me convaincre que c'était de l'argent bien dépensé, reprit Hawksby. Que savons-nous d'autre à son sujet ?
— Il est né à Marseille en 1945, commença William en consultant le rapport d'Interpol. Son père était un ouvrier agricole algérien qui a combattu dans la Résistance pendant la Seconde Guerre mondiale. Il a été tué par les Allemands à quelques semaines de la fin du conflit.
— Et sa mère ?
— Elle est la fille d'un homme politique de Lyon qui a refusé de reconnaître son petit-fils avant qu'il ne soit admis à la Sorbonne, dont il est ressorti diplômé avec les honneurs.
— Et après ça ?
— Il est entré en école de commerce à Paris et à l'instar de nombre d'immigrants de seconde génération (à ces mots Adaja haussa un sourcil), il a travaillé beaucoup plus dur que

ses concurrents du pays, ce qui lui a valu d'être repéré par la société lyonnaise d'importation de thé, Marcel & Neffe. Au bout de seulement trois ans, à l'âge de vingt-sept ans, il a été muté au bureau d'Alger en tant que directeur régional, le plus jeune de toute l'histoire de l'entreprise.

— Qu'est-ce que ça a donné ? demanda Hawksby.

— Il a démissionné sans donner de motif au bout de deux ans. Personne chez Marcel & Neffe ne comprend car il a doublé les bénéfices du groupe durant cette période.

— A-t-il démissionné ou l'ont-ils viré, et ils ne veulent pas en avouer la raison ? demanda Lamont.

— Suivant cette même idée, j'ai demandé à la répression des fraudes d'examiner minutieusement le registre du commerce et des sociétés. On verra s'ils parviennent à éclaircir cette démission inattendue.

— Encore plus mystérieux, poursuivit Adaja, c'est que cinq ans plus tard, il est retourné à Lyon sans prévenir, il a pris le contrôle de la compagnie et s'est autoproclamé président. Personne n'a su où il a trouvé l'argent. Et si quelqu'un osait poser la question, il était mis à la porte ou disparaissait tout bonnement.

— Je suis quasiment sûr, reprit William, que Marcel & Neffe n'est rien d'autre qu'une façade respectable pour dissimuler les produits que Rashidi importe réellement, et ce n'est pas du thé. Après l'entrée du Royaume-Uni dans la CEE en 1973, Rashidi et sa mère ont émigré à Londres. Elle vit désormais dans les Boltons, cette rue luxueuse de l'hyper centre, et Adrian m'assure qu'il lui rend visite tous les vendredis à 17 heures.

— Croyez-vous qu'elle sache que son fils mène une double vie ? demanda Lamont.

— Je ne pense pas, intervint Jackie qui prit alors part à la conversation. J'ai surveillé Mme Rashidi ces derniers jours et elle donne l'impression d'être une citoyenne modèle. Elle joue les dames de la haute, assiste à des concerts au Wigmore Hall, comme Debussy et Strauss, siège au comité local de

Médecins Sans Frontières, et ne rate jamais la messe du dimanche matin à l'Oratoire de Londres. Soit c'est un écran de fumée très élaboré, soit elle n'a aucune idée de ce que fabrique son fils.

— Je suppose, poursuivit Hawksby, que son domicile est désormais sous surveillance ?

— Vingt-quatre heures sur vingt-quatre, confirma Lamont. Mais en dehors de quelques livreurs de quartier et du pasteur qui lui rend visite de temps en temps, personne n'approche de chez elle.

— Emploie-t-elle du personnel ? demanda Hawksby.

— Un chauffeur, qui était autrefois caporal-chef dans la Garde, un cuisinier et une gouvernante, à son service depuis des années, répondit Adaja.

— Je suppose que vous allez attendre avec tous les moyens nécessaires de voir si Rashidi vient à 17 heures vendredi prochain ? Non pas que rendre visite à sa mère soit un crime...

— En effet, confirma William. Un notaire à la retraite qui réside de l'autre côté de la place a accepté de bon cœur de nous laisser utiliser son appartement situé au dernier étage, et surtout, il n'a posé aucune question.

— Espérons que la visite hebdomadaire de Rashidi à sa mère soit une information fiable, auquel cas ce sera deux cents livres bien dépensées.

— Il se pourrait qu'il y ait mieux, reprit William. Mon indic a laissé entendre qu'il travaillait sur un projet plus ambitieux.

— Lequel ? s'enquit Lamont.

— Aucune idée mais il assure que ça va nous coûter sacrément plus.

— Alors son info a intérêt à être sacrément bonne, répliqua Hawk le Faucon.

— Elle peut concerner deux choses, avança Lamont. Soit un gros arrivage de stupéfiants en provenance de l'étranger soit...

— Il a découvert où se situait l'abattoir de Rashidi, avança Paul.

— L'abattoir ? répéta William.

— L'endroit où ils préparent la drogue, la conditionnent en sachets pour la vente, expliqua Paul. Qu'on appelle aussi la chaufferie ou la serre.

— Si c'est un gros arrivage en provenance de l'étranger, enchaîna Hawksby, n'arrêtez pas tout le monde au port de débarquement. Essayez de suivre la cargaison jusqu'à l'abattoir. Le directeur de la Met est plus intéressé par l'arrestation de Rashidi que par celle de menu fretin. Ça va être passionnant de voir qui découvre l'adresse de la serre en premier : l'indic de William ou l'agent sous couverture de Jackie.

— Ne pariez pas sur le brigadier Warwick, dit cette dernière, parce que ma taupe m'a de nouveau contactée hier soir.

Soudain, toute l'attention de l'équipe se tourna vers l'agent Roycroft.

— Grâce à l'information du brigadier Warwick, poursuivit Jackie, Marlboro Man s'est fait embaucher à mi-temps comme barman au Three Feathers.

— Où son dur labeur lui ouvrira certainement les portes d'un temps plein, avança Paul.

— Mais un labeur pas trop dur quand même pour ne pas éveiller les soupçons, ajouta Jackie.

— Comment a-t-il réussi à être engagé aussi vite ? demanda William ?

— Le service lui a fourni une lettre de recommandation d'un pub à Wiltshire qui aurait impressionné n'importe quel patron. Il joue les péquenauds du Sud-Ouest qui vient de débarquer dans la capitale.

— Le patron du pub est-il aussi impliqué ? demanda Lamont.

— Pas de l'avis de MM, répondit Jackie. Mais il n'a aucun scrupule à fermer les yeux sur les échanges de fric dans son établissement. En fait, notre agent amasse plus d'argent en pourboires comme barman à mi-temps qu'en tant qu'officier sous couverture.

— Et personne ne le lui reprochera, répliqua Lamont.

William fronça les sourcils mais n'émit aucun commentaire.

— A-t-il appris quelque chose d'intéressant ? demanda Hawksby. Ou est-ce encore trop tôt ?

— Le Three Feathers s'avère être le repaire de plusieurs revendeurs connus de nos services, dont Tulipe. D'après lui, l'abattoir ne devrait pas se trouver très loin. Mais jusque-là, il n'a pas essayé d'approcher Tulipe.

— C'est compréhensible, dit Hawksby. Sous couverture, la patience prend une tout autre dimension. Si Tulipe a le moindre soupçon sur MM, il lui tranchera la gorge et le laissera se vider de son sang pendant qu'il commande une autre pinte.

— Pourquoi accepter une mission aussi dangereuse ? s'enquit William.

— Ma taupe a vu son petit frère mourir d'une overdose d'héroïne, répondit Jackie. Alors pour lui, c'est une affaire personnelle.

*

Jackie et Paul se relayèrent pour braquer leurs jumelles sur la porte d'entrée du numéro 24, tandis que William gardait un contact permanent avec l'équipe déployée sur le terrain. Il avait demandé à ses hommes de se fondre dans la foule locale pour ne pas éveiller les soupçons de Rashidi. En même temps, il tenait Lamont, à Scotland Yard, informé de ce qu'il se passait.

S'ils s'attendaient à voir apparaître au bout de la rue une berline avec chauffeur, ils furent surpris lorsqu'un taxi noir s'arrêta devant le numéro 24, peu avant 17 heures. Le photographe de la police fit la mise au point avec son téléobjectif et se mit à mitrailler dès que la portière s'ouvrit. Un homme de taille moyenne, élégamment vêtu avec un chapeau et un long manteau noir, une écharpe et des gants en cuir – malgré les températures douces de l'après-midi – traversa le trottoir, ouvrit le portail et gravit la petite allée jusqu'à l'entrée. Il frappa un seul coup.

Le temps que la mère de Rashidi ouvre et serre son fils dans ses bras, le photographe avait pris trente-neuf clichés, pourtant il était sceptique. Lorsque la porte se referma, William donna l'ordre au taxi réquisitionné par le Yard d'attendre à proximité. Si Rashidi repartait à pied, ils ne pouvaient pas risquer de le filer en voiture de patrouille. Il contacta Scotland Yard par radio pour informer le commissaire.

— Soyez prudents, avertit Lamont. Nous ne sommes pas pressés maintenant que nous savons où trouver Rashidi tous les vendredis après-midi. S'il a le moindre soupçon que nous sommes sur sa piste, il va disparaître dans la nature. Souvenez-vous, nous jouons sur le long terme.

— Compris, répondit William.

Jackie et Paul ne quittèrent pas un seul instant la porte du regard.

William entendit la radio grésiller.

— Je suis en haut de Tregunter Road, annonça une voix.

— Restez hors de vue, ordonna William. Mais à la seconde où je vous le dis, vous enclenchez votre lumineux et vous entrez dans les Boltons. Ne prenez aucun client en dehors de notre homme : de taille moyenne, portant un chapeau, un long manteau noir, des gants.

— Entendu.

Au bout de presque deux heures, la porte s'ouvrit de nouveau et Rashidi reparut. Sa mère le serra longuement dans ses bras, et d'après l'experte qui lisait sur les lèvres, elle lui dit : « À vendredi prochain, Assem. » Là encore, le photographe était à l'œuvre.

William s'empara de sa radio tandis que Rashidi redescendait l'allée.

— Tout le monde en alerte, la cible se déplace.

Le taxi apparut au moment où Rashidi ouvrait le portail et sortait sur le trottoir, son signal lumineux vert brillait dans le crépuscule tombant. Rashidi l'ignora et se mit à marcher.

— Merde ! éructa Jackie tandis que Rashidi tournait à l'angle et disparaissait de leur vue.

— Foncez, Adaja ! lança William. Prenez le taxi.

— J'y vais, brigadier !

Il dévala l'escalier jusque dans la rue et sauta dans le taxi qui attendait, moteur en marche. Le chauffeur démarra si vite que Paul se retrouva plaqué contre le dossier. Alors qu'ils tournaient à l'angle, il repéra Rashidi qui montait dans un autre taxi venant dans leur direction. Pourquoi dans ce cas n'avait-il pas pris le leur ?

Le taxi de Rashidi tourna à gauche au bout de la rue, au moment même où le feu passait au rouge. Si le camion devant eux ne s'était pas arrêté, l'agent de police Danny Ives aurait grillé le feu.

— Nous l'avons perdu, dit-il.

— Allez-vous en informer le brigadier Warwick ou bien dois-je m'en charger ? demanda Paul.

— Question stupide.

*

— Vous l'avez perdu ? gronda Hawk le Faucon, quand ils furent tous assis autour de la table dans son bureau à Scotland Yard.

— J'en ai bien peur, monsieur, dit William. Mais nous savons maintenant qu'il dispose de son propre taxi. À l'avenir, nous suivrons le véhicule, pas l'homme.

— Veillez bien à changer de plaque d'immatriculation chaque semaine et à faire se relayer les taxis si le trajet se prolonge. Je me fiche du nombre de vendredis qu'il faudra pour trouver l'emplacement de son abattoir, tant qu'on y parvient à un moment donné.

— Entièrement d'accord, approuva Lamont. Ces photos nous apprennent-elles quelque chose d'utile ? demanda-t-il en les feuilletant.

— Seulement que nous avons affaire à un homme d'une extrême prudence, répondit William. Comme vous pouvez le constater, nous ne distinguons pas bien son visage. Mais les techniciens ont repéré une chose intéressante.

— Éclairez ma lanterne, fit Hawksby en utilisant son expression fétiche.

— Regardez attentivement ses gants. Nos experts ont examiné toutes les photos et ils ont la conviction qu'il manque une phalange au majeur gauche de Rashidi.

— Qu'est-ce qui leur fait penser ça ?

— Observez bien l'agrandissement du cliché 46, sur lequel il embrasse sa mère en partant de chez elle.

Hawksby prit son temps pour étudier le gros plan de la main gantée.

— On voit que trois doigts ainsi que le pouce touchent le dos de sa mère mais que le troisième doigt du gant est lâche. Sur l'agrandissement de sa main droite, cliché 52, les quatre doigts et le pouce tiennent clairement le bras de sa mère.

— Malin, commenta Hawksby.

— Tout comme lui, répliqua William. Nous ne pouvons donc pas nous permettre la plus petite erreur.

— Où voulez-vous en venir, brigadier Warwick ? interrogea Lamont.

— Il est évident que nous sommes confrontés à un individu exceptionnellement rusé et prudent. Il nous faudra donc sans cesse être sur nos gardes, sinon il nous mènera en bateau tous les vendredis après-midi.

— Et donc, Warwick ? insista Hawksby.

— Nous savons que Rashidi est un homme très riche, pourtant il ne rend pas visite à sa mère en voiture privée avec chauffeur, mais dans son propre taxi banalisé. Il n'a pas de garde du corps, car il ne veut pas attirer l'attention ni éveiller les soupçons de sa mère. Soyons réalistes, nous sommes face à un homme qui aurait pu être chef d'entreprise, ministre ou enseignant à la *London School of Economics* mais qui a préféré emprunter la voie de la criminalité.

— Plus rentable que les trois autres réunies, commenta Lamont.

William considéra chacun leur tour les individus autour de la table.

— Il ne vous rappelle pas quelqu'un ?

— Nous avons affaire à un autre Faulkner, conclut Hawk le Faucon, en poussant un lourd soupir.

— Espérons qu'ils ne se rencontrent jamais, dit Jackie.

— Sinon au pénitencier de Pentonville.

7

Tous les jours de la semaine, aux alentours de 7 h 30, Jackie prenait le métro jusqu'à St James's Park ; une fois dehors, elle traversait la rue pour rejoindre Scotland Yard. Sauf le jeudi.

Le jeudi, elle descendait à Victoria, la station d'avant, et remontait Victoria Street à pied. Au bout de deux cents mètres, elle tournait à droite et traversait une place pavée qui menait à l'entrée sud de la cathédrale de Westminster. Elle y suivait un petit groupe de touristes à l'intérieur en veillant à ne pas se faire remarquer.

Ce jeudi-là, en pénétrant dans la cathédrale, elle croisa les fidèles habituels éparpillés sur les bancs, tête inclinée, priant un dieu auquel elle ne croyait plus. Jackie descendit d'un pas lent l'allée de gauche, prit garde à ne pas attirer l'attention sur elle tandis qu'elle admirait les sculptures des stations du chemin de croix d'Eric Gill, consciente que si le grand sculpteur était encore de ce monde, elle devrait l'arrêter. Mais puisque le pape avait accordé son pardon pontifical au Caravage condamné pour meurtre, pourquoi le cardinal-évêque ne pardonnerait-il pas Gill pour ses écarts de conduite ? Après tout, son péché en particulier n'était pas mentionné dans les Commandements.

Jackie s'arrêta devant le tronc placé sous un tableau de la Vierge Marie illuminé par une douzaine de cierges récemment allumés. Elle regarda autour d'elle pour vérifier que personne ne l'observait avant de prendre dans son sac à main une clé avec laquelle elle déverrouilla le coffre en bois. À l'intérieur, elle y trouva quelques pièces éparpillées au fond. Encore moins que la semaine dernière, songea-t-elle. Après un autre coup d'œil alentour, elle récupéra le paquet de Marlboro vide coincé dans un coin et le fourra dans son sac. Elle referma le couvercle et redonna un tour de clé avant de se diriger à grandes enjambées vers l'autel. Elle s'inclina devant le crucifix puis remonta l'aile droite et passa devant les autres stations du chemin de croix pour sortir de la cathédrale.

Sa tâche accomplie, l'affaire bouclée en moins de cinq minutes, elle reprit sa route vers le bureau. Une fois à Scotland Yard, elle ne monta pas au quatrième étage mais descendit au -1, où des sciences plus occultes étaient pratiquées.

Jackie parcourut le couloir fortement éclairé sans ralentir l'allure et atteignit bientôt une porte vitrée sur laquelle des lettres peintes en noir indiquaient AGENT BECKWORTH.

Jackie frappa et entra sans attendre d'y être invitée. Elle avança directement jusqu'au bureau de Beckworth où elle déposa le paquet de cigarettes. La jeune policière leva le nez, aucunement surprise. Sans un mot, elle ouvrit le paquet, en retira avec agilité le papier d'argent intérieur qu'elle aplatit délicatement de la paume. Elle l'emporta ensuite jusqu'à la machine qui se trouvait dans un coin de la pièce, elle en souleva le couvercle et y plaça la feuille sur un plateau en cuivre. Elle rabaissa le couvercle, appuya sur un bouton qui déclencha une lumière vive dans la machine, et attendit un instant avant de relever le couvercle. Elle regarda longuement tandis que des lettres de prime abord aléatoires apparaissaient sur l'aluminium. Enfin, elle recopia le court message sur une petite carte blanche, glissa celle-ci dans une enveloppe qu'elle scella avant de la remettre à sa visiteuse hebdomadaire. Jackie la remercia d'un hochement de tête, seul geste du langage des signes qu'elle connaissait. L'agent Beckworth lui rendit la pareille avec plus de fluidité avant de regagner son bureau.

Juste avant de partir, Jackie leva le pouce pour la remercier une dernière fois mais la technicienne était déjà occupée à ranger le papier d'argent dans un classeur à tiroirs.

Jackie prit l'ascenseur pour monter au quatrième, où Angela la conduisit directement dans le bureau du commissaire divisionnaire. Elle s'étonna d'y trouver William déjà installé avec Hawksby, tous deux l'attendant de pied ferme.

Elle tendit l'enveloppe scellée à son patron qui l'ouvrit et en examina le contenu un moment avant de déclarer :

— Bien que je ne puisse partager avec vous toutes les informations notées sur cette carte, je suis en mesure de vous confier qu'elles touchent à une affaire sur laquelle vous travaillez tous les deux.

Jackie s'assit à côté de William.

— Tous les jeudis matin, aux alentours de 7 heures, notre agent sous couverture dépose un paquet de cigarettes vide dans le tronc de la cathédrale de Westminster, que Jackie récupère une heure plus tard. C'est ainsi qu'il m'a fourni cette dernière information.

— Comment le contactez-vous ? s'enquit William.

— Jackie laisse un paquet de Marlboro vide dans ce même coffre à offrandes lorsqu'elle part le mercredi soir. Je suppose que l'agent Beckworth ne vous a pas montré le message du jour ? dit-il en s'adressant à Jackie.

— Non, monsieur.

— Six noms. Mais seulement trois sont directement liés aux affaires sur lesquelles vous travaillez. Adrian Heath, consommateur : nous le savions déjà. Tulipe, revendeur : aucune surprise ici non plus. Mais il arrive que les dieux soient de notre côté. Miles Faulkner, consommateur occasionnel ; voilà qui est plus inattendu et pourrait se révéler essentiel. Si Faulkner projette de se procurer des stupéfiants pour sa réception à Limpton Hall le 17 mai, votre indic pourrait peut-être nous fournir des détails.

— Je ne peux pas appeler Heath, expliqua William. C'est lui qui prend contact.

— Il va donc falloir attendre qu'il soit à court d'argent. Un événement inéluctable chez tous les drogués.

— Heath pourra éventuellement nous dire si Faulkner consomme de la drogue, voire qui le fournit, mais pour ce qui est de sa bonne volonté à nous procurer des preuves admissibles devant un tribunal, c'est une autre paire de manches.

— D'après vous, sa petite amie désire de tout son cœur rentrer au Brésil, et il souhaite l'accompagner. Si nous pouvons exaucer son vœu, il consentira peut-être à dénoncer ses complices.

— Il ne reste donc plus qu'à espérer que son amour pour Maria soit plus fort que sa crainte de Rashidi.

*

— Maintenant, vous remettez la bille noire à sa place, indiqua William en passant de la craie sur sa queue de billard.

Paul se pencha sur le bord de la table de jeu et aligna la bille blanche avec la rouge avant de tirer.

— C'est sans espoir, se lamenta-t-il tandis que la rouge évitait la poche du coin et poursuivait son chemin jusqu'au milieu de la table, laissant un coup facile à jouer pour William.

Celui-ci prit place : il fit un break de 32 points, anéantissant tout espoir de se rattraper pour Paul.

— Vous avez le temps de prendre un verre ? demanda-t-il tout en reposant sa queue sur le porte-queue.

— Bien sûr, brigadier.

— Je ne suis brigadier que lorsque nous sommes en service, répliqua William quand ils furent assis à une table dans un angle de la salle de jeux.

Il but une gorgée de bière avant de demander :

— Comment trouvez-vous votre nouveau poste ?

— Je suis ravi d'avoir été muté à Scotland Yard, répondit Paul. J'en rêvais mais je ne pensais pas que ça arriverait.

— Nous avons de la chance de vous compter dans l'équipe. Je sais peut-être une chose ou deux sur les vols d'œuvres d'art mais je reste un novice en ce qui concerne les drogues que l'on peut acheter auprès d'une chaîne de pharmacies.

— Vous en saurez autant que n'importe quel revendeur sous peu. Et à ce moment-là, vous voudrez tous les enfermer et jeter la clé.

— Même les drogués ?

— Non. Vous finirez par avoir pitié d'eux.

— C'est déjà le cas. Alors, vous vous intégrez bien ? demanda William pour changer de sujet.

— Tout à fait. J'ai déjà l'impression de faire partie de l'équipe.

— Des problèmes ?

— Aucun que je ne puisse gérer.

— Pas de regard déplacé quand les gens vous croisent pour la première fois ?

— Seulement de la part des plus anciens, qui de toute façon ne m'auraient jamais accepté. Mais les plus jeunes sont corrects.

— Quelqu'un en particulier vous donne-t-il du fil à retordre ?

— De toute évidence, Lamont a du mal à s'habituer à l'idée, mais c'était prévisible. Il est de la vieille école ; je dois juste faire mes preuves.

— Si cela peut vous consoler, j'ai connu le même problème avec lui quand j'ai rejoint l'équipe. N'oubliez pas qu'il est écossais : il nous considère tous les deux comme des immigrants clandestins.

Paul s'esclaffa.

— Je ne crois pas que cela ferait une grande différence pour lui si j'étais né à Glasgow plutôt qu'à Lagos.

— Avez-vous déjà deviné le point commun entre le commissaire divisionnaire, Jackie et leur agent sous couverture ?

— Non, avoua Paul en reposant son verre. Je n'y ai pas réfléchi.

— Leurs voies sont impénétrables.

— Ils sont catholiques ?

— Bingo, du premier coup ! Quant à Lamont, il est franc-maçon, alors prêtez attention à la poignée de main secrète. Et s'ils sont tous un peu méfiants envers nous, c'est parce que nous avons profité du système de promotion accélérée. Alors autant se serrer les coudes. Bref, pour quelle raison avez-vous voulu intégrer les forces de l'ordre ?

— Enfant, j'ai trop lu Conan Doyle et pas assez Thackeray. En plus, mon père est instituteur et d'après lui, si je ne deviens pas au moins commissaire divisionnaire, j'aurais gâché mon éducation.

— Pareil pour moi, répliqua William en levant son verre. Bien que dans mon cas, c'est directeur de la police métropolitaine ou rien. Mais ne le dites à personne.

— Tout le monde est déjà au courant, affirma Paul avec un rire. Mais j'ai bien l'intention de vous égaler.

— J'ai hâte de voir ça. Voulez-vous faire une autre partie ?

— Non merci. J'ai été assez humilié pour la soirée.

— Vous devriez venir dîner à la maison, ainsi vous pourriez rencontrer Beth.

— Une autre fois, William. J'ai un rendez-vous ce soir, et vous aurez du mal à le croire mais je pense qu'elle m'apprécie.

— Ce doit être un premier rendez-vous, alors.

*

William dormait à poings fermés lorsque le téléphone sur la table de chevet se mit à sonner. Personne à la galerie n'appellerait Beth au milieu de la nuit, c'était forcément pour lui. Il s'empara du combiné et espéra que la sonnerie stridente n'avait pas réveillé sa fiancée.

— Il faut que je te voie de toute urgence, dit une voix familière.

Moi aussi, songea William avant de répondre simplement :

— Où et quand ?

— La Tate, à 11 heures demain.

— Pourquoi à la Tate ?

— Il y a peu de chances que des dealers traînent dans un musée dans l'espoir d'y pêcher des clients potentiels. Si je me souviens bien, le dessin était ta matière préférée à l'école, à toi de décider de l'endroit.

— Il y a une grande œuvre de Henry Moore dans la galerie 3.

— Qui est Henry Moore ?

— Elle est impossible à rater.

— Bien. 11 heures, demain.

— Tout à l'heure, répliqua William mais Adrian avait déjà raccroché.

— Qui était-ce ? demanda Beth.

*

— Josephine Hawksby.

— Bonjour, madame Hawksby. Je suis Beth Rainsford. Je suis navrée de vous déranger, mais...

— Nous sommes invités, Jack et moi, à votre mariage le mois prochain, et nous avons hâte d'y assister.

— C'est très aimable à vous de dire ça. William et moi sommes ravis que vous puissiez vous joindre à nous. Mais ce n'est pas la raison de mon appel. J'espérais que vous pourriez me conseiller sur un sujet personnel, et de préférence pas au téléphone.

— Bien sûr. Prenons le thé vendredi prochain. 17 heures à Fortnum ? C'est un lieu où j'ai la quasi-certitude que nous ne serons pas espionnées par des policiers trop curieux.

*

Après avoir prévenu Lamont de son appel nocturne, William quitta Scotland Yard pour se rendre à la Tate et retrouver son informateur. Il avait hâte de connaître la raison de l'empressement d'Adrian à leur rencontre, et il avait déjà préparé plusieurs questions à lui poser avant même de gravir le raide escalier qui menait à l'entrée de la galerie.

Bien qu'en avance, William se dirigea directement vers la galerie 3 où un petit groupe de visiteurs admirait *La Silhouette au repos* de Moore. En attendant l'arrivée de Heath, il essaya de se détendre et fit le tour de la salle pour saluer d'anciens amis et en découvrir d'autres. De temps en temps, il glissait un œil vers Moore, mais encore une fois, Heath était en retard. Il fit un second tour de salle, encore plus lentement.

Heath débarqua à grandes enjambées dans la galerie 3 à 11 h 20, sans doute parce qu'il considérait qu'être en retard lui conférait un avantage. William s'était rapproché du *Crucifix* d'Eric Gill où Heath le rejoignit quelques instants plus tard.

— Discutons en marchant, suggéra William. Nous éviterons les oreilles indiscrètes.

Heath acquiesça. William fit quelques pas et vint se planter devant *Ophélie* de Millais. Il tenta de se concentrer sur l'homme à côté de lui et non sur la femme qui flottait dans une rivière entourée par les fleurs.

— Pourquoi ce rendez-vous en urgence ?

— Tu te rappelles Tulipe ?

— Ton dealer.

— Plus maintenant.

— Comment ça ? s'étonna William.

Un visiteur s'était rapproché pour admirer *Ophélie*, aussi se hâtèrent-ils vers le *Cheval attaqué par un lion* de Stubbs.

— Tulipe s'est retrouvé à l'hôpital après avoir avalé un sachet de cocaïne juste avant de se faire arrêter.

— Les risques du métier, commenta William, impassible.

— Dont je compte bien profiter, parce qu'il m'a demandé de m'occuper de ses clients en son absence.

William réfléchit à la portée de cette nouvelle tout en feignant de s'intéresser à un tableau de Constable représentant une rivière.

— Constable et Turner n'avaient qu'un an de différence, déclara-t-il alors qu'ils étaient rejoints par un autre visiteur. Mais ils étaient l'opposé l'un de l'autre. L'un était vieux jeu et traditionnel, l'autre rebelle et profondément original. Ce qui est sans doute la raison pour laquelle ils n'ont jamais été amis.

— On dirait nous, répliqua Heath avant de s'éloigner et de prétendre contempler une autre œuvre. Mais revenons-en à nos affaires. J'ai besoin d'un service, dit-il lorsque William l'eut rejoint.

— Qu'as-tu en tête ? demanda celui-ci tandis que l'un d'entre eux examinait de plus près *Le Diseur de bonne aventure* de Morland.

— En l'absence de Tulipe, j'ai une chance de me faire un paquet de fric pour enfin partir d'ici, mais il faut que vous me laissiez le champ libre pendant quelques semaines, pas plus.

— Pourquoi accepterions-nous cela ?

— Parce que dès que Tulipe revient, je te donne le nom de tous ses contacts.

— Il te tuera.

— Pas si je suis à l'autre bout du monde avant qu'il ne le découvre.

— Ce n'est pas suffisant, répondit William quand deux personnes vinrent contempler le Morland.

— Que veux-tu de plus ? demanda Heath tandis qu'ils avançaient vers le tableau suivant.

— L'adresse de l'abattoir de Rashidi.

— Même Maria ne la connaît pas. Mais j'y travaille.

— Alors commençons par quelque chose de plus simple pour prouver ta bonne volonté.

— À quoi penses-tu ?

— Nous savons qu'un des clients de Tulipe s'appelle Miles Faulkner.

— J'ai vu ce nom sur la liste de Tulipe mais ce n'est pas un client régulier. Il veut toujours les produits les plus purs et paie le prix fort pour les obtenir. Mais il ne s'est pas manifesté récemment.

— Il va le faire, assura William sans plus d'explication. Et le moment venu, je dois savoir exactement quelles drogues il commande et où il souhaite se les faire livrer.

— Si je te le dis, tu me laisseras faire mes affaires en attendant le retour de Tulipe ?

— Seulement si mon chef l'autorise. S'il est d'accord, et que tu ne nous donnes pas ces informations, j'irai moi-même rendre une petite visite à Tulipe à l'hôpital pour lui apprendre ce que tu fabriques en son absence.

— Tu ne ferais pas ce coup-là à un vieil ami.

— À l'instar de Turner, tu n'es pas un vieil ami, répliqua William alors qu'ils revenaient devant le *Crucifix* de Gill.

— Je dois reconnaître que Moore a du talent, dit Heath.

8

— Le numéro de la plaque est différent mais c'est le même taxi, déclara Jackie en baissant ses jumelles.

— Comment peux-tu en être sûre ? demanda William, tandis qu'il suivait des yeux le taxi noir qui roulait au pas dans les Boltons.

— La boîte de mouchoirs sur la plage arrière.

— Bien vu !

Ils reprirent leur surveillance et virent Rashidi descendre du véhicule et ouvrir le portail du numéro 24.

— Même chapeau, gants, manteau et écharpe, fit remarquer Paul. Il a ses petites habitudes à l'évidence.

— Ce qui pourrait bien causer sa perte, répliqua William.

Le photographe s'était mis à mitrailler sitôt que Rashidi était descendu de voiture ; il avait toutefois prévenu William qu'en raison de l'accoutrement du sujet, il ne fallait pas s'attendre à de meilleurs résultats que la semaine précédente.

La porte s'ouvrit avant même que Rashidi ait pu y frapper. La même embrassade permit au photographe de zoomer sur la main gauche gantée, puis mère et fils disparurent à l'intérieur de la maison.

William alluma sa radio qui le mit en contact direct avec Scotland Yard.

— Toutes les unités en stand-by. La cible est arrivée à l'adresse, annonça-t-il. Elle se trouve actuellement dans la maison. Si on se réfère à la semaine dernière, elle n'en ressortira pas avant deux bonnes heures.

— Quels renforts avez-vous mis en place ? s'enquit Lamont.

— J'ai trois taxis qui surveillent les sorties de la place, prêts à suivre notre homme dès que le signal sera donné.

— Et sur le terrain ?

— Deux agents en civil dans chaque taxi, avec pour ordre de le filer dès qu'il descendra du sien.

— Des voitures de patrouille ?

— Quatre véhicules banalisés stationnés entre les Boltons et Earl's Court, prêts à assurer la filature.

— Informez-moi à la seconde où il réapparaît.

— Sans faute, monsieur.

Lamont éteignit son récepteur.

— Vous ne préféreriez pas que ce soit nous qui donnions les ordres, dit-il, plutôt que d'observer de loin ?

— Bien sûr, reconnut Hawk le Faucon. Mais pas un mot à ma femme.

*

— Du lait et du sucre ?

— Du lait seulement, merci, madame Hawksby.

— Je vous en prie, appelez-moi Josephine, répliqua celle-ci en tendant à Beth une tasse de thé. J'ai déjà beaucoup réfléchi à notre conversation téléphonique.

— Mais je ne vous ai pas expliqué pourquoi je souhaitais vous rencontrer.

— Ce n'est pas sorcier à deviner. Je suppose que vous voulez savoir ce que c'est d'être mariée à un policier depuis trente ans.

— Est-ce si évident ? demanda Beth.

— L'enfer sur terre, voilà la réponse facile. Les longues journées, les annulations de dernière minute, les questions qu'on ne peut jamais poser et, pire que tout, la peur constante qu'un jour il ne rentre pas à la maison. Mais mon amour inconditionnel pour Jack m'a aidée.

— Les cas de divorces sont si nombreux dans les forces de l'ordre, répliqua Beth. Le commandant Lamont pour commencer, et Jackie ensuite, et ce n'est que dans notre service.

— C'est vrai. Mais vous apprendrez à accepter qu'on attend des policiers qu'ils fassent les mêmes horaires que les criminels, même si les criminels s'octroient des vacances plus longues dans des endroits plus ensoleillés.

Beth s'esclaffa.

— Ça n'a jamais été un travail de fonctionnaire de bureau, et d'après ce que Jack m'a confié, William ne souffre pas du problème de la plupart des policiers.

Beth reposa sa tasse, attendit la suite.

— Trop de testostérone et de jolis officiers féminins.

— Comment en être sûre ? demanda Beth.

— On ne peut pas, mais Jack affirme que vous avez trouvé un jeune homme exceptionnel, qui vous est entièrement dévoué.

— Et je lui suis totalement dévouée aussi, mais il lui faut pour partenaire une femme exceptionnelle et je ne suis que l'assistante du conservateur du Fitzmolean, je fais des horaires de bureau.

— Dieu merci, l'un de vous est normal, répondit Josephine Hawksby en s'emparant d'un canapé au concombre.

— Je crains qu'il ne soit déjà marié.

— À son travail ?

Beth acquiesça.

— Tous les bons flics le sont, ma chère. Mais si je pouvais retourner trente ans en arrière, au moment de sa demande en mariage, j'épouserais quand même l'agent Jack Hawksby.

— Puis-je vous poser une question personnelle, Josephine ?

— Tout ce que vous voulez.

— Avez-vous déjà envisagé de quitter votre mari ?

— Le quitter, jamais. L'assassiner, plusieurs fois.

*

— Êtes-vous invité au mariage ? demanda Lamont.

— Oui. Josephine et moi avons hâte même si je suis sûr qu'il va y avoir parmi les convives bien trop d'avocats pénalistes croisés alors que je témoignais à la barre.

— Voire un criminel ou deux.

— Non, répondit Hawksby. Sir Julian Warwick n'est pas homme à mélanger affaires et plaisirs : Booth Watson ne sera pas invité.

Lamont laissa échapper un ricanement.

— Avez-vous déjà rencontré Beth ?

— Seulement au Fitzmolean lors de l'inauguration du Rembrandt. Il n'est pas difficile de comprendre pourquoi William est tombé amoureux d'elle.

— Que le seigneur vienne en aide à cette pauvre jeune fille.

— Pourquoi dites-vous cela, Bruce ?

— J'ai divorcé trois fois, et l'agent Roycroft une fois. En fait, vous êtes l'exception qui confirme la règle.

— J'ai le sentiment que William fera mentir les statistiques. Je m'inquiète seulement que Beth tente de lui faire quitter la police.

— Mes trois femmes ont essayé, approuva Lamont. Et regardez où ça les a menées. Chaque fois que j'ai été promu, l'épouse du moment m'a quitté, mais seulement après avoir vidé mon compte en banque.

— J'ai la conviction que William ne suivra pas ce chemin, affirma Hawksby. Cependant, je compte sur vous pour effacer les derniers vestiges de son aura d'enfant de chœur avant d'envisager de le nommer inspecteur.

— Et Adaja ?

— S'il parvient à encaisser les préjugés raciaux qu'il ne manquera pas de subir dans la rue...

— Sans parler de ceux à l'intérieur du bâtiment, intervint Lamont. J'avoue ne pas être irréprochable moi-même. Lorsque j'ai intégré la police, seul le café était noir.

— Avez-vous déjà regardé le vieux feuilleton policier *Regan* ? demanda Hawksby.

— J'en ai vu tous les épisodes. Je me prenais pour John Thaw.

Hawksby sourit.

— Et avez-vous remarqué l'erreur dans la rediffusion de la semaine dernière ?

— Rafraîchissez-moi la mémoire.

— Les vieilles Black Marias, l'autre nom de nos paniers à salade, étaient d'après l'inspecteur Regan, surnommées ainsi en hommage à une femme qui assistait toujours aux audiences vêtue d'une robe noire. Mais l'agent Adaja m'a informé qu'en fait le terme provenait d'une tenancière d'auberge prénommée Maria à qui la police de Boston rendait visite bien trop souvent.

— Adaja est aussi pénible que Warwick quand il s'agit de nous abreuver d'informations inutiles.

— Et tout aussi brillant. D'ailleurs, William risque d'avoir un sérieux concurrent et il se pourrait même qu'en 2020, la Met soit prête à nommer son premier directeur noir.

— Eh bien, tant que ce n'est pas une femme qui la dirige.

Hawksby allait répondre quand la radio grésilla.

— La cible se déplace, annonça William.

*

La même embrassade, la même démarche lente pour redescendre l'allée ; la seule différence fut que le portail franchi, il prit à gauche et non à droite.

— Tenez-vous prêts. Il se dirige vers Bolton Gardens. Tenez-vous prêts, répéta William.

— Ici équipe 1, annonça une voix dans la radio. La cible monte dans un taxi dont le lumineux est éteint. Terminé. Il part en direction de l'est sur Brompton Road.

— Ici Danny, je l'ai en visuel.

— Ne le lâchez pas, ordonna William. Mais sur deux kilomètres seulement. Il y a une voiture banalisée derrière vous prête à prendre le relais.

— Entendu, répondit Danny qui resta à bonne distance sans jamais quitter sa cible des yeux. Le suspect s'est rabattu sur la file extérieure, indiqua-t-il au bout d'un moment. Il se pourrait qu'il tourne à droite.

— Il pourrait aussi continuer, fit remarquer William. Auquel cas nous pourrions découvrir où il habite.

— Je préférerais découvrir où il travaille, commenta Lamont. Mais j'imagine que nous n'aurons pas cette chance.

— Laissez filer, Danny, intima William. Que la voiture de patrouille prenne le relais. Mais restez en alerte, je pourrais avoir encore besoin de vous plus tard.

Le fait que les quatre voitures banalisées étaient toutes des Austin Allegros vieilles de cinq ans, de couleur classique mais dotées de moteurs débridés pouvant atteindre les cent quatre-vingt-dix kilomètres à l'heure au besoin, amusa William. Personne ne leur prêtait attention sur la voie du milieu de Great West Road où elles ne dépassaient pas les soixante kilomètres à l'heure.

— La cible arrive au rond-point Courage. On dirait qu'elle va s'engager sur la M4.

— Où se rendent en général les taxis par la M4 ? demanda William de façon rhétorique.

— À l'aéroport, répondit Danny.

— Il ne manquait plus que ça.

— On dirait bien qu'il va vers l'autoroute, avertit le chauffeur de la voiture de patrouille, parce qu'il n'y a plus de sorties.

— Cessez la filature au pont routier de Hammersmith et laissez Danny reprendre la suite. Un taxi sera moins suspect sur l'autoroute, surtout si Rashidi se rend à l'aéroport.

— Entendu, brigadier.

— Mais Danny, poursuivit William, s'il reste sur la voie extérieure, laissez un autre taxi vous relayer et sortez de l'autoroute à Heathrow avant de rentrer au Yard.

— La cible s'est de nouveau déportée dans la file du milieu et ralentit, intervint Danny. Je crois que vous avez raison, brigadier. Il va sortir à Heathrow.

— Quelle plaie, pesta William. Je n'ai pas assez d'hommes pour couvrir les trois terminaux.

— C'est le terminal 1, les vols intérieurs.

— Restez à distance. Paul, tenez-vous prêt à le suivre dans l'aéroport.

— Je suis dans les starting-blocks, brigadier.

Un court silence s'en suivit durant lequel William fit les cent pas, craignant que si l'exercice devait se répéter chaque semaine, il n'use la semelle de ses chaussures avant qu'ils ne découvrent où se rendait leur suspect.

— Il descend du taxi et se dirige vers le hall des départs, annonça Danny. Paul le suit.

— Est-ce qu'il transporte quelque chose ?

— Rien du tout, brigadier.

— Il ne prend sûrement pas l'avion dans ce cas.

— Il vient retrouver quelqu'un ? avança Jackie.

— Pas dans le hall des départs. À mon avis, c'est encore un stratagème pour semer quiconque pourrait le suivre.

— Paul entre dans le terminal, les informa Danny.

— Que fait le taxi de Rashidi ? demanda William.

— Il se remet en route. Vous voulez que je le suive ?

— Non. Si le chauffeur est un pro, il vous aura repéré maintenant. Attendez que Paul nous dise où va Rashidi.

— Je l'ai perdu, monsieur, annonça celui-ci d'un ton embarrassé. Il doit y avoir une dizaine d'entrées et de sorties dans le hall des départs, et un millier de passagers qui vont dans tous les sens.

— C'est ma faute, se lamenta William. J'aurais dû demander à Danny de suivre le taxi.

— Assurez-vous de couvrir les trois terminaux la prochaine fois, intervint Hawksby, qui avait suivi l'échange.

— Comment savez-vous qu'il retournera chez sa mère la semaine prochaine ? demanda William en s'efforçant d'étouffer la frustration dans sa voix.

— M. Rashidi et moi avons un point commun, répondit Hawksby. Nous sommes toujours ponctuels pour nos mères.

9

Le père de Beth frappa à la porte de la chambre.

— La voiture est là.

— Nous sommes bientôt prêtes, Arthur, répondit son épouse. Accorde-nous quelques minutes de plus.

Arthur consulta sa montre. Le chauffeur avait effectué le trajet jusqu'à l'église le matin et avait déclaré qu'il prenait onze minutes. Bien sûr, Arthur savait que tout le monde se doutait que la mariée aurait un peu de retard, mais pas au point de donner des sueurs froides au marié, sans parler de leurs deux cents invités.

Beth contempla une nouvelle fois son reflet dans le miroir. Rien n'avait changé. Jamais elle n'aurait pu rêver plus belle robe, et jamais elle ne pourrait remercier suffisamment son père pour les sacrifices qu'il avait consentis afin que cette journée soit inoubliable pour elle.

— Toutes les mariées ont-elles des appréhensions le jour de leur mariage ? dit-elle, comme pour elle-même.

— Moi, j'en ai eu, reconnut sa mère tandis qu'elle réajustait le voile de Beth. Alors je suppose que oui.

Nouveau coup à la porte.

— Je crains qu'il ne s'agisse d'une de ces rares occasions où on ne peut commencer sans toi, lui rappela Arthur.

Il redescendit l'escalier, ouvrit la porte d'entrée et se mit à arpenter l'allée.

Quelques instants plus tard, sa fille apparut en haut des marches et, à l'instar de tout père de la mariée, son cœur se gonfla de fierté. Il ouvrit la portière de la Rolls Royce – même ce simple geste avait été répété – puis il attendit que Beth y grimpe avant de l'y rejoindre. La voiture démarra en douceur et Arthur se demanda s'il devait inviter le chauffeur à se presser. Il s'abstint.

— Tu es éblouissante, s'extasia-t-il en se tournant vers sa fille pour l'admirer une nouvelle fois. William est un homme chanceux.

— Je suis tellement nerveuse, lui confia Beth. J'espère que ça ne se voit pas.

— Et c'est bien normal de l'être, jeune fille. Tu t'apprêtes à signer un contrat de partenariat à vie, sans aucune clause de résiliation.

— Je ne sais comment te remercier, papa. Rien de tout cela n'aurait été possible sans ta grande générosité et ton extrême gentillesse, pas seulement aujourd'hui mais depuis des années. Je sais qu'il y a eu des fois où je t'ai rendu fou.

— Régulièrement, répondit Arthur avec un rire. Mais je suis heureux de confier cette responsabilité à un homme qui m'a fait sortir de prison et m'a redonné du travail quand personne en dehors de toi ne croyait que c'était possible.

Il lui prit la main avant de poursuivre.

— Les pères sont souvent convaincus qu'il n'existe personne d'assez bien pour leur fille, surtout leur fille unique, mais je ne pourrais être plus heureux d'avoir William comme gendre. Bien sûr, il n'est pas assez bien pour toi, mais il n'est pas si mal.

Beth laissa échapper un grand rire.

— Maman m'a appris que tu as participé à sa soirée d'enterrement de vie de garçon au pub.

— Je ne suis pas resté longtemps.

— Pas d'après maman.

— Ne t'inquiète pas. La moitié de la police métropolitaine était là pour le garder à l'œil. En dehors de quelques blagues que je n'oserais répéter, et de quelques fausses notes dans les chants entonnés, il était sobre quand je l'ai reconduit chez lui. Connais-tu son surnom ? demanda-t-il alors qu'ils tournaient dans High Street et que la vieille église paroissiale de St Anthony apparaissait.

— Enfant de Chœur, répondit-elle sans révéler à son père le petit nom qu'elle donnait à William en privé.

Tous deux avaient participé à plusieurs répétitions au cours de la semaine et l'officiant, le révérend Martin Teasdale, vénérable gentleman, leur avait expliqué la cérémonie en insistant sur l'importance des vœux prononcés devant le Tout-Puissant. Il avait terminé en les prévenant qu'il y aurait forcément un imprévu le jour du mariage, c'était toujours le cas.

Lorsque la Rolls s'arrêta devant l'église, Arthur consulta de nouveau sa montre. Ils avaient sept minutes de retard. Il se doutait que la nervosité devait gagner William mais il savait que ses inquiétudes se dissiperaient au moment où le carillon de cloches s'élèverait et qu'il verrait sa fiancée remonter l'allée.

Arthur descendit de voiture et tint la portière ouverte pour sa fille. La première demoiselle d'honneur se précipita pour porter la traîne puis fit signe à ses consœurs de se mettre en rang. Beth passa son bras dans celui de son père et ensemble ils entrèrent dans l'église au son de la marche nuptiale de Mendelssohn.

L'assemblée se leva comme un seul homme alors que Beth parcourait lentement l'allée. Sur sa gauche se trouvaient ses anciens camarades d'école et de l'université de Durham, assis parmi une multitude de collègues du Fitzmolean.

Lorsqu'elle regarda sur sa droite, elle vit un contingent de policiers qui rappelait une équipe de rugby, avec par-ci par-là des amis de William, du temps du lycée et de King's Collège. Lorsqu'elle reconnut Gino, elle sourit au souvenir de leur premier rendez-vous.

À mesure qu'elle remontait l'allée, Beth croisa Jack et Josephine Hawksby, Grace et Clare, main dans la main, Jackie Roycroft, Paul Adaja et Tim Knox, qui s'inclina à son passage. William se tenait sur la plus haute marche de l'autel, superbe dans sa queue-de-pie, chemise blanche et cravate argentée, un œillet rose à la boutonnière. Il lui lança le sourire nerveux qu'elle lui avait vu lorsqu'il était venu la première fois au Fitzmolean assister à une conférence qui aurait dû être donnée par le conservateur. Si Tim n'avait pas été malade, Beth n'aurait pas eu à le remplacer au dernier moment, et William et elle ne se seraient peut-être jamais rencontrés. Beth ne l'avait jamais avoué à personne, pas même à William, mais le trac qu'elle avait ressenti à parler en public pour la première fois n'avait pas été apaisé par la présence de ce séduisant jeune homme pas toujours concentré sur les tableaux.

Au pied de l'autel, Arthur Rainsford libéra sa fille, pour la dernière fois célibataire, puis rejoignit son épouse au premier rang.

Beth gravit les marches la séparant de William, qui semblait incrédule de tant de chance.

— J'ai hâte de retirer le septième voile, murmura-t-il.

— Un peu de tenue, monsieur l'homme des cavernes, répondit-elle, heureuse qu'il ne puisse pas la voir rougir.

Lorsque la dernière note retentit, et que l'orgue se tut, le pasteur commença par accueillir les futurs mariés. Il contempla ensuite l'assemblée nombreuse et déclara :

— Mes biens chers frères et sœurs, nous sommes réunis aujourd'hui devant Dieu...

Beth connaissait la cérémonie nuptiale presque par cœur, telle une jeune actrice attendant que le rideau se lève pour offrir la meilleure performance de sa vie. Aussi lorsque le pasteur demanda :

— S'il se trouve un homme dans cette assemblée...

Pourquoi pas une femme ? avait-elle songé pendant la répétition.

— ... qui a quelque raison que ce soit de s'opposer à ce mariage, qu'il parle ou se taise à jamais.

Le pasteur leur avait expliqué durant la répétition que par tradition, il poserait la question, marquerait une pause puis s'adresserait à William : « Voulez-vous prendre cette femme pour légitime épouse ? ». Il marqua la pause prévue et une voix s'éleva :

— J'ai une raison de m'y opposer !

Toute l'assemblée fut sous le choc et chacun tourna la tête pour chercher l'origine de cette intervention. Un homme que Beth n'avait rencontré qu'une seule fois se leva et s'avança à grandes enjambées vers son futur mari. Au pied de l'autel, il déclara, le doigt pointé sur William :

— Cet homme entretient une liaison avec mon épouse, ce qui a causé la fin de notre mariage. Il n'a aucune intention d'être fidèle à cette femme, et je peux le prouver.

Un murmure confus et choqué parcourut l'assemblée avant de se transformer en chœur puissant. Beth éclata en sanglots. William fit un pas vers Faulkner, et il fallut le concours de son témoin et de deux autres pour les séparer.

En plus de quarante ans d'office, le révérend Martin Teasdale n'avait jamais vu quiconque s'opposer à une union lors de la cérémonie. Il fouilla désespérément sa mémoire en quête de ce qu'il était censé faire en de telles circonstances. Il ne pouvait tout de même pas téléphoner à l'évêque !

Sir Julian vint à sa rescousse.

— Les deux familles, ainsi que M. Faulkner, devraient sans doute vous suivre dans la sacristie afin de tirer cela au clair, murmura-t-il depuis le premier rang.

— Si les familles des futurs mariés ainsi que le monsieur impliqué veulent bien m'accompagner dans la sacristie, déclara le pasteur, afin que nous puissions résoudre cette affaire.

William et Beth quittèrent l'autel à contrecœur et le suivirent. Une fois que les parents des futurs mariés les eurent rejoints dans la sacristie, tous attendirent en silence que l'accusateur de William apparaisse. Faulkner prit son temps pour arriver.

— Comment vous appelez-vous, monsieur ? demanda le pasteur.

— Miles Faulkner, annonça-t-il avec la même assurance qu'il avait récemment affichée à la barre.

— Cet homme vient d'être condamné à une peine de quatre ans de prison avec sursis pour fraude, déclara Sir Julian. Mon fils est l'agent de police qui l'a arrêté. De toute évidence, nous sommes ni plus ni moins face à un homme agaçant qui cherche à se venger.

— Est-ce la vérité, monsieur Faulkner ? demanda le pasteur. Avez-vous été condamné pour fraude ?

— En effet. Mais j'ai une chose à dire qui n'a pas été révélée durant le procès et qui prouvera que la déclaration de Sir Julian selon laquelle je suis motivé par la vengeance n'est rien de plus qu'une tentative de me réduire au silence, quand en réalité, je ne fais qu'accomplir mon devoir de chrétien.

Tout le monde se mit à parler en même temps, à l'exception du pasteur qui, lorsque le torrent d'accusations et de contre-accusations se fut quelque peu tari, se contenta de déclarer :

— Nous écouterons ce que vous avez à dire, monsieur Faulkner. Ceci n'est peut-être pas une Cour de justice mais nous sommes en présence d'une autorité bien supérieure qui rendra le jugement ultime.

Faulkner s'inclina, afin de montrer qu'il avait saisi la gravité de la situation.

— Devant Dieu, commença-t-il d'un ton solennel, j'accuse cet homme d'avoir eu une liaison avec mon épouse alors qu'il était fiancé à cette femme. Un acte d'infidélité qui a provoqué la fin irrémédiable de mon mariage.

Cette déclaration paraissait un peu trop bien répétée aux oreilles de Sir Julian, qui n'avait aucun doute quant à l'auteur du script. En revanche, il ne savait pas très bien comment William pourrait prouver son innocence.

— J'ai rencontré Mme Faulkner à trois reprises, affirma William. Et seulement en ma qualité d'officier de police.

— Niez-vous que lors de l'une de ces rencontres, vous avez passé la nuit avec mon épouse dans notre demeure à Monte Carlo, alors que je me trouvais à l'autre bout du monde ?

— Nous avons dormi sous le même toit, confirma William avec fermeté, mais pas dans la même chambre.

— Allez-vous prétendre devant Dieu que mon épouse ne vous a pas rejoint dans votre lit cette nuit-là ?

William ne répondit pas, et cette fois, Sir Julian ne fut pas en mesure de venir à son secours.

— Je crains que ce ne soit la vérité, lança une voix à l'entrée de la sacristie.

Tous se tournèrent pour voir qui avait parlé. Christina Faulkner s'avança.

— Lorsque William a logé chez moi, je suis entrée dans sa chambre sans qu'il m'y invite et je me suis glissée dans le lit près de lui.

Son public était suspendu à ses lèvres et n'aurait pas été plus captivé lors de sa première à l'Albert Hall.

— Aucune femme n'aime être rejetée, reconnut-elle à voix basse, je dois pourtant avouer que c'est ce que William a fait, et de manière très explicite ; il m'a mise à la porte. Jusqu'à ma mort je garderai en mémoire ce qu'il m'a dit : « Je suis amoureux d'une femme respectable et même votre promesse de rendre le Rembrandt au Fitzmolean ne saurait me tenter de lui être infidèle. » Si vous trouvez cela humiliant, poursuivit Christina, imaginez ce que je ressens à cet instant face à Dieu et à cette assemblée.

Elle marqua une pause avant de délivrer son coup final.

— Deux autres faits pourraient vous intéresser, pasteur. J'ai entamé la procédure de divorce bien longtemps avant de faire la connaissance du brigadier Warwick, et plus important encore peut-être, nous ne nous sommes pas rencontrés depuis, ainsi que le détective privé de mon mari pourra le confirmer.

Beth prit William dans ses bras et déposa un tendre baiser sur ses lèvres.

— C'est gentil de m'accorder plus de valeur qu'à un Rembrandt, susurra-t-elle. C'est le plus beau cadeau de mariage que j'aurais pu espérer !

Tout le monde à l'exception de Faulkner se mit à applaudir. Arthur, qui n'avait pas prononcé un mot jusqu'alors, fit un pas en avant, attrapa Faulkner par le bras, le lui tordit dans le dos avec toute l'agilité d'un ancien lutteur amateur, et le conduisit enfin jusqu'à la porte qui menait à l'extérieur. Il l'ouvrit de sa main libre et avec l'aide de sa chaussure bien cirée, il le poussa dans le cimetière.

Faulkner bascula en avant, tomba sur un genou avant de retrouver son équilibre. Alors qu'il s'éloignait, il entendit Arthur crier :

— J'ai été arrêté pour meurtre. Ne me tentez pas pour un deuxième tour !

Il claqua la porte et rejoignit les autres à temps pour entendre le vicaire déclarer :

— « À moi la vengeance, dit le Seigneur. »

Les futurs mariés regagnèrent l'intérieur de l'église et reprirent place devant l'autel sous une salve d'applaudissements chaleureux, preuve qu'on avait oublié de fermer la porte de la sacristie.

— Où en étions-nous avant cette grossière interruption ? reprit le pasteur, ce qui provoqua une nouvelle clameur enthousiaste. Ah oui. Voulez-vous prendre cette femme pour épouse légitime ?

Après l'échange des vœux, le pasteur conclut :

— Je vous déclare mari et femme. Vous pouvez embrasser la mariée.

Toute l'assemblée se leva pour applaudir M. et Mme Warwick lorsqu'ils redescendirent l'allée.

La réception fut l'occasion pour chacun de partager son opinion sur l'intervention douteuse de Faulkner alors que les discours qui s'ensuivirent n'en firent aucune mention. Lorsque 16 heures sonnèrent, Arthur fut de nouveau saisi par la nervosité : si Beth s'attardait davantage à se changer et à enfiler sa tenue de voyage, il craignait que M. et Mme Warwick ne ratent leur avion et ne soient contraints de passer leur nuit de noces à l'arrière d'une voiture de location.

Il l'avait prévenue à plusieurs reprises que le trajet jusqu'à Gatwick prendrait au moins une heure et comme à son habitude, elle avait ignoré ses avertissements. Cependant lorsqu'elle revint dans une robe en cachemire bleu marine et rouge, agrémentée d'un foulard en soie rouge et d'un petit sac à main beige, tout fut pardonné. Arthur glissa dix livres au chauffeur de taxi en lui demandant de veiller à ce que ses passagers ne ratent pas leur avion.

— Accrochez-vous, brigadier, lança le chauffeur alors qu'ils s'installaient sur la banquette arrière. Je vais peut-être devoir dépasser la vitesse autorisée.

— Oh non, pas vous, Danny, répondit William. Qu'est-ce qui pourrait mal tourner encore aujourd'hui ?

Ils atteignirent l'aéroport en quarante-six minutes et alors que les jeunes mariés filaient dans le hall des départs, ils furent accueillis par l'annonce des haut-parleurs :

— Dernier appel pour le vol 019 à destination de Rome. Que tous les passagers se rendent à la porte 31.

Les Warwick furent parmi les derniers à embarquer à bord de l'avion, et ils ne commencèrent à se détendre que lorsque l'appareil se mit à rouler sur le tarmac. William serrait la main de Beth dans l'attente du décollage quand un message leur parvint de la cabine de pilotage.

— Ici votre capitaine, se présenta une voix amicale. Je suis navré de vous informer que notre ingénieur a détecté une panne sans gravité dans le moteur de droite. Nous allons devoir retourner à la porte où vous devrez débarquer et attendre que nous trouvions un autre appareil disponible pour effecteur le vol jusqu'à Rome.

Des grognements s'élevèrent suivis de centaines de questions, à aucune desquelles les membres de l'équipage ne purent répondre.

— Je peux vous assurer, poursuivit le capitaine, que votre sécurité est notre priorité. J'espère que vous pourrez très vite reprendre votre voyage.

— Je ne serais pas étonné, commenta William en attrapant le sac de Beth dans le casier, que Faulkner se révèle être l'ingénieur en question.

Sa remarque ne la fit pas rire.

Les passagers furent escortés hors de l'avion et reconduits dans le terminal où on leur offrit du thé et des biscuits dans le salon, dans l'attente de plus amples informations. La promesse d'une résolution rapide régulièrement répétée par le personnel attentionné devint de moins en moins convaincante jusqu'à une annonce officielle en provenance de l'avion.

— Je suis au regret de vous annoncer qu'aucun appareil de remplacement n'est disponible pour l'instant. Tous les passagers seront prioritaires sur le premier vol demain matin à destination de Rome.

— Eh bien madame Warwick, il semblerait que nous allons passer notre nuit de noces dans un salon d'aéroport, dit William en prenant Beth dans ses bras.

— Au moins nous aurons une bonne anecdote à raconter à ton fils, rétorqua-t-elle.

— Mon fils ?

— Ou ta fille, peut-être. Monsieur Warwick, je suis enceinte.

10

— Monsieur et madame Warwick ?

William se demanda combien de temps il mettrait à s'y habituer. Il battit des paupières et reconnut une des hôtesses de l'air de l'avion.

— Oui ?

— Si votre épouse et vous voulez bien venir avec moi ?

— Que se passe-t-il ? demanda Beth d'une voix ensommeillée quand William la réveilla en douceur. Je venais juste de m'endormir.

— Je l'ignore, mais je suppose que nous le découvrirons si nous suivons cette jeune femme de la compagnie aérienne.

Beth se leva, s'étira et bâilla comme un animal qui sortait d'hibernation avant d'accompagner de mauvaise grâce son mari.

— Elle nous conduit peut-être dans le salon des premières classes, chuchota William.

— Avec des fauteuils plus confortables sur lesquels ne pas dormir.

— Et des boissons et des repas gratuits !

— Raté, monsieur le grand détective, fit remarquer Beth comme ils passaient devant le salon des premières classes sans s'arrêter.

Ils sortirent du terminal. Un chauffeur en uniforme de la compagnie aérienne leur ouvrit la portière arrière d'une voiture de courtoisie.

— De plus en plus curieux, commenta William en grimpant sur la banquette.

— Où crois-tu qu'on nous emmène ? s'enquit Beth.

— Pas à Rome, en tout cas, répondit-il quand la voiture démarra.

— Ni à Londres, ajouta-t-elle en voyant que le chauffeur ne suivait pas les panneaux pour la M4 mais prenait à gauche pour s'engager sur une route de campagne.

Ils roulèrent plusieurs kilomètres puis la voiture ralentit avant de franchir un portail en fer forgé au bout d'une route encore plus étroite, qui serpentait au milieu d'une épaisse forêt. Un kilomètre plus loin, surgit devant eux une demeure géorgienne aux proportions généreuses et dont la façade en pierre couleur miel se parait de lierre. La voiture s'arrêta devant l'entrée. Un jeune homme dans un élégant uniforme vert se précipita pour leur ouvrir la portière.

— Bienvenue à l'hôtel Lakeside Arms, monsieur et madame Warwick, déclama-t-il tandis qu'ils sortaient sur l'allée gravillonnée. Si vous voulez bien me suivre ?

L'immense porte en chêne s'ouvrit bien avant qu'ils ne s'en approchent. Un homme grand en veste noire, pantalon à rayures et cravate gris argenté les attendait sur le seuil. On aurait pu le croire tout juste revenu de leur réception de mariage.

— Bonsoir, monsieur et madame Warwick. Je suis Brian Morris, le directeur de cet hôtel.

Sans ajouter un mot, il les guida vers un large escalier recouvert d'une épaisse moquette. Au premier étage, il s'arrêta devant une double porte sur laquelle une plaque indiquait en lettres dorées : « Suite Nell Gwynne. » Il sortit son passe, ouvrit et les invita à entrer dans une enfilade de grandes pièces plus spacieuse que leur appartement à Fulham.

— Voici la suite nuptiale, avec vue sur le lac, annonça le directeur en marchant vers une grande baie vitrée. J'espère que les cris des paons ne vous dérangeront pas.

Il s'arrêta un instant près de la table dressée pour deux couverts et lissa une serviette avant de les conduire dans la chambre principale qui s'enorgueillissait d'un grand lit pouvant accueillir sans difficulté quatre dormeurs. Sa visite guidée n'était toujours pas terminée ; la pièce qu'il leur présenta ensuite était une immense salle de bains pourvue d'un jacuzzi et d'une douche à l'italienne dans laquelle une équipe de football aurait pu entrer.

Bouche bée, ils retournèrent avec lui dans la chambre où leurs bagages étaient mystérieusement apparus : leurs vêtements de nuit en avaient été sortis et étaient étalés sur le lit. Une bouteille de champagne attendait dans un seau à glace. Le directeur la déboucha, remplit deux flûtes qu'il tendit à ses hôtes.

— N'hésitez pas à commander à dîner par téléphone dès que vous le souhaiterez. La carte se trouve sur la table.

— Puis-je rester ici toute ma vie ? demanda Beth.

— Pas si vous souhaitez prendre votre avion demain matin pour Rome, madame, répondit le directeur.

Il s'inclina, partit à reculons et referma sans bruit la porte derrière lui.

— Suis-je en plein rêve ? demanda Beth en levant son verre. Car je ne peux pas croire qu'une compagnie aérienne traite ainsi tous ses passagers en attente d'un vol.

— Ne pose pas tant de questions ou nous pourrions être renvoyés dans la salle d'attente de l'aéroport, répliqua William avec un regard vers le lit double.

Il se mit à déboutonner la veste de Beth.

— Homme des cavernes, dit-elle.

— Mais quelle caverne !

*

— Elle veut quoi ? s'exclama Faulkner.

— Limpton Hall avec tout son mobilier. Ce qui inclut les soixante-treize peintures à l'huile. En revanche, elle accepte que vous gardiez la statue vous représentant.

— Quoi d'autre ?

— Vingt mille livres par an pour rémunérer son personnel, continua Booth Watson. En plus d'un règlement définitif d'un million de livres.

— Ce sera tout, je suppose ?

— Pas vraiment. Elle conserve toutes ses affaires personnelles. Les bijoux, les vêtements, etc., ainsi que la Mercedes et Eddie, votre chauffeur, dont vous continuerez d'assumer le salaire.

— Dites-lui d'aller se faire voir.

— Je l'ai déjà fait, même si ce n'était pas en ces termes.

— N'oubliez pas qu'elle a couché avec Warwick à Monte Carlo, et qu'ils sont toujours amants.

— Je ne crois pas, Miles. Comme vous l'avez découvert en personne lorsque vous êtes allé à ce mariage auquel je vous avais déconseillé d'assister.

— Vous avez rédigé mon texte, au cas où cela vous aurait échappé, lui rappela Faulkner.

— À contrecœur, répliqua Booth Watson.

— Mais je ne pouvais pas savoir que Christina s'y trouverait.

— Contrairement à vous, elle a reçu une invitation, ce qui tendrait à indiquer qu'ils ne sont pas amants.

— Quoi qu'il en soit, c'est sa parole contre la mienne.

— Si un jury doit choisir entre une femme trompée en pleurs et un homme condamné pour fraude, de quel côté penchera la balance selon vous ?

— Peu importe car, ainsi que vous me le répétez souvent, le jury ne peut être informé des précédentes condamnations.

— Une règle grotesque, mais qui, je dois le reconnaître, œuvre en notre faveur. À moins bien sûr qu'un des jurés ait lu un journal national au cours de l'année qui vient de s'écouler.

— Vous pensez que ce sera évoqué au tribunal ?

— C'est inévitable, si vous refusez de négocier.

— Je ne vais pas me séparer de mes tableaux sans me battre, décréta Faulkner. J'ai passé ma vie à réunir cette collection.

— Si vous tenez à les garder, Miles, elle voudra quelque chose en échange. Malheureusement, les œuvres d'art valent plus que les trois maisons réunies, le yacht et l'avion ensemble ; des biens pour lesquels elle n'a montré aucun intérêt.

— Repoussez l'accord autant que possible, BW. J'ai peut-être encore une carte dans la manche.

*

Le petit déjeuner leur fut servi dans leur suite à 10 heures le lendemain matin, accompagné d'un exemplaire du *Times* et d'un autre du *Telegraph*.

— Leur premier impair, commenta Beth avec un sourire. Mais j'imagine qu'aucun de leurs clients habituels ne lit le *Guardian*.

— Ni le *Sun*, d'ailleurs, ajouta William avant de s'attaquer à son petit déjeuner complet pendant que Beth sirotait un jus d'oranges fraîchement pressées en lisant l'article sur les préparatifs du mariage du prince Andrew et de Fergie.

À 10 h 20, on frappa discrètement à la porte et, telle un bon génie, M. Morris apparut.

— J'espère que vous avez tous les deux passé une bonne nuit.

— Merveilleuse, répondit William après avoir bu son café.

Difficile de passer une bonne nuit de sommeil quand on est mariée à un homme des cavernes, s'abstint de répondre Beth.

— Je m'inquiétais car vous n'avez pas commandé à dîner hier soir.

— Nous avions mangé trop de chips et de cacahuètes, se hâta de prétendre Beth.

— Hélas, vous avez raté le premier vol pour Rome. Cependant, nous avons pu vous réserver deux places sur celui de 12 h 35 et la compagnie aérienne vous a surclassés en business. Une limousine vous attendra dehors pour vous conduire à l'aéroport.

— Évidemment, marmonna Beth.

— Je vous demande pardon, madame ?

— Ce que mon épouse veut dire, c'est que nous avons vécu une expérience inoubliable et vous n'auriez pu rendre notre séjour plus agréable.

— C'est très aimable à vous de dire cela, monsieur. Je vous laisse à présent. J'enverrai un porteur prendre vos bagages dans quelques minutes, conclut M. Morris en s'inclinant une dernière fois avant de partir.

— Brigadier Warwick, commença Beth en prenant son mari dans ses bras, vous allez devoir être promu très souvent.

— Pourquoi cela ? demanda William d'un ton innocent.

— Parce que je pourrais m'habituer à tout ce luxe.

William allait répliquer mais elle le devança.

— Mais pour l'instant, je me contenterai de célébrer dans cette suite notre anniversaire de mariage tous les ans jusqu'à la fin de nos jours.

*

— Ils viennent de partir, monsieur, annonça le directeur en regardant par la fenêtre la limousine qui disparaissait dans l'allée. Nous avons suivi vos instructions à la lettre.

— En effet, monsieur Morris. Ma fille m'a téléphoné il y a quelques minutes pour m'annoncer qu'ils n'avaient pas pu décoller à cause d'un problème de moteur mais que la compagnie aérienne s'était pliée en quatre pour remédier à ce désagrément.

— Je suis ravi de l'entendre, monsieur. À quelle adresse dois-je envoyer la facture ?

— À mon bureau à Marylebone. Indiquez la mention « personnel », à l'attention d'Arthur Rainsford.

*

Le commissaire Lamont décrocha le téléphone sur son bureau et grimaça en entendant la voix à l'accent snobinard qui écorchait ses oreilles d'Écossais.

— Je viens au rapport, monsieur.

— Ça vous plaît d'être aux commandes, Adaja ? Même si ce n'est que le temps de la lune de miel de Warwick ?

— J'apprécie chaque instant. Je suppose qu'il n'y a aucune chance qu'il reporte son retour, monsieur ? J'aimerais beaucoup résoudre cette affaire avant qu'il ne revienne.

— Aucune chance, affirma Lamont. D'autant que Warwick vient juste d'appeler de Rome dans le seul but de nous demander si nous avions trouvé où habitait Rashidi.

— Comme c'est étonnant.

— Du nouveau de ce côté-là ? demanda Lamont sans tenir compte du commentaire.

— Vous aviez raison sur le fait de surveiller les trois terminaux de l'aéroport, monsieur. Rashidi a été déposé au terminal 3 cette fois et il est revenu au terminal 1.

— Et de là, où est-il allé ?

— Il est monté dans une BMW bleu foncé qui l'a conduit à Little Charlbury, un village dans l'Oxfordshire.

— Avez-vous trouvé sa maison, au cas où le brigadier Warwick rappellerait ?

Paul s'esclaffa.

— Ce n'est pas vraiment une maison, monsieur, plutôt un château. Avec des douves et un pont-levis. La superficie du terrain doit dépasser les cinq cents hectares, et le voisin le plus proche se trouve à presque deux kilomètres.

— Dans ce cas, évitez de prévenir la police locale de notre opération de surveillance. Avec autant d'argent en circulation, il a sûrement un ou deux policiers à sa botte, ou qui en tout cas ne préféreront pas l'importuner.

— Il n'y a qu'un fonctionnaire de police dans le village et la seule chose plus vieille que lui, c'est sa bicyclette.

— Des mesures de sécurité ?

— Le dernier cri, plus quelques touches personnelles. Toute la propriété est ceinte d'un mur de trois mètres de haut surmonté d'une clôture électrique.

— Les criminels prennent toujours des précautions plus rigoureuses quand il s'agit de leur propre sécurité et de leurs biens que les honnêtes gens, commenta Hawk le Faucon pour sa première intervention sur la ligne. Croyez-vous possible que son usine de fabrication de stupéfiants se situe quelque part sur ce domaine ?

— C'est peu probable, monsieur, répondit Paul. Entre autres parce que ça en ferait un mauvais centre de distribution. Tous les habitants du village pourraient suivre les allées et venues. Mais je reste sur place pour le moment et je vais essayer de soutirer quelques informations aux commères locales.

— Bien, dit Lamont. En attendant, je vais prendre les dispositions nécessaires pour que l'hélicoptère de la Met survole la propriété demain matin. Bien que d'après vos dires, je ne sois pas convaincu qu'on y découvre quoi que ce soit de compromettant. Je soupçonne cet endroit de faire partie de sa couverture, de son image publique, en tant que président d'une entreprise d'importation de thé prospère.

— Et le taxi qui l'a conduit à l'aéroport, où est-il allé ensuite ? intervint Hawksby.

— Le chauffeur est rentré chez lui, à Chiswick, répondit Jackie, aussi en ligne. Il s'avère qu'il s'agit d'un chauffeur de taxi sous licence. Sauf que les vendredis après-midi, il n'a qu'un seul client, qu'il récupère dans la City à 16 h 20 et dépose dans les Boltons vers 17 heures. Deux heures plus tard environ, il le conduit à Heathrow et le laisse à un terminal différent chaque semaine. J'ai déjà installé un appareil de traçage sur son taxi pour qu'on n'ait pas toujours à surveiller les trois terminaux.

— Je viens tout juste d'en donner l'autorisation, s'étonna Hawksby. Avez-vous mis le mouchard avant ou après avoir obtenu mon accord ?

— Il est possible que je l'aie fait quelques heures avant, reconnut Jackie.

— Que ce type d'erreur ne se renouvelle pas, agent Roycroft. Ces initiatives personnelles pourraient nous coûter cher dans un tribunal et compromettre toute l'opération. À l'avenir, suivez les règles à la lettre, ou vous pourriez bien vous retrouver à la circulation.

— Oui, monsieur, répondit Jackie.

Elle raccrocha et ajouta pour elle-même :

— Mais les criminels ne suivent pas les mêmes règles, au cas où vous n'auriez pas remarqué... Monsieur.

*

— Je me demande s'ils ont localisé l'usine, déclara William face à une imposante femme en marbre.

— Je suis sûre qu'ils arriveront à survivre sans toi pendant deux semaines, brigadier, affirma Beth en consultant son guide touristique.

— Alors, qu'as-tu prévu pour cette après-midi ? lui demanda-t-il, un peu coupable.

— La visite de la villa Borghèse, où nous aurons l'occasion de voir trois des plus belles œuvres de Le Bernin, un Raphaël inoubliable, et...

— Et *Amour sacré et amour profane* de Titien.

— Peint en quelle année ?

— 1514.

— J'oublie parfois que tu as étudié l'histoire de l'art au King's College, entre deux tours de piste de course la journée et tes lectures d'Agatha Christie le soir.

— Simenon, en fait. Et en français. Alors quand verrons-nous De Vinci et Michel-Ange ?

— Patience, homme des cavernes. Il nous reste encore une semaine pour admirer les œuvres des deux plus grands artistes de tous les temps.

— Je suis plus amateur du Caravage, pour ma part.

— Dans ce cas, tu sais sans doute déjà que onze de ses œuvres sont exposées dans des galeries ou des églises ici même à Rome. Mais dis-moi, brigadier Warwick, si on t'avait donné l'occasion d'arrêter Le Caravage et de le condamner à mort pour meurtre en 1606, après sa rixe au sortir d'un bar, qu'aurais-tu fait ?

— Je l'aurais fait pendre haut et court ! assura William. Pas comme cet hypocrite vénal de pape Paul V.

— Je me réjouis que tu n'aies pas été pape à l'époque. Sinon, aujourd'hui nous ne pourrions pas admirer neuf de ces onze chefs-d'œuvre.

*

— Tu crois que Hawksby sait que nous avons une liaison ? demanda Jackie.

— Bien sûr qu'il le sait, répondit Ross. C'est pour cela qu'il t'a choisie pour être mon officier de liaison.

— Mais la plupart des gens pensent que tu as quitté la police.

— Y compris ma mère. Mais cela faisait partie du plan de Hawksby. Les jeunes policiers qui démissionnent au bout de deux ans sont nombreux, ils sont vite oubliés.

— Mais ça reste quand même une sacrée décision de devenir agent sous couverture à long terme, compte tenu des risques encourus.

— J'ai toujours été un solitaire. Hawksby l'a vu tout de suite et il en a tiré profit.

— Alors, tu avances ou tu te contentes de faire des tonnes d'heures sup ?

— Ce n'est pas à moi d'en décider, mais à d'autres. En tout cas, j'ai déjà établi que Tulipe est un client régulier du Three Feathers, tout comme plusieurs autres dealers dont je pourrai très vite fournir les noms. Mais je ne dois pas me précipiter. La patience pour un agent sous couverture n'est pas une vertu mais une nécessité. Enfin, s'il veut survivre. Il suffit qu'une seule de ces ordures soupçonne un instant que j'appartiens à la brigade des stups pour qu'on me retrouve en train de flotter dans le fleuve au petit matin.

Il posa la main à l'intérieur de la cuisse de Jackie.

— Pas tout de suite, dit-elle en le repoussant.

— Mais je n'ai pas fait l'amour depuis des semaines !

— Tu te fiches de moi ? Hawksby a reçu ton dernier rapport et m'a même demandé de te féliciter. Mais maintenant il veut que tu découvres l'adresse de l'abattoir de Rashidi.

— Ça pourrait prendre un peu de temps parce que la Vipère ne t'invite pas dans son nid à moins que tu n'aies fait tes preuves. Et je ne suis encore qu'un coursier, le bas de l'échelle. Alors je doute que ça arrive en une nuit.

Il prit Jackie dans ses bras et se mit à embrasser ses seins avec délicatesse.

L'espace d'un instant, l'autre question à laquelle Hawksby voulait une réponse lui échappa : la langue de son amant descendait avec avidité sur son corps. Elle s'allongea et ne pensa plus à rien d'autre. Peu après la fin de leur étreinte, Ross se glissa hors du lit et se rhabilla.

— Tu ne te douches pas ? demanda-t-elle.

— Ça ne fait pas partie du boulot, répondit-il sans complexe.

Alors elle se souvint.

— Le patron veut que tu gardes un œil sur un dealer qui s'appelle Adrian Heath. Son nom était sur ta dernière liste. Essaie de découvrir ce qu'il fabrique et tiens-nous informés.

— Il t'a expliqué en quoi ce type est important ?

— Hawk le Faucon ne donne pas d'explication, seulement des ordres.

— Question bête, reconnut Ross en ouvrant la fenêtre.

— Et la prochaine fois que tu débarques sans prévenir, n'oublie pas de frapper.

— Pourquoi ? demanda-t-il en grimpant sur l'échelle de secours.

— Je serai peut-être au lit avec un autre.

11

Sir Julian considéra sa cliente de l'autre côté de son bureau et lui sourit.

— Votre époux vous propose Limpton Hall, mais sans les tableaux ; l'appartement d'Eaton Square, dont le bail n'est plus que de neuf mois, dix mille livres par an pour couvrir les frais du personnel, et un règlement définitif d'un demi-million de livres.

— Que devrais-je répondre, selon vous ? demanda Christina.

— Acceptez Limpton Hall et l'appartement d'Eaton Square, mais exigez seize mille par an et pas moins de huit cent mille livres de règlement. Après tout, il en va de la responsabilité morale et légale de votre mari de veiller à ce que vous puissiez continuer à mener le train de vie auquel vous avez été habituée après tant d'années passées à être son épouse dévouée.

— J'ai le sentiment, Sir Julian, que tout ceci vous amuse beaucoup.

— Loin s'en faut, madame. Je me contente d'accomplir mon devoir juridique pour le compte de ma cliente. Rien de plus.

— Et certainement rien de moins.

Sir Julian s'autorisa un sourire narquois. Il affectionnait peu Mme Faulkner mais il devait reconnaître qu'il appréciait sa compagnie.

— Je dois vous demander, poursuivit-il, à quel point vous désirez que les tableaux fassent partie de l'accord final.

— Au plus haut point. En fait, c'est une condition *sine qua non*.

— Pourrais-je savoir pourquoi, madame Faulkner, alors que vous avez été on ne peut plus claire quant au peu d'intérêt que vous portiez à l'art ?

— Dès que le divorce sera prononcé, je mettrai toutes ces œuvres aux enchères. Miles sera incapable de résister à l'envie de les racheter et je compte bien veiller à ce qu'il ne les récupère pas au rabais.

Sir Julian évita de poser la question évidente et déclara simplement :

— Dans ce cas, je vais insister pour que les tableaux fassent partie de l'accord.

— Les soixante-treize, ajouta Christina. Et vous pouvez dire à Miles qu'il est inutile qu'il se fatigue à tenter de me refourguer des copies ou des faux, parce que dans ce cas, je préviendrai le commissaire divisionnaire Hawksby.

Sir Julian réprima son sourire.

— Avez-vous d'autres questions concernant l'accord, madame Faulkner ?

— Une seule. La partie adverse a-t-elle accepté de régler vos honoraires ?

— En effet.

— Dans ce cas, je vais vous téléphoner très souvent pour un conseil juridique, Sir Julian. Et ce ne sera peut-être pas toujours au sujet de Miles mais ça le concernera quand même.

*

Jackie traversa la salle à la hâte quand le téléphone sur le bureau de William se mit à sonner.

— Agent Roycroft.

On raccrocha.

— Sans doute l'ancien copain de classe de William, dit Lamont. Malheureusement, il est peu probable qu'il accepte de parler à quelqu'un d'autre que lui.

— Et s'il rappelle ?

— Espérons que Warwick sera rentré.

— Et s'il ne l'est pas ?

— Dans ce cas, vous aurez la tâche peu enviable de décider s'il faut ou non interrompre sa lune de miel.

*

William contempla le plafond de la chapelle Sixtine qui, à en croire son guide touristique, aurait changé l'histoire de l'art occidental.

— Combien de temps Michel-Ange a-t-il mis pour peindre cette fresque ? demanda Beth.

— Il y a travaillé sans relâche de 1508 à 1512, répondit William. Le pauvre homme a passé presque tout ce temps allongé sur le dos au sommet d'un échafaudage grossièrement monté. Quand il a eu terminé, il était presque infirme. Et en plus, le pape Jules II ne l'a pas payé dans les délais prévus.

Beth était hypnotisée par l'ambition considérable du projet et ne put détacher son regard du plafond que lorsque sa nuque fut douloureuse.

— Tu aurais dû te servir d'un de ces grands miroirs qu'ils proposent, dit William.

— J'aurais aussi pu acheter une carte postale. Si Rome ne regorgeait pas de chefs-d'œuvre, je viendrais dans cette chapelle tous les jours jusqu'à ce que tu m'en éloignes de force !

— Même si pour cela tu dois faire la queue pendant des heures parmi les fidèles tous les matins ?

— Michel-Ange est resté allongé sur le dos pendant quatre ans pour achever cette œuvre unique, alors faire deux heures de queue pour lui rendre hommage ne me dérangerait pas.

*

Le téléphone sur le bureau de William sonna de nouveau. Si ça n'avait pas été la troisième fois de la matinée, Lamont l'aurait ignoré.

— Répondez ! s'écria-t-il, exaspéré. Mais n'informez pas celui qui appelle, qui qu'il soit, que William est en lune de miel.

Jackie décrocha :

— Le brigadier Warwick n'est pas disponible pour le moment.

— Il faut que je lui parle de toute urgence !

— Puis-je prendre un message ?

— Dites-lui que Faulkner a passé commande pour son dîner.

— Autre chose ?

— Je rappelle dans une heure, et il a intérêt à être au bout du fil. Je n'arrive pas à croire qu'il ait plus important à faire que de prendre Faulkner en flagrant délit.

— Ce ne sera pas possible, répondit Jackie, mais la ligne était déjà coupée.

*

Le téléphone se mit à sonner alors que William finissait de se raser. Il décrocha le combiné de la salle de bains en espérant que la sonnerie n'avait pas réveillé Beth.

— Allô ? dit-il tout bas.

— William, c'est Jackie. Ton informateur vient d'appeler. Il affirme que Faulkner a passé commande pour son dîner, si tu comprends ce que ça signifie. Il doit te parler de toute urgence. Veux-tu que je lui donne ton numéro la prochaine fois qu'il téléphone ?

— Oui, bien sûr. Dis-lui de m'appeler dès que possible, murmura William avant de raccrocher.

— Une autre femme ? demanda Beth lorsqu'il revint dans la chambre.

— Un souci que tu n'auras jamais, affirma William en s'asseyant sur le lit avant de poser l'oreille contre le ventre de Beth. Je l'entends.

— Un garçon ?

— Non, une fille.

— Comment le sais-tu ?

— Elle ronchonne.

— Sans doute parce que son père veut nous abandonner toutes les deux et rentrer à la maison plutôt que de passer une journée de plus avec le deuxième homme de ma vie.

— C'est donc cela que tu as prévu aujourd'hui ?

— Oui. Je veux retourner à la chapelle Sixtine.

— Cela me convient. Mais nous allons devoir faire la queue.

— Je vais faire la queue et acheter les billets, et tu me rejoindras dans deux heures. Cela devrait te laisser le temps de répondre aux messages du bureau sans que je découvre qui t'a appelé.

Sur ce, elle disparut dans la salle de bains.

*

— Madame Faulkner, commença Sir Julian, j'ai le plaisir de vous annoncer que la partie adverse a accepté nos termes sans condition. Je peux donc dès à présent finaliser le contrat.

— Miles est d'accord pour que je garde tous les tableaux de Limpton Hall ? s'étonna Christina qui ne paraissait pas convaincue.

— Sans exception. Ils nous ont même fourni un inventaire afin que vous puissiez vérifier que tous y sont répertoriés, poursuivit-il en lui tendant un document de deux pages.

Christina examina la liste avec minutie et bien avant d'arriver au Vermeer, elle déclara :

— Ce sont des copies, forcément.

— Je me doutais que vous diriez cela. Aussi, selon vos instructions, j'ai prévenu Booth Watson qu'un expert de chez Christie's authentifierait chacune des œuvres avant que nous ne signions l'accord.

— Qu'a-t-il répondu ?

— Que son client n'en attendait pas moins.

— Je n'y crois pas, insista Christina. Miles ne plie jamais aussi facilement.

Après un temps, elle ajouta :

— Il prépare un mauvais coup.

*

Une heure s'écoula, et Adrian n'avait pas appelé. Mais après tout, il avait toujours besoin de se faire remarquer. William vérifiait sa montre toutes les deux minutes et le téléphone restait silencieux. Il hésitait entre faire faux bond à Beth en n'allant pas la retrouver à la chapelle Sixtine et subir son courroux, ou l'y rejoindre et vivre heureux jusqu'à la fin des temps. Il enfilait sa veste lorsque la sonnerie retentit. Il décrocha aussitôt.

— William Warwick.

— Tu voulais savoir ce qu'il y aurait au menu de la soirée de samedi à Limpton Hall.

William ne fit aucun commentaire.

— En entrée, du cannabis de première qualité, le meilleur, suivi de cocaïne colombienne pure à 96 % en plat principal.

Il marqua une pause avant d'ajouter :

— Tu me dois deux cents livres, il me semble.

— Tu seras payé en totalité, affirma William. Mais seulement quand tu auras livré la marchandise.

— Je vais à Limpton Hall pour 19 heures, samedi. Je peux te retrouver vers 20 heures pour te faire mon rapport et récupérer mon fric.

Ce ne sera pas moi, songea William avant de répondre simplement :

— Serais-tu disposé à témoigner devant la cour que tu as vendu des stupéfiants à Faulkner ?

— Possible. Mais il va falloir discuter des termes parce que si j'accepte de témoigner contre lui, je ne pourrai plus jamais travailler en Angleterre. Tout a un prix.

Il raccrocha sans prendre la peine de dire au revoir.

Après s'être empressé de téléphoner au commissaire Lamont pour le mettre au courant, William se précipita au-dehors. Il était convaincu qu'il pouvait encore arriver à temps même s'il allait lui être difficile de se concentrer sur la *Création d'Adam* plutôt que sur la chute de Miles.

*

— William vient d'appeler de Rome, déclara Lamont. Il m'a rapporté sa conversation avec son indic, et je préconise de lancer une opération de grande envergure samedi soir. Quel dommage que William ne soit pas là pour y assister.

— Je lui demanderais bien d'écourter sa lune de miel, intervint Hawksby, si je ne pensais pas que Beth l'étranglerait d'abord avant de s'en prendre à moi. Détaillez-moi votre plan, Bruce, que je puisse en informer le directeur.

— J'ai déjà obtenu le mandat de perquisition pour Limpton Hall...

*

— Tu devrais peut-être rentrer deux jours plus tôt ? suggéra Beth à leur retour à l'hôtel.

— Sûrement pas ! s'exclama William. Je ne vivrai qu'une seule lune de miel dans ma vie, je n'ai pas l'intention d'en perdre une seule journée au profit de Miles Faulkner.

— Mais une occasion comme celle-ci ne se représentera peut-être jamais, et tu as déjà réussi à survivre dix jours avec un seul coup de téléphone.

William ne répondit pas.

— Pourquoi ai-je la nette impression que tu préférerais passer ton samedi soir à Limpton Hall avec Faulkner plutôt que de manger encore des spaghettis avec moi au Campo de' Fiori ?

— Sûrement pas, répéta William avec une conviction un peu moins appuyée.

— Cela va peut-être vous choquer, brigadier Warwick, mais après la misérable tentative de Faulkner pour gâcher notre mariage, je ne serais pas mécontente de le voir derrière les barreaux.

— Sans compter que tu espères encore récupérer d'autres pièces de sa collection une fois le divorce prononcé.

— Un seul tableau en particulier, admit Beth. J'avoue qu'il mettrait en valeur la collection de la galerie, mais je n'y croirai pas tant qu'il ne sera pas accroché dans le musée.

— Qu'as-tu mijoté derrière mon dos ?

— Ma nouvelle meilleure amie Christina Faulkner a promis la primeur au Fitzmolean pour choisir l'un des soixante-treize tableaux de Limpton Hall une fois le divorce prononcé. J'ai repéré un petit Vermeer exquis, *Le Col en dentelle blanche*, qui embellirait l'entrée sud du musée.

— Qu'est-ce qui te fait croire qu'elle est plus susceptible que son mari de tenir parole ?

— Ton père est son avocat et Clare a rédigé le contrat. Nous jouons tous dans la même équipe maintenant !

William s'arrêta à la réception.

— *Sì, Signore,* en quoi puis-je vous aider ?

— Je dois prendre le premier vol en partance pour Londres.

*

Dès que l'hôtesse de l'air eut ouvert la porte, William s'élança comme un lévrier sur la piste. Il courut et ne s'arrêta que lorsqu'il atteignit les téléphones publics.

— Où êtes-vous ? demanda Lamont.

— Gatwick. Je devrais être avec vous d'ici une heure.

— Comment a réagi Beth ?

— C'était son idée. De toute façon, elle préfère la compagnie d'un monsieur avec des problèmes de dos dont elle veut admirer l'œuvre encore une fois.

— Pourriez-vous lui demander de se mettre à genoux et de prier pour nous tant qu'elle y est ? Il va nous falloir une intervention divine pour réussir ce coup. En attendant, venez ici aussi vite que vous pouvez.

William remonta la file au contrôle de sécurité et brandit sa carte de police. Un agent vérifia son passeport et le fit passer rapidement. Grâce à Beth qui avait accepté de s'occuper de ses bagages, il put gagner directement le Gatwick Express. Lorsque la navette s'arrêta en gare de Victoria trente minutes plus tard, il fut le premier à tendre son billet au contrôleur. Ensuite, il courut jusqu'à Scotland Yard. Les portes automatiques franchies, il délaissa l'ascenseur et gravit les marches jusqu'au quatrième étage où il se rendit sans détour au bureau du commissaire divisionnaire.

Dans le couloir, William remarqua les regards curieux que lui décochaient ses collègues quand il les croisait. Il portait toujours une chemise à fleurs avec le col ouvert, un jean et des sandales. Les autres ne pouvaient pas savoir que quelques heures plus tôt encore, il déambulait dans Rome sous des températures avoisinant les trente-cinq degrés. Il frappa à la porte du commissaire divisionnaire et attendit un instant de reprendre son souffle avant d'entrer. L'équipe se leva à son arrivée et se mit à taper du plat de la main sur la table.

— Asseyez-vous, lança Hawk le Faucon une fois la clameur apaisée. Grâce à vous, le directeur adjoint a donné le feu vert pour l'opération, et autorisé une perquisition au domicile de Faulkner demain soir. Je sais parfaitement ce que j'attends de vous, brigadier Warwick, mais procéder à une arrestation dans cette tenue ne serait pas approprié, même en Italie.

12

Assis à l'arrière d'un taxi, William attendait que le commissaire le rejoigne.

La dernière réunion dans le bureau de Hawksby avait duré plus de trois heures et n'avait pris fin que lorsque chaque détail avait été passé en revue trois fois.

À une table dans l'angle du réfectoire, Lamont profita du déjeuner pour vérifier encore le plan à la recherche de la moindre faille et il laissa sa soupe refroidir. William avait conscience que son patron ne pouvait pas se permettre un autre échec tel que l'opération Période Bleue. Pas s'il voulait que sa carrière au Yard se termine comme il le souhaitait.

Juste après 17 heures, Lamont rejoignit William dans le taxi. Danny Ives, au volant, n'eut pas besoin qu'on lui indique la destination. Il avait effectué le trajet la veille et même repéré où les déposer. L'agent Adaja, l'agent Roycroft ainsi qu'un photographe se trouvaient dans un deuxième taxi, prêts à suivre Danny.

Les deux véhicules quittèrent Scotland Yard en direction de l'ouest vers la M4. À huit kilomètres de Limpton Hall, Danny s'arrêta à une station essence. Il n'avait pas besoin de faire le plein, un professionnel de sa trempe ne tombait pas en panne. Non, l'équipe d'éclaireurs devait attendre le coucher du soleil pour poursuivre son voyage.

Jackie descendit de voiture pour s'étirer les jambes, tandis que William allait acheter un Kit Kat à la boutique. Pas parce qu'il avait faim, mais pour passer le temps. Il avait fait plusieurs fois le tour de la station essence quand Lamont déclara enfin :

— Allons-y.

Jamais William n'avait été aussi nerveux. Il savait que toute l'opération reposait sur la fiabilité de son contact. Si Heath ne venait pas, tout capoterait ; ils rentreraient bredouilles et subiraient la colère de Hawk le Faucon qui les attendait à Scotland Yard. William avait conscience d'être le seul à qui l'on ferait des reproches. Il perdrait son titre d'inspecteur et renfilerait son uniforme de simple agent.

Après un court trajet sur la M4, Danny s'engagea sur une route secondaire que les deux taxis suivirent pendant près de deux kilomètres avant de la quitter pour se garer à l'abri d'un taillis d'où ils voyaient parfaitement la propriété. Lamont bondit de la voiture de tête et braqua aussitôt ses jumelles sur les grilles de l'entrée.

— Parfait, Danny. Nous pouvons les observer sans être vus.

Le photographe sortit du second véhicule et se hissa sur les branches d'un chêne. Il n'avait besoin que d'une vue dégagée sur la route, et n'aurait rien à leur montrer avant la réunion du lendemain matin dans le bureau du commissaire divisionnaire. Personne d'autre ne pensait au lendemain.

Lamont reporta son attention sur la ferme de l'autre côté. Des agents répartis dans quatre voitures de patrouille et deux fourgons étaient cachés derrière une grange et attendaient les ordres.

— Comment avez-vous réussi ce tour de main ? demanda William.

— Le fermier est membre de la magistrature, et disons que l'opinion qu'il s'est forgé sur Faulkner n'est pas des plus hautes. Il était ravi d'apporter son assistance.

Jackie rejoignit Lamont, sa radio à la main.

— Les taxis sont en place à la gare du village, en attente, au cas où des invités de Faulkner arriveraient par le train.

— C'est peu probable, répliqua Lamont. Les criminels utilisent rarement les transports en commun. Ils ne veulent pas risquer de se retrouver piégés. Ils préfèrent être en mesure de s'éclipser en un éclair, ce qui est difficile dans un train en mouvement.

— Et le commissaire divisionnaire ? s'enquit William.

— Il est derrière son bureau et attend avec impatience les nouvelles. J'ai dû user de tout mon pouvoir de persuasion pour le convaincre de ne pas se joindre à nous.

— Winston Churchill a connu le même problème avec le roi George VI le jour du débarquement, fit remarquer William.

— C'est rassurant à savoir, répliqua Lamont, emporté par son humour pince-sans-rire écossais.

Ils regagnèrent la voiture. Seul Danny paraissait détendu.

— Donc en théorie, brigadier Warwick, la prochaine voiture qui gravira cette colline sera celle de votre informateur venu livrer la marchandise à Faulkner. Si jamais il ne venait pas, poursuivit Lamont en changeant de ton, les ordres de Hawksby sont très clairs. On annule. Nous ne perquisitionnerons pas le domicile de Faulkner à moins d'être certains que les preuves dont nous avons besoin pour le condamner s'y trouvent.

— Aucune pression, murmura Jackie tandis que William consultait sa montre : 18 h 47.

Ils ne prononcèrent plus un mot, tous les regards braqués dans une même direction, impatients d'y voir un véhicule apparaître. Si Heath se montrait plutôt léger sur la ponctualité lors de ses rendez-vous avec William, il serait certainement à l'heure pour un client tel que Faulkner. Plusieurs minutes s'écoulèrent avant que William ne pousse un soupir de soulagement en repérant une MGB qui venait vers eux. Grâce aux jumelles, ils eurent la confirmation que c'était bien Heath au volant. Il passa devant eux quelques minutes après 19 heures.

Lamont suivit la voiture du regard jusqu'aux grilles de l'entrée où elle s'arrêta. Un gardien sortit de la guérite, un porte-bloc à la main. Il discuta un moment avec Heath puis les grilles s'ouvrirent et la MGB s'avança dans la longue allée pour disparaître de leur vue.

Lamont prit sa radio et appuya sur le bouton rouge.

— L'informateur est arrivé et est entré dans la propriété.

— Appelez-moi à la seconde où il ressort, répondit Hawksby.

— Sans faute, monsieur.

Lamont se mit à faire les cent pas entre les arbres, avec la conscience douloureuse que la réussite ou l'échec de l'opération se trouvait à présent entre les mains d'une tierce personne.

— Avez-vous pensé aux sandwiches, Jackie ? fut tout ce qu'il trouva à dire.

— Oui, monsieur. Tomate et fromage ou jambon ?

— Tomate et fromage.

— William ?

— Rien, merci.

Moins de quarante-huit heures auparavant, il se trouvait avec Beth dans un petit restaurant du Campo de' Fiori et savourait des *linguine alle vongole* accompagnées d'une bouteille de Barolo du Piémont.

Vingt-six minutes plus tard, les grilles se rouvrirent et la voiture de Heath reparut. Ils la regardèrent en silence s'approcher de plus en plus, passer devant leur cachette et disparaître de nouveau. Lamont rappela par radio le commissaire divisionnaire pour le mettre au courant.

— En théorie, dit Hawksby, dans la prochaine voiture devrait se trouver le premier des invités au dîner. Silence radio jusqu'à ce qu'ils soient tous arrivés.

Ils n'eurent pas à attendre longtemps : une Jaguar verte fila devant eux, les passagers à l'arrière dissimulés derrière des vitres teintées.

— Quand les vitres ne sont pas teintées, le passager n'a rien à cacher, fit remarquer Lamont.

— J'imagine qu'il n'y a pas beaucoup d'amis de Faulkner qui n'ont rien à cacher, répliqua William en notant le numéro de la plaque d'immatriculation dans son calepin.

Trois autres véhicules suivirent rapidement, et trois autres numéros furent relevés par William. La radio s'anima de nouveau dans un grésillement. C'était le chef de gare temporaire au village.

— Oui, agent Adaja ? dit Lamont

— Un des invités vient d'arriver par le train de 19 h 32 en provenance de Waterloo, il est en route pour Limpton Hall dans l'un de nos taxis.

— Ce qui signifie que l'un des nôtres va franchir les grilles et approcher jusqu'à la maison, même si ce n'est que pour quelques minutes.

— Je lui ai demandé de vous faire son rapport dès qu'il sera ressorti.

— Bon réflexe, Paul. Continuez de surveiller le quai.

Quelques minutes plus tard, un taxi noir passa devant eux en faisant des appels de phare. Le photographe sourit pour la première fois puisqu'il avait une vue dégagée sur le passager. Lamont suivit l'avancée du véhicule jusqu'aux grilles, un chronomètre dans une main, les jumelles dans l'autre. Deux minutes et dix-huit secondes plus tard, le gardien avait vérifié l'invitation et ouvrait le portail.

— Avec un peu de chance, déclara Lamont alors qu'une autre voiture avec chauffeur arrivait, notre homme sera revenu d'ici peu et je pourrai lui poser les questions auxquelles nous n'avons pas encore de réponse.

— Les escrocs semblent apprécier les Rolls Royce, observa William, en griffonnant le numéro de plaque d'une nouvelle Silver Cloud qui arrivait dans un ronronnement de moteur.

— Et pas les vieux modèles, ajouta Danny.

— Ce ne sont rien de plus que des signes de prestige vulgaires pour afficher leur rang dans l'ordre hiérarchique des criminels, affirma Lamont avec hargne.

William but une gorgée d'eau mais refusa le dernier des sandwiches au jambon. Il se demandait s'il était possible que son cœur cogne encore plus fort dans sa poitrine quand le taxi revint et s'arrêta au bord de la route. Jackie s'empara des jumelles pour continuer la surveillance pendant que le chauffeur retrouvait les autres dans leur voiture.

— Avez-vous pu récolter une information utile au sujet de votre passager ? fut la première question de Lamont.

— C'est un banquier, mais je n'ai pas pu découvrir dans quel établissement. D'après son accent, je dirais qu'il vient du Moyen-Orient. J'ai ralenti quand je suis passé devant vous pour que le photographe puisse prendre des clichés corrects. Je peux vous assurer que les vitres arrière de mon taxi n'ont jamais été aussi propres. Comme dans les films.

— Combien de temps avez-vous mis entre les grilles et la porte d'entrée de la maison ?

— Une minute et quarante secondes, mais je ne me suis pas pressé, donc vous pouvez soustraire vingt secondes.

— Les voitures des invités sont-elles garées dans l'allée devant la maison ?

— Non, monsieur. Elles sont dans un enclos derrière le jardin d'hiver. À en juger par le bruit qui en provenait, je crois que les chauffeurs font la fête de leur côté.

— Mais ils ne vont sûrement pas boire d'alcool. Et on peut parier qu'il y a parmi eux quelques gros bras dont les talents de conduite ne sont pas la raison de leur présence ici ce soir. Bien joué. Retournez au poste et restez-y, nous pourrions avoir besoin de renfort plus tard.

— J'espère, monsieur, répondit-il, ce qui les fit tous rire.

— Neuf invités pour l'instant, compta Jackie alors qu'une autre voiture de luxe arrivait.

Lamont regarda le dernier véhicule s'arrêter devant la guérite et présenter l'invitation au gardien. Il le suivit à travers les jumelles jusqu'à ce qu'il ait disparu.

— Au complet, annonça-t-il avant de prendre sa radio pour informer le commissaire divisionnaire.

Il prévint ensuite l'inspecteur en charge des voitures de patrouille et enfin l'agent Adaja qui arpentait toujours le quai en attendant le train suivant.

— Bon, concentrons-nous sur la manière de franchir la cabine du gardien. Celui-ci me semble être un professionnel et vous pouvez être certains qu'il dispose de toute sorte d'alarmes pour prévenir en cas d'urgence. Il faut donc qu'on le neutralise avant qu'il n'ait l'occasion d'avertir la maison ; contrairement à Cendrillon, nous n'avons pas été invités au bal.

— Quand envisagez-vous de passer à l'attaque, monsieur ? demanda William.

— Juste après 22 heures. À ce moment-là, ils devraient avoir fini de dîner et commencé à goûter aux desserts.

— Leurs vrais desserts ? demanda Jackie.

Les deux hommes poussèrent un grognement.

William passa l'heure suivante à jeter des coups d'œil répétés à sa montre, sans effet sur les minutes qui s'écoulaient.

Un peu avant 22 heures, Lamont annonça dans la radio :

— Tenez-vous prêts.

William ne savait pas comment il leur aurait été possible d'être plus prêts.

— Je donnerai l'ordre de passer à l'attaque dans cinq minutes.

Et il l'aurait fait, si la radio ne s'était pas mise à grésiller.

— À quoi jouez-vous, Adaja ?

— J'ai pensé que vous aimeriez savoir, monsieur, que dix jeunes femmes en tenues légères viennent de descendre du dernier train en provenance de Londres ; elles ont hélé trois de nos taxis et sont en chemin pour Limpton Hall.

— Prévenez les chauffeurs par radio et demandez-leur de franchir les grilles le plus lentement possible. Cela donnera aux voitures de patrouille une chance de les suivre, ce qui résoudrait l'un de nos plus gros problèmes.

— Entendu, monsieur. Ils devraient passer devant vous dans environ dix minutes.

Le commissaire appela ensuite le commissaire divisionnaire. Qui écouta les dernières nouvelles avec intérêt. Cependant, l'ordre qu'il donna en conséquence surprit Lamont.

— Reportez l'opération d'au moins une heure, Bruce.

— Pour quelle raison, monsieur ?

— Pour les prendre le pantalon aux chevilles.

13

— Avez-vous jamais rêvé d'être une maquerelle ?

— Oh non, monsieur, répondit Jackie. Ce serait bien au-delà de mes attributions.

— Pas si vous espérez toujours retrouver votre grade de brigadier, répliqua Lamont.

William s'efforça de retenir son sourire quand le commissaire expliqua son idée à Jackie.

— Je pourrai la conduire, monsieur, intervint Danny une fois que Lamont eut révélé à Jackie ce qu'il attendait d'elle. Le gardien pensera que nous arrivons de la gare.

— Bonne idée, Danny. Toutefois, laissez parler Jackie. Prendre la parole n'est pas votre point fort.

— Merci, monsieur, répondit Danny.

— Bon, revoyons le plan encore une fois, commença Lamont. Jackie va...

*

Quinze minutes plus tard, Danny roulait dans son taxi noir en direction de Limpton Hall, une seule passagère à son bord. Il ralentit pour s'arrêter devant les grilles closes. Le gardien sortit de sa cabine, s'approcha du véhicule. Jackie descendit sa vitre, remonta sa jupe et l'accueillit avec son sourire le plus séducteur.

— Je peux vous aider, madame ?

— Vous ne croyez pas si bien dire ! s'exclama-t-elle, ravie de voir son regard s'attarder sur ses jambes. Appelez-moi Blanche. Je suis venue m'assurer que mes filles sont toutes bien arrivées. C'est compris dans le service.

Le gardien consulta son porte-bloc.

— Mais vous n'êtes pas sur la liste.

— Elles non plus, se risqua à affirmer Jackie. Une discrétion exigée par Miles, comme vous devez le savoir.

L'homme ne parut pas convaincu.

— D'où arrivez-vous ? s'enquit-il avec politesse.

Danny posa la main sur la poignée de la portière.

— De la gare, répondit Jackie. Comme mes filles.

— Mais le dernier train pour Limpton Holt est arrivé il y a plus d'une heure, lui rétorqua le gardien. Je vais joindre le manoir et vérifier auprès de M. Makins que vous êtes attendue. Pouvez-vous me redonner votre nom, madame ?

Danny ouvrit la portière d'un coup et percuta le vigile qui tomba sans cérémonie à terre tandis que Jackie bondissait hors du taxi et se précipitait dans la guérite. Elle venait de repérer le bouton marqué « portail d'entrée » quand l'homme, qui avait recouvré ses esprits, surgit et la poussa d'un seul mouvement du bras. Il allait appuyer sur le bouton d'urgence quand il reçut un coup de genou dans l'aine, délivré avec toute la force que Jackie avait pu rassembler.

Il se plia en deux, les mains sur son entrejambe, momentanément sonné. Il ne vit pas le poing arriver sur son menton. Nul besoin pour l'arbitre de compter jusqu'à dix pour prononcer le K-O.

Danny s'assit à califourchon sur le gardien à terre pendant que Jackie commandait l'ouverture du portail.

Quelques secondes plus tard, quatre voitures de police qui attendaient à proximité, moteur au ralenti, franchirent les grilles en fer forgé et remontèrent la longue allée. Ni gyrophare, ni sirène, les chauffeurs se guidant au clair de lune.

— Comment allez-vous expliquer cela ? demanda Danny, le regard baissé sur la silhouette allongée à plat ventre.

— Résistance à une arrestation.

— Dans ce cas, il faut prier pour qu'ils découvrent suffisamment de preuves d'un délit dans la maison. Parce que sinon, ce ne sera pas une promotion qui vous attendra, mais…

Tandis qu'il prononçait ces mots, la première des voitures de patrouille s'arrêtait dans un dérapage à l'entrée de Limpton Hall.

Lamont en jaillit et grimpa deux par deux les marches du perron. Il garda le doigt appuyé sur la sonnette pendant que deux autres véhicules viraient sur la gauche en direction de l'enclos, bloquant la sortie aux huit chauffeurs et gardes du corps, dont plusieurs étaient en train de somnoler ou d'écouter la radio.

Lamont allait donner l'ordre d'enfoncer la porte quand elle fut ouverte, sans doute par la seule personne de la maisonnée encore entièrement vêtue.

— Bonsoir, monsieur, dit Makins comme s'il accueillait un invité retardataire. En quoi puis-je vous aider ?

— Je suis le commissaire Lamont et j'ai un mandat de perquisition pour fouiller cette propriété.

Il brandit le document légal avant de forcer l'entrée malgré le majordome. Il fut aussitôt suivi par seize agents de la brigade des stupéfiants et deux chiens renifleurs ; tous s'attelèrent aussitôt à la tâche. La puissante odeur de cannabis qui flottait dans l'air n'avait échappé à personne.

Lamont se posta au milieu du hall d'entrée pendant que ses officiers se dispersaient dans la maison, ignorant les invités, qui pour certains remontaient à la hâte leur pantalon, tandis que d'autres commençaient à s'agiter, et qu'un homme âgé semblait avoir perdu connaissance.

William investit la maison avec la dernière équipe. Aussitôt il nota que l'œuvre paysagiste de Constable était toujours accrochée dans l'entrée. Il fut ensuite distrait par un objet qui ne se trouvait pas dans le manoir la première fois qu'il y était venu, un an auparavant. Il considéra avec incrédulité l'imposante statue de Miles Faulkner, un faucon sur le bras, éclairée d'un puissant projecteur. Il s'apprêtait à commenter sans retenue la vulgarité de cette sculpture quand une voix venue d'en haut s'éleva :

— Que se passe-t-il ici ?

William leva les yeux et découvrit Faulkner en haut de l'escalier dans une robe de chambre en soie rouge, le regard étincelant. Il se mit à descendre d'un pas lent les grandes marches en marbre et s'arrêta juste devant Lamont. Leurs nez se touchaient presque.

— Où vous croyez-vous, inspecteur ?

— Commissaire, répliqua Lamont. J'ai un mandat de perquisition, ajouta-t-il en montrant un document officiel.

— Et qu'espérez-vous trouver, commissaire ? Un autre Rembrandt, peut-être ? Non pas que vous sauriez le reconnaître si vous en voyiez un.

— Nous avons des raisons de penser que vous êtes en possession d'une grosse quantité de drogues non autorisées, déclara Lamont avec calme. Et pas seulement pour votre consommation personnelle, ce qui est contraire à la loi de 1971.

— Je n'en doute pas, rétorqua Faulkner, mais je peux vous assurer, commissaire, que vous ne trouverez aucune drogue ici, car tous mes invités sont des citoyens modèles.

Sur ce, il traversa le hall et décrocha le téléphone.

— Qui appelez-vous ? s'enquit Lamont.

— Mon avocat. C'est mon droit, comme vous le savez, commissaire.

Son appel passé, Faulkner s'installa dans un fauteuil et alluma un cigare pendant que Makins lui servait un brandy. Quand son verre fut rempli une seconde fois et que son cigare ne fut plus qu'un morceau de braise rougeoyant, le butin des intrus s'élevait à deux joints et un cachet d'ecstasy. Les chiens, qui agitaient la queue avec frénésie peu avant encore, gémissaient maintenant, penauds. William, quant à lui, longea le couloir, sans pouvoir s'empêcher d'admirer les tableaux qui s'alignaient aux murs, puis entra dans le bureau de Faulkner. Pas de livres. Seulement des photos du propriétaire en compagnie de soi-disant célébrités. Il remarqua alors quelque chose sur le bureau et se demanda si c'était possible.

Il revint dans l'entrée au moment où Faulkner demandait à Lamont :

— M'autorisez-vous à m'habiller, commissaire, pendant que cette mascarade se poursuit ?

Après un long silence, Lamont accepta à contrecœur.

— Je ne vois pas de raison de refuser. Cependant, le brigadier Warwick va vous accompagner. Ne le quittez pas des yeux, Warwick.

— Sinon, à l'instar de Peter Pan, je pourrais m'envoler par la fenêtre et ne jamais revenir ? plaisanta Faulkner.

Il se leva de son fauteuil et se mit à gravir les marches, William sur les talons qui, cette fois, n'accorda pas un regard aux œuvres exposées.

À l'étage, William le suivit le long d'un couloir jusque dans la suite parentale. Son attention se porta sur un Vermeer accroché au-dessus du lit, celui dont Beth lui avait parlé et qui devait être offert au Fitzmolean, une fois le divorce Faulkner prononcé.

— Admirez-le tant que vous pouvez. Même si j'ai l'impression que vous l'avez déjà vu, ajouta Faulkner alors que la porte de la salle de bains s'ouvrait et qu'apparaissait une jeune fille en petite culotte.

— Tu ne m'avais pas prévenue que vous seriez deux, dit-elle en décochant un sourire chaleureux à William.

— Pas cette fois, rétorqua Faulkner. Mais je ne vais pas te faire languir plus longtemps, ajouta-t-il en enfilant une chemise propre.

La fille, déçue, sourit à William et disparut dans la salle de bains.

Le temps que ce dernier se remette de ses émotions, Faulkner remontait la fermeture Éclair de son jean et attachait à son poignet la montre Cartier Tank que William l'avait vu porter la première fois qu'il l'avait arrêté. Une fois habillé, Faulkner sortit de la chambre d'un pas décidé, redescendit au rez-de-chaussée et se réinstalla dans son fauteuil dans un coin du hall d'entrée.

— Avez-vous trouvé quelque chose d'intéressant à rapporter au commissaire divisionnaire Hawksby ? demanda-t-il à Lamont, tandis que Makins remplissait son verre de brandy.

Il n'obtint aucune réponse.

Lamont commençait à se demander si l'Enfant de Chœur ne s'était pas fait berner par son indic, qui aurait voué allégeance à un autre commanditaire, lequel était à présent en train d'allumer un deuxième cigare.

— Bonsoir, monsieur, dit le majordome à Booth Watson qui entrait à grandes enjambées dans la maison.

L'avocat prit le temps d'observer le désordre qui l'entourait avant de commenter.

— Je vois que votre pêche a été fructueuse, commissaire, railla-t-il en posant le regard sur deux petits sacs en plastique, l'un contenant les joints, l'autre le cachet d'Ecstasy, les deux marqués « pièce à conviction ». Nul doute que vous allez prévenir sur-le-champ le commissaire divisionnaire Hawksby de votre spectaculaire réussite.

Faulkner s'esclaffa, écrasa son cigare et se leva pour rejoindre son avoué.

— On est loin du crime capital, poursuivit Booth Watson. Mon client, comme vous le savez commissaire, est un citoyen modèle, qui mène une vie tranquille et consacre une grande partie de son temps à soutenir des causes nobles, parmi lesquelles et non des moindres, le musée Fitzmolean, que vous connaissez très bien me semble-t-il. Puis-je vous suggérer, autant pour votre réputation que pour celle de mon client, de libérer au moins ses convives et de leur permettre de regagner leur foyer ? À moins que vous ne décidiez que l'un d'eux fournit des substances illégales et doit être arrêté et escorté au commissariat le plus proche ?

Il marqua une pause, considéra une nouvelle fois les sacs de scellés.

— Bien que je ne puisse imaginer sur quel chef d'accusation.

Lamont acquiesça de mauvaise grâce et quelques minutes plus tard, tous les invités avaient quitté la maison sans esclandre, un ou deux en compagnie d'une personne avec laquelle il n'était pas arrivé. Plusieurs d'entre eux serrèrent la main de Faulkner en partant, et quelqu'un lança même :

— N'hésitez pas à m'appeler comme témoin, Miles !

Booth Watson nota son nom et son numéro de téléphone.

Une fois tous les invités partis, Booth Watson reporta son attention sur Lamont.

— Commissaire, vous avez sans aucun doute mis mon client dans un grand embarras, sans parler des dégâts que vous avez causés à ses relations, tant personnelles que professionnelles, avec ses plus vieux amis et ses collègues les plus respectables. Je n'ose imaginer ce que cette intrusion injustifiée a déjà coûté au contribuable. Permettez-moi de vous assurer que ce n'est rien comparé à la somme que je vais réclamer au nom de mon client en compensation des dommages que vous avez infligés à sa somptueuse demeure et à ses biens inestimables.

Un ou deux policiers prirent un air contrit à la vue des canapés éventrés et des meubles renversés sur le sol. Booth Watson les gratifia du sourire qu'il réservait habituellement aux jurés tandis que Makins prenait des photos.

— Qu'il continue de parler, murmura William en passant devant Lamont pour gagner le couloir et retourner dans le bureau de Faulkner.

— Vous devez bien vous douter, maître Watson, lança Lamont, que nous avons agi en toute bonne foi sur la base d'informations que nous avons reçues.

— D'une source peu fiable, de toute évidence. Ce qui devient, vous en conviendrez commissaire, récurrent dans vos enquêtes en rapport avec mon client.

Lamont s'efforça de garder son calme.

William composa le numéro qu'il avait cherché dans son agenda de poche. Il se mit à prier en silence et, à son grand soulagement, on décrocha à l'autre bout de la ligne.

— Qui est à l'appareil ?

— William Warwick. Pardon de vous déranger à cette heure tardive, Christina, mais c'est une urgence et j'ai le sentiment que vous seule pouvez nous aider.

— Vous avez de la chance de me trouver, William. Je viens juste de rentrer après un assez long premier dîner. Laissez-moi deviner, c'est forcément Miles qui vous cause du souci. En quoi puis-je vous être utile ?

William lui expliqua rapidement la situation et lorsqu'elle lui fournit la solution, il se sentit idiot de ne pas y avoir songé plus tôt alors qu'elle se trouvait sous son nez depuis le début de la soirée.

— Merci. Je vous appelle demain matin pour vous raconter la suite des événements.

— Pas trop tôt, répliqua Christina. Mon compagnon de dîner est beaucoup plus jeune que moi.

William laissa échapper un rire pour la première fois de la soirée.

— Amusez-vous bien, lui dit-il avant de raccrocher.

Il prit un instant pour rassembler ses pensées. Il s'apprêtait à quitter la pièce lorsque son regard tomba de nouveau sur le billet de vingt livres roulé sur le bureau. Cette vision renforça sa confiance. Il le ramassa et regagna le hall.

— Voyez qui nous rejoint, lança Booth Watson quand William réapparut. Nul autre que notre nouvel inspecteur, pardon brigadier. Plus pour très longtemps, je le crains.

Seul Faulkner rit.

— Eh bien, brigadier, poursuivit Booth Watson avec un regard dédaigneux sur le billet de vingt livres que William tenait. Vous avez arrêté les brigands de l'attaque du train postal ?

— Beaucoup mieux, répliqua William sans plus d'explication, en glissant le billet dans un sac de scellés qu'il étiqueta « pièce à conviction ».

Il s'avança ensuite d'un pas lent vers la statue de Faulkner.

— Seul un individu à l'ego surdimensionné exposerait un objet aussi grotesque dans une maison remplie de chefs-d'œuvre, déclara-t-il en se tournant vers Faulkner.

— J'espère que vous avez un autre métier en tête, brigadier, fit Booth Watson. Parce que j'ai le sentiment que vos jours en tant que policier sont comptés.

— Non, je n'en ai pas. Mais il ne devrait pas être trop difficile de trouver un travail dans lequel on identifie les copies d'œuvres d'art.

Il souleva le buste de son piédestal.

— Reposez ça ! hurla Faulkner. C'est extrêmement rare !

— Unique, j'ose espérer, répliqua William. Mais puisque tel est votre souhait, monsieur Faulkner, je suis ravi d'y consentir.

Il laissa le buste lui glisser des mains ; celui-ci s'écrasa sur le sol en marbre où il explosa en mille morceaux.

Tous regardèrent sidérés, non pas ce qu'il restait de la statue brisée, mais la douzaine de petits sachets, chacun rempli de poudre blanche, éparpillés par terre.

Les chiens se remirent à agiter la queue avec excitation, pendant que les photographes de la police mitraillaient. Une fois leur tâche terminée, des agents entreprirent de ramasser les preuves.

— J'imagine qu'il n'y a pas plus pure, commenta un membre de la brigade des stupéfiants en brandissant un des sachets. J'apporterai ce lot au labo pour analyses, commissaire, et vous aurez mon rapport sur votre bureau lundi à la première heure.

Lamont s'avança, tordit les bras de Faulkner dans son dos et lui passa les menottes.

— J'attends ce moment depuis bien longtemps, monsieur Faulkner, dit-il tandis que Booth Watson prenait des notes. À vous l'honneur, brigadier Warwick.

William s'avança vers Faulkner et se planta devant lui. Il était si nerveux qu'il en oublia presque son texte.

— Miles Faulkner, je vous arrête pour possession d'une drogue de classe A avec intention de vendre. Vous avez le droit de garder le silence mais si vous choisissez de parler, tout ce que vous direz pourra être retenu contre vous.

Il accompagna le prisonnier hors de la maison et le poussa à l'arrière d'une voiture de patrouille. Il ne put s'empêcher d'agiter la main en guise d'au revoir lorsqu'elle s'éloigna.

Lamont décrocha le téléphone qui se trouvait dans le hall d'entrée et composa un numéro.

— Je vais suivre votre conseil, maître Watson, dit-il avec un sourire. Je vais prévenir le commissaire divisionnaire Hawksby de ma spectaculaire réussite.

14

William et l'agent Adaja entrèrent dans la petite salle d'interrogatoire au sous-sol de Scotland Yard où ils trouvèrent Adrian Heath déjà assis d'un côté de la table. Celui-ci paraissait nerveux et n'affichait pas son assurance habituelle.

— Est-ce que Faulkner est bien hors-jeu ? furent ses premières paroles, avant même que les deux policiers ne soient assis.

— Pour l'instant, oui, répondit William. Il est enfermé en ce moment même dans une cellule d'un poste de police mais il pourra requérir la liberté sous caution dès lundi après-midi. Le juge pourrait lever sa garde à vue, auquel cas il sortira et te cherchera peut-être, bien avant le début du procès.

— C'est sûr qu'il va me chercher, affirma Heath, même derrière les barreaux. Que comptes-tu y faire ?

— Chaque chose en son temps. D'abord, nous devons te poser quelques questions et à la lueur de tes réponses nous déciderons à quel point nous sommes disposés à t'aider.

— Mais j'ai tenu ma part du marché ! protesta Heath, soudain saisi de tremblements incontrôlables.

— En effet. Il y a cependant une chose qui me chiffonne. Tu prétends qu'après avoir remis à Faulkner douze sachets de cocaïne, tu as reçu de sa part huit cents livres en billets de vingt.

— Oui. Sauf que d'abord, il a ouvert un sachet, a pris un peu de poudre et a sniffé une ligne avec un des billets pour tester la qualité. Ce n'est qu'une fois qu'il a été satisfait qu'il m'a tendu le fric.

— Lorsque la police vous a arrêté en partant de la maison, monsieur Heath, intervint l'agent Adaja, vous étiez en possession de sept cent quatre-vingts livres.

— Il a dû oublier de me donner le billet dont il s'est servi pour sniffer sa ligne.

— Celui-ci ? demanda William en brandissant le billet qu'il avait trouvé sur le bureau de Faulkner.

— Si tu le dis. Bon, quand est-ce que je récupère mon blé ?

William lui tendit deux paquets sous film plastique qui contenaient sa dernière addiction : de l'argent.

— Et les huit cents que vous m'avez pris ? Ils sont à moi aussi.

— Ce sont désormais des preuves à charge, répliqua Paul. Mais nous veillerons à ce que vous soyez correctement dédommagé.

Il marqua un temps d'arrêt avant de poursuivre :

— À supposer bien sûr que vous continuiez à respecter votre part de notre accord. Vous récupérerez la somme dans son entier à la fin du procès.

— Et maintenant, il se passe quoi ?

— Tu vas comparaître devant la cour en tant que témoin principal lors du procès de Faulkner dans environ six mois, lui expliqua William. Tu seras interrogé à la barre des témoins, et tu devras prêter serment et dire la vérité. Ni plus ni moins.

— J'ai mis par écrit la déposition que vous nous avez donnée tout à l'heure, continua Adaja. Le brigadier Warwick et moi-même en sommes témoins, il ne vous reste plus qu'à la signer.

— Avant, j'aimerais savoir ce que j'y gagne en retour.

— Dix mille livres en liquide, deux allers simples pour Rio de Janeiro pour Maria Ruiz et vous…

— En classe affaires. Plus un passeport sous un nouveau nom.

— Ça ne devrait pas poser problème, assura Adaja.

— Et pour les six mois avant le procès ? Je vais me déplacer avec une cible dans le dos si je suis sans protection policière.

— Nous allons faire mieux que ça, promit William. Maria et toi allez intégrer notre programme de protection des témoins et vous serez logés dans un endroit tenu secret.

Quand tu auras témoigné, tu seras conduit directement à Heathrow. Ainsi, pendant que Faulkner sera dans un panier à salade en route pour Pentonville, Maria et toi serez en classe affaires direction Rio.

— Rien n'est moins certain, rétorqua Heath. Cet homme est comme Houdini : il se sort des pires situations.

— C'est toi qui décides, dit William. Cible dans le dos ou planque de la police ?

— Présenté comme ça, je n'ai pas vraiment le choix. Et maintenant ?

— Une voiture attend dehors pour vous conduire tous les deux à la planque.

— Qui se trouve où ?

— Même moi je l'ignore, répondit William.

*

— Si vous voulez bien venir avec moi, monsieur, dit l'agent préposé à l'accueil. Je vais vous conduire à votre client.

Booth Watson le suivit dans un couloir aux murs de brique faiblement éclairé. Ils passèrent devant deux cellules avant de s'arrêter à une porte devant laquelle était posté un jeune policier. Son guide sélectionna une clé sur son trousseau, déverrouilla la lourde porte et l'ouvrit. Puis les deux officiers s'écartèrent pour laisser entrer l'avoué. Le planton referma derrière lui et resta à son poste pendant que son collègue regagnait l'accueil.

Booth Watson trouva son client assis au bord du lit, visiblement impatient de le voir. S'il portait encore les vêtements qu'il avait revêtus pour son dîner de samedi soir, il était fatigué, débraillé et mal rasé.

— Faites-moi sortir d'ici, marmonna Faulkner avant que son conseiller juridique n'ait pu ouvrir la bouche.

— Bonjour, Miles, dit celui-ci comme s'il s'agissait d'une banale rencontre professionnelle dans son cabinet de Middle Temple.

Il prit place à l'autre bout du lit, posa sa serviette d'un côté et un petit sac en toile de l'autre.

— J'ai passé la nuit dans ce trou à rats, pesta Faulkner sans son air bravache habituel. Ils m'ont enregistré, ils ont pris mes empreintes et m'ont déjà interrogé. Alors je vous le demande : à quoi me servez-vous ?

— Vous ont-ils lu vos droits avant de vous interroger ? demanda Booth Watson qui ignora ce petit éclat.

— Oui. Mais je n'ai pas prononcé un mot. Ils n'ont que des milliers de questions et aucune réponse.

— Bien, approuva Booth Watson, ravi que son client ait suivi ses instructions à la lettre.

— Que va-t-il se passer maintenant ?

— Nous allons comparaître devant le juge demain après-midi et je ferai une demande de libération sous caution.

— Quelles sont mes chances ?

— Tout dépendra du magistrat qui siège demain. Si c'est un juriste d'ici, qui veut son quart d'heure de gloire, vous serez placé en détention provisoire. En revanche, s'il s'agit d'un juge de paix plus expérimenté, vous avez une chance. Nous le saurons bien assez tôt.

— Et si la demande n'aboutit pas ?

— Je crains que vous ne restiez en prison le temps que le Ministère public prépare son dossier.

— Combien de temps ?

— Six ou sept mois, mais ne vous inquiétez pas de cela. Concentrez-vous sur la demande de libération sous caution.

— Que devrai-je faire au tribunal ?

— Pas grand-chose à part donner votre nom et votre adresse.

— C'est tout ?

— Pas tout à fait. Il est primordial que vous apparaissiez comme un citoyen respectueux des lois, et pas que vous ayez l'air de sortir d'une soirée de débauche arrosée. J'ai donc pris la liberté de vous apporter une tenue de rechange qui sera selon moi plus appropriée à l'occasion.

Il ouvrit le petit sac de voyage et en sortit un costume bleu marine, une chemise blanche, une paire de chaussettes et la cravate bleue aux rayures argentées des anciens élèves de Harrow qu'il étala sur la couchette. Il posa ensuite une trousse de toilette estampillée d'un monogramme à côté du WC.

— Il va me falloir beaucoup plus d'affaires que ça si je suis enfermé.

Booth Watson ne lui révéla pas qu'il avait déjà préparé et laissé à son bureau une valise pour cette éventualité.

— La prochaine fois que nous nous verrons, Miles, ce sera au tribunal, déclara Booth Watson en se levant pour partir. Si le magistrat vous pose la moindre question, rappelez-vous de l'appeler Votre Honneur.

Il frappa à la porte, dépourvue de poignée à l'intérieur, et attendit qu'on la lui ouvre pour permettre à l'un d'entre eux de s'échapper.

*

— Je dois être au tribunal à 14 heures, annonça William.

Il s'assit face à son père puis entreprit de décharger son plateau.

— La demande de libération sous caution de Faulkner ? interrogea Sir Julian en s'emparant de son couteau et de sa fourchette. Je ne voudrais pas parier sur l'issue.

— Il devrait rester enfermé jusqu'au procès.

— Sans doute. Hélas, tu n'as aucune influence sur cette décision, alors que Booth Watson, si.

— C'est bien dommage. Cet homme devrait partager la cellule de Faulkner.

— Attention à ce que tu dis. N'oublie pas que tu déjeunes à Lincoln's Inn, où nous sommes tous censés manifester un esprit de fraternité.

William fut contraint de sourire.

— Au fait, quand tu étais à Limpton Hall, as-tu eu l'occasion de déterminer si la collection d'œuvre d'art de Faulkner se composait encore d'orignaux ou s'il les avait remplacés par des faux ainsi que le soupçonne son épouse ?

— Tout ce que je peux te dire, c'est que pendant que mes collègues fouillaient le domicile de Faulkner à la recherche de drogues, j'ai examiné de près autant de tableaux que possible.

— Et ?

— Je ne suis pas expert mais tous étaient des originaux selon moi. Ils doivent valoir une petite fortune.

— C'est bon à savoir, car en plus de la maison et de l'appartement d'Eaton Square, ils doivent revenir à ma cliente après le divorce. Mme Faulkner m'a confié qu'à une exception près, toute la collection sera mise aux enchères dès que le divorce sera prononcé. Elle est convaincue que Miles voudra tous les racheter pour une somme bien plus importante que ce qu'il est prêt à lui payer.

— Elle est rusée.

— Pour lui rendre justice, reprit Sir Julian, ce qui peut s'avérer difficile parfois, Mme Faulkner a accepté de faire don d'un Vermeer au Fitzmolean. Le musée peut remercier Beth pour ça.

— Elle aussi, elle est rusée.

— Ce qui me fait penser : ta sœur va représenter la Couronne au tribunal cet après-midi et plaider contre la libération sous caution de Faulkner.

— Est-ce à dire qu'elle sera l'avocat principal ?

— Si tu fais référence au procès, mon garçon, aucune chance. Ils veulent un avocat d'égale stature pour s'opposer à Booth Watson et mener le contre-interrogatoire de Faulkner. D'ailleurs, le Ministère public m'a téléphoné ce matin pour me proposer d'envisager de les représenter à cette occasion. Desmond Pannel m'a rappelé que je lui devais un service. Je lui ai promis d'y réfléchir.

— Si tu acceptes de prendre cette affaire, tu pourrais choisir Grace comme assistante.

— Pas si je veux gagner.

— Père, ils envisagent déjà de la nommer avocat de la Couronne.

— Je n'approuve pas que les femmes représentent la Couronne.

— Attends de te mesurer à elle, tu pourrais bien changer d'avis.

*

Le tribunal de Guildhall, qui d'ordinaire traitait des affaires d'ivresse sur la voie publique et de comportements indécents, de vols à l'étalage et à l'occasion des demandes de licences de vente d'alcool, était bondé avant même que le juge Joseph Lanyon, officier de l'Ordre britannique, et ses deux confrères prennent place sur l'estrade en ce lundi après-midi.

Le juge Lanyon posa le regard sur l'assemblée et feignit de ne pas être intimidé par la présence de certains des membres les plus distingués du barreau, avocats et assistants, ainsi que d'une volée de journalistes de Fleet Street et d'une tribune publique pleine à craquer. La foule était si nombreuse, l'avait informé le greffier, qu'il y avait la queue à l'extérieur du palais de justice à son arrivée ce matin.

Le magistrat reporta son attention sur le prévenu au banc des accusés. Un homme grand et séduisant, avec une belle chevelure blonde ondulée qui renforçait son allure de star de cinéma dont parlait si souvent la presse. Il portait un costume sombre, assorti d'une chemise blanche et d'une cravate bleu marine avec de fines rayures. L'ensemble le faisait davantage ressembler à un agent de change prospère qu'à un homme aux prises avec une grave accusation de possession de stupéfiants.

Le juge Lanyon gratifia d'un hochement de tête l'huissier qui se tourna face au défendeur et déclara d'un ton ferme :

— Que le prisonnier se lève.

Faulkner obéit d'un geste chancelant et s'agrippa à la barre.

— Pour les minutes du procès, si l'accusé veut bien indiquer son nom complet et son adresse actuelle.

— Miles Adam Faulkner, Limpton Hall, Hampshire, Votre Honneur, déclama-t-il en regardant le magistrat droit dans les yeux avec une assurance qui contredisait ses sentiments profonds.

— Vous pouvez vous asseoir.

— Merci, Votre Honneur.

Faulkner suivait ainsi la directive de Booth Watson.

— Je me doute que vous souhaitez demander la libération sous caution, maître Watson, poursuivit le juge en se tournant vers l'équipe juridique du prévenu.

— En effet, Votre Honneur, répondit celui-ci en se levant. J'aimerais commencer par rappeler à la cour que mon client a un casier judiciaire vierge…

— Pardonnez-moi de vous interrompre si vite dans la procédure, maître Watson, mais ai-je tort de croire que votre client est actuellement sous le coup d'une condamnation de quatre ans de prison avec sursis pour fraude ?

— En effet, Votre Honneur. Toutefois, je puis vous assurer qu'il a suivi les instructions de la cour à la lettre. Je soulignerais également, avec tout le respect que je vous dois, que mon client a plaidé non-coupable à l'accusation présente. Puisqu'il n'a aucun antécédent de violence et qu'il dispose de revenus considérables, il pourrait difficilement être décrit comme un danger pour le public. J'ai peine à croire que la Couronne envisage même l'éventualité de contester sa demande de liberté provisoire.

— Qu'avez-vous à répondre à cela, maître Warwick ? demanda le juge en s'adressant à l'autre partie.

Grace se leva lentement.

— Le Ministère public va bel et bien s'opposer à cette demande, Votre Honneur, et sur plusieurs motifs. Ainsi que vous venez à juste titre de le rappeler, monsieur le juge, l'accusé est actuellement sous le coup d'une peine de quatre ans de prison avec sursis pour fraude. Cependant, ce n'est pas l'unique raison que nous avons de contester cette demande de liberté sous caution. Ainsi que mon distingué confrère l'a souligné, son client est un homme qui dispose de moyens considérables. Ce qu'il a omis de vous révéler en revanche, c'est qu'il n'est plus domicilié dans ce pays. Il s'est récemment expatrié pour raisons fiscales et vit la plupart du temps à Monte Carlo. Aussi monsieur le juge, j'insisterais sur le fait que puisqu'il dispose d'un jet privé et d'un yacht, la probabilité de sa fuite devrait être prise en considération.

— Je rappellerais à la cour, intervint Booth Watson en se levant un peu plus vite cette fois-ci, que mon client possède également une vaste propriété dans ce pays, ainsi qu'un appartement à Eaton Square.

— Ces deux biens, contre-attaqua Grace, reviennent à son épouse, ainsi que le stipule le jugement de divorce qui doit être prononcé bientôt et sur les termes duquel les deux parties se sont accordées par principe.

— Par principe seulement. L'accord n'est pas encore signé par les deux parties, répliqua Booth Watson, toujours debout.

— Votre client a déjà signé l'accord, rétorqua Grace.

— Peut-être mais il conserve le bail de l'appartement d'Eaton Square.

— Qu'il vient il y a peu de mettre sur le marché.

— Qu'en savez-vous ? aboya Booth Watson.

— L'annonce a été publiée le mois dernier dans *Country Life*.

Grace présenta alors le magazine en question qu'elle agita sous le nez de Booth Watson. William résista à grand-peine à son envie d'applaudir.

— Maître Watson, maître Warwick, intervint le juge. Nous ne sommes pas dans un spectacle de Guignol mais dans une Cour de justice. Je vous remercie d'y faire preuve du respect qu'il se doit.

Les deux avocats parurent dûment repentants et se rassirent pendant que les trois magistrats se concertaient quelques instants.

— Bien joué, murmura Clare, assise derrière Grace. Tu leur as donné matière à réfléchir.

— Qu'en pensez-vous ? demanda William à Lamont, installé au fond du tribunal.

Le juge Lanyon s'adressa à la cour avant que le commissaire ait pu formuler son opinion.

— Nous avons écouté avec attention les arguments présentés par les deux parties. Et nous sommes parvenus à la conclusion que l'accusé ne représente pas un danger pour le public.

Booth Watson s'autorisa un petit sourire tandis que William fronçait les sourcils.

— Néanmoins, je prends très au sérieux la remarque soulevée par Me Warwick sur l'ampleur de ses moyens financiers qui pourraient lui permettre de profiter de sa liberté sous caution pour fuir. Ceci à l'esprit, je suis disposé à accorder cette liberté à deux conditions. D'abord, M. Faulkner devra remettre son passeport à la cour. Ensuite, il devra payer une caution d'un million de livres, qui ne lui sera pas restituée s'il échouait à se présenter à son procès.

Un brouhaha de commentaires s'éleva dans la tribune de presse. Booth Watson resta assis, passif, les bras croisés, tel Bouddha. Clare fit une coche et une croix dans son calepin jaune, puis se pencha en avant pour chuchoter à l'oreille de Grace :

— Match nul.

— Jusqu'à l'accomplissement de ces deux conditions, poursuivit le magistrat, le prévenu restera en détention.

Les journalistes avaient leur gros titre, et le juge Lanyon son quart d'heure de gloire. William quitta la cour déçu et Faulkner satisfait. Après tout, il fallait qu'il soit à l'extérieur s'il voulait entamer l'étape suivante de son plan.

15

— J'ai toujours aimé prendre le petit déjeuner au Savoy, déclara Faulkner. Pourtant, les circonstances pourraient être meilleures.

— Elles pourraient être bien pires, répliqua Booth Watson en laissant tomber un autre morceau de sucre dans son café.

— Vous m'avez obtenu la liberté sous caution. Et vous assuriez qu'ils ne pouvaient même pas m'accuser de possession avec ces preuves.

— Au moment où je vous ai dit cela, les preuves en question n'étaient que deux joints et un cachet d'ecstasy, pas douze grammes de cocaïne pure. Aucun juge n'acceptera de croire qu'ils étaient pour votre consommation personnelle, par conséquent dans ce cas possession vaut titre.

— C'est la police qui a planqué la drogue, prétendit Faulkner, tandis qu'on lui apportait un bol de cornflakes et de fraises.

— Cette excuse ne fonctionnera pas, Miles, et vous le savez. Le témoin phare du Ministère public va jurer ses grands dieux qu'il vous a vendu la drogue plus tôt dans la soirée pour huit cents livres et n'oubliez pas que l'argent comme la drogue sont entre les mains de la police.

— Avez-vous découvert qui m'a piégé ?

— Pas encore, mais j'y travaille. Ce que je peux vous dire c'est qu'il a été conduit en toute discrétion dans un refuge secret quelque part. Il est possible que nous ne découvrions même pas son identité avant qu'il ne se présente à la barre des témoins.

— À supposer qu'il arrive jusqu'au tribunal.

— Écoutez-moi très attentivement, Miles. Ne faites rien que vous regretteriez plus tard.

— Comme quoi ?
— Comme aller à un mariage auquel vous n'êtes pas invité.
— Une erreur d'inattention.
— Et ce n'est pas votre seul problème.
— Quoi d'autre ? s'enquit Faulkner alors qu'un serveur retirait son bol et qu'un autre remplissait de café la tasse de Booth Watson.
— Christina refuse de signer les papiers du divorce tant que le procès n'est pas terminé.
— Que mijote-t-elle ?
— Elle pense visiblement que si vous êtes emprisonné, elle pourra négocier plus férocement.
— Eh bien, elle se trompe. Car lorsque j'en aurai fini avec elle, elle n'aura même plus un pot de chambre.
Le serveur revint se poster à côté de lui.
— Avez-vous choisi, monsieur ?
— Je vais prendre un petit déjeuner anglais complet.

*

Assis autour de la table, ils attendaient tous le commissaire divisionnaire. Personne, pas même Lamont, ne l'avait jamais vu en retard. Soudain, la porte s'ouvrit à la volée et Hawk le Faucon apparut. Ils eurent l'impression qu'un vent de force 9 les avait frappés de plein fouet.
— Veuillez m'excuser, commença-t-il alors qu'il ne les avait pas encore rejoints autour de la table. Je viens de passer une demi-heure avec le directeur, à lui raconter mon triomphe de samedi soir à Limpton Hall.
Tous éclatèrent de rire et tapèrent du plat de la main.
— Félicitations, Bruce, ajouta Hawksby en s'asseyant. Douze grammes de cocaïne pure et un dealer disposé à témoigner pour le compte du Ministère public ! J'ose croire que Faulkner s'est fait prendre la main dans le sac cette fois.
— Merci, commissaire divisionnaire, mais c'est grâce à la perspicacité du brigadier Warwick que nous y sommes parvenus.

— Encore une chance que vous ne soyez pas resté à Rome, William, à admirer des statues moins importantes. Les résultats du labo sont-ils revenus, agent Roycroft ?

— Oui, monsieur, répondit Jackie. La cocaïne est de première qualité, et sans doute d'origine colombienne. Ils ont saisi un lot similaire à Manchester il y a peu.

— Et pour Faulkner ?

— Il a remis son passeport, confié un million de livres au tribunal en guise de caution, et il est en liberté provisoire, expliqua William.

— Vous croyez qu'il va tenter de s'enfuir ? demanda Paul.

— C'est peu probable. Mais dans ce cas, le procureur général encaissera le million de livres et nous ne reverrons plus jamais cette canaille. Alors ce ne serait pas si mal.

— Je préférerais le savoir derrière les barreaux, répliqua William. Plutôt qu'en train de mener la grande vie à Monte Carlo.

— Votre vœu sera peut-être exaucé, affirma Hawksby. D'après le procureur, il est fort possible que Faulkner décide de plaider coupable pour le chef d'accusation mineur, une fois que Booth Watson aura eu le temps d'examiner le témoignage de Heath.

— Jamais il ne plaidera coupable, rétorqua William. Pas tant qu'il pensera avoir la moindre chance de s'en tirer indemne.

— Vous commencez à penser comme lui, fit remarquer Hawk le Faucon. C'est une bonne chose. Mais le procès ne se tiendra que dans plusieurs mois et nous avons d'autres d'opérations en cours. Comme s'assurer que Rashidi rejoigne Faulkner dans le box des accusés. Et une chose est sûre, Rashidi ne se verra pas accorder la liberté provisoire, sous aucune circonstance.

— Mais si cela arrivait, dit William, il pourrait payer le million de la caution en liquide.

— A-t-on localisé son usine ? s'enquit Hawksby.

— On s'en approche mais on n'est pas plus avancés, répondit Lamont. Ce qui est certain, c'est qu'elle ne se trouve pas à Charlbury Manor. J'ai survolé en hélicoptère la propriété vendredi dernier, et il n'y avait aucune activité ni aucun véhicule en dehors d'une Mercedes bleu foncé garée dans l'allée et d'une camionnette de la poste venue livrer un colis.

— Paul ? invita Hawksby.

— J'ai fureté dans le village ces derniers jours. Et la responsable de la poste m'a confié que Rashidi était très discret. Il assiste de temps en temps à la kermesse du village et fait des dons généreux, mais sinon, on le voit rarement en public. On dirait qu'il mène deux vies complètement séparées. Il se présente comme un châtelain le week-end tout en étant un baron de la drogue impitoyable la semaine. La transformation de Dr Jekyll en Mr Hyde semble s'opérer le vendredi après-midi quand il rend visite à sa mère.

Paul se tut un instant, vérifia qu'il avait bien l'attention de toute l'équipe.

— Arrêtez votre cinéma, gronda Lamont, et dites-nous tout.

— Chaque lundi matin, son chauffeur le conduit de Charlbury Manor à un bureau de la City. Il arrive aux environs de 8 heures et passe la matinée à assumer ses responsabilités de président de Marcel & Neffe, une honorable petite entreprise d'importation de thé dont le chiffre d'affaires l'année dernière s'élevait à plus de quatre millions de livres et qui a déclaré un profit de 342 600 livres Sterling.

Paul leur tendit des photocopies du bilan annuel de Marcel & Neffe.

— Cette société est la façade parfaite pour Rashidi, commenta William, parce qu'elle lui permet de mener un style de vie qu'un observateur lambda ne remettrait pas en question, et de voyager dans des contrées où le thé n'est pas la principale exportation.

— Sa maison à la campagne n'en est pas moins somptueuse, poursuivit Paul. Mais parce qu'elle se situe au milieu d'un terrain de cinq cents hectares, personne ne soupçonne à quel point. Et ce n'est pas tout.

— À Heathrow, continua William en prenant le relais, un jet Gulf Stream et deux pilotes sont à sa disposition jour et nuit : il peut ainsi disparaître en un clin d'œil. Il possède un yacht de soixante-dix mètres, le *Sumaya*, en hommage à sa mère, doté d'un équipage de dix-huit personnes, dans le port de Cannes. Il a également une maison à Saint-Tropez, une à Davos, un duplex sur la Cinquième Avenue à New York, avec vue sur Central Park. Il a du personnel dans chacune de ses résidences pour répondre à ses moindres besoins.

— Ce qu'il ne pourrait pas se permettre avec 342 600 livres par an, fit remarquer Lamont.

— Bien joué, agent Adaja, le félicita Hawksby. Oserais-je demander comment vous avez obtenu autant d'informations ?

— J'ai postulé comme jardinier assistant sur sa propriété ; il y avait une annonce à la poste du village. J'en ai appris plus sur ce qu'il se passe derrière ces murs qu'ils n'en ont appris sur moi lors de l'entretien. Mais en vérité, j'ai découvert peu de choses dignes d'intérêt car tout ceci n'est que sa vie « officielle ». J'ai même déjeuné au pub avec le jardinier en chef pour discuter de mon salaire et de la date de prise de poste.

— Ils vous ont engagé ? s'étonna Hawksby.

— Oui, monsieur. J'ai promis de revenir vers eux.

— Que connaissez-vous au jardinage, Paul ? railla Lamont.

— Seulement ce que j'ai lu dans l'édition du *Gardener's Weekly* du mois dernier, mais ils m'ont tout de même proposé un salaire de départ supérieur à celui que je touche ici, davantage de jours de congés et trois semaines de vacances par an.

— Pendant que Paul se baladait à la campagne, enchaîna William, je me suis concentré sur le bureau de Rashidi dans la City. Comme nous le savons, il y arrive le lundi à 8 heures, puis il disparaît aux alentours de midi et ne revient chez Marcel & Neffe que le vendredi après-midi juste avant de partir pour rendre visite à sa mère dans les Boltons. À l'instar de Paul, je ne suis pas plus avancé quant à ses déplacements entre-temps.

— Au moins connaissons-nous l'adresse de son lieu de travail, même si ce n'est qu'une façade.

— À quel étage se trouvent les bureaux de Marcel & Neffe ? demanda Lamont.

— Au dixième et au onzième. Je me suis rendu dans leurs locaux deux ou trois fois, mais je n'ai pas pu franchir l'accueil. Le pire, c'est que je ne suis pas totalement convaincu que l'homme qui quitte l'immeuble à midi le lundi soit la même personne qui monte dans son taxi personnel devant l'entrée de la compagnie du thé le vendredi après-midi.

— Vous pensez qu'il utilise un sosie ?

— Non, je crois qu'il enfile un bon déguisement. Soit ça, soit il entre et sort du bâtiment par une porte dérobée. Si ça trouve, il en descend en rappel.

— Quel pro, commenta Lamont, avec une pointe d'admiration dans la voix.

— Il faut l'être pour enfreindre toutes les lois et amasser plus de cent mille livres par semaine en liquide sans s'embêter à payer d'impôts.

— C'est comme ça qu'ils ont réussi à arrêter Al Capone, leur rappela Lamont.

— Il y a forcément une faille dans sa routine, assura William, mais je ne l'ai pas encore repérée.

— Pas de repos tant que ce n'est pas chose faite ! asséna Hawksby. Bon, à moins qu'il n'y ait des questions, remettons-nous au travail.

— J'ai une question, dit William.

— Évidemment que vous avez une question, brigadier Warwick.

— Votre agent sous couverture vous a-t-il fourni de nouvelles informations récemment ?

Hawk le Faucon jeta un coup d'œil à Jackie qui garda le silence.

— Non. Il lui arrive de ne pas donner signe de vie pendant des semaines. Mais quand il se manifestera, brigadier Warwick, soyez sûr que je vous préviendrai.

— Merci, monsieur.

— Et j'ai moi aussi une question pour vous, brigadier Warwick. Maintenant que Tulipe a quitté l'hôpital contre avis médical, se pourrait-il qu'il mette la main sur votre indic ?

— Non, monsieur. Même moi je suis incapable de vous dire où Heath se planque, parce que je l'ignore.

— Veillez à ce que ça ne change pas, parce qu'il est notre seul espoir de faire tomber Faulkner quand le procès se tiendra enfin. Bien, Messieurs, au travail ! La victoire avec Faulkner est déjà de l'histoire ancienne. Quant à Rashidi, il est toujours dans la nature, à détruire des vies.

*

— Veux-tu m'épouser ? demanda Adrian.

— Oui, bien sûr ! répondit Maria en se jetant à son cou.

— C'est le moment où je devrais mettre un genou à terre et t'offrir une bague de fiançailles pour conclure notre engagement, mais c'est impossible tant que nous serons cloîtrés dans cet endroit. Ils ne me laissent même pas sortir assez longtemps pour que je puisse aller en acheter une.

— Ça ne va pas durer, répliqua Maria. Et la bague peut attendre que nous soyons à Rio, en sécurité, avec cette histoire derrière nous.

— Je suis impatient d'y être, reconnut Adrian. Mais je m'inquiète de la réaction de tes parents quand ils découvriront que je suis un ancien toxicomane et que je n'ai pas eu de véritable emploi depuis des années.

— Tout ça c'est du passé, Adrian. De toute façon, je leur ai déjà raconté que tu étais le fils d'un grand banquier...

— En tout cas, ce n'est pas un mensonge, même si le banquier en question m'a renié.

— Et il t'a donné dix mille livres pour commencer une nouvelle affaire. À Rio, dix mille livres c'est une fortune, alors il y aura des opportunités à la pelle.

— Je compte bien en profiter au maximum. Mais je n'oublierai jamais que sans ton aide, je serais encore un incurable junkie sans avenir.

— Je ne suis pas la seule que tu doives remercier, dit Maria.

— Je sais. L'Enfant de Chœur a fait sa part du marché, et une fois que Faulkner sera derrière les barreaux, j'aurai rempli la mienne.

*

— Quand doit commencer le procès, Sir Julian ?

— Pas avant deux mois, madame Faulkner. Pourquoi cette question ?

— Je voudrais que vous preniez votre temps avec le règlement du divorce. Tâchez de ralentir les choses.

— Pourquoi voudriez-vous que je fasse cela, alors que nous avons obtenu presque tout ce que vous demandiez ?

— Je souhaite être encore Mme Faulkner quand mon mari ira en prison.

— Puis-je savoir pourquoi ?

— Il vaut mieux que vous l'ignoriez, Sir Julian, car j'aurais peut-être besoin que vous me représentiez si les choses ne se passaient pas comme prévu.

*

William prit le métro pour la City et descendit à Moorgate. Quelques minutes plus tard, il entrait dans l'immeuble qui abritait Marcel & Neffe, certain que Rashidi ne s'y trouverait pas un mercredi après-midi. Il évita la réception, pour qu'on ne se souvienne pas de lui, et se dirigea vers une batterie d'ascenseurs où il se mêla à un groupe qui attendait. Il sortit de la cabine au onzième étage et s'installa dans un fauteuil à l'accueil de Marcel & Neffe. Il s'empara d'un exemplaire du

Financial Times et vérifia sa montre toutes les deux minutes comme s'il attendait quelqu'un. La réceptionniste était sans cesse au téléphone, en train de s'occuper des visiteurs ou de signer la livraison de colis, aussi espérait-il pouvoir s'attarder un peu avant d'éveiller ses soupçons.

William prêta une oreille attentive aux conversations qui se déroulaient au bureau d'accueil tout en faisant mine de lire son journal. Il devint très vite évident que Marcel & Neffe n'était pas la façade d'un autre commerce mais exactement ce qu'elle prétendait être : une petite entreprise prospère qui importait et exportait du thé, même si son président ne venait au bureau que brièvement le lundi matin et le vendredi après-midi.

Au troisième coup d'œil interrogateur que lui décocha la réceptionniste, William décida qu'il était temps de partir. Une jeune femme sortit d'un des bureaux et il se leva pour la rejoindre alors qu'elle partait. Ils entrèrent ensemble dans l'ascenseur et au rez-de-chaussée William se dirigea vers la porte principale tandis que sa compagne d'un temps disparaissait dans un couloir sur la droite.

De retour dans la rue, William consulta sa montre et se mit en marche pour la station Moorgate. Il devait passer à Scotland Yard avant de rentrer chez lui. Même s'il n'avait aucun élément nouveau à rapporter. Il descendait les marches de la station de métro quand il repéra la jeune femme avec laquelle il venait de partager l'ascenseur qui s'approchait des tourniquets. William était perplexe. Comment avait-elle pu le doubler sans qu'il la remarque ?

Il s'arrêta au bas des marches et regarda dans la direction par laquelle elle était arrivée. À cet instant, une porte discrète qu'il n'avait pas vue avant s'ouvrit et un vieux monsieur en costume apparut, une sacoche et un parapluie pliable à la main. William se précipita vers la porte mais celle-ci se referma avant qu'il ne puisse la retenir.

Il n'eut pas longtemps à attendre. Elle se rouvrit et cette fois il réussit à se glisser par l'ouverture avant qu'elle ne se rabatte. Il se retrouva dans un couloir fortement éclairé. Il avança d'un pas prudent, passa devant une salle de sport et un centre de formation sur sa gauche, puis gravit une volée de marches qui le conduisit dans un autre couloir au bout duquel il se retrouva de nouveau à l'accueil principal de l'immeuble. Voilà comment la jeune femme l'avait doublé. Il revint sur ses pas et regagna le métro, sachant exactement où il attendrait Rashidi le lundi suivant.

*

— Le Ministère public nous a communiqué la date du procès de Faulkner, annonça Sir Julian. Il se tiendra le 12 novembre à l'Old Bailey, la cour d'assises de Londres.

Grace tourna les pages de son agenda et barra d'une croix les trois semaines après le 12 novembre.

— C'est dans moins d'un mois, dit-elle. Je dois revoir son témoignage avec Heath encore une fois.

— Tu pourras t'en charger quand ils le ramèneront à Londres juste avant le procès.

— Vas-tu appeler William à la barre ?

— Inutile. Le commissaire Lamont aura beaucoup plus de poids aux yeux du jury. Et le docteur Lewis est un expert très respecté en matière de stupéfiants alors je ne pense même pas que la défense voudra prendre la peine de procéder à son contre-interrogatoire. En fait, j'ai le sentiment que Booth Watson ne va pas tarder à me contacter pour me proposer un arrangement pour son client.

— S'il le fait, que lui répondras-tu ?

— D'aller voir ailleurs si j'y suis.

— La Couronne, singea Grace, n'a pour l'heure aucune raison d'envisager le moindre compromis, mais merci de votre appel, BW.

Grace vit avec plaisir son père noter ses paroles.

*

William et Paul regardèrent de l'autre côté de la route Rashidi qui sortait de sa Mercedes et entrait dans l'immeuble à 8 h 10 le lundi suivant. Il était habillé comme n'importe quel président d'une entreprise de la City et le portier le salua. Le brigadier Warwick regagna alors la station de métro Moorgate mais ne se dirigea pas vers l'escalator pour rentrer à Scotland Yard.

Jackie lui avait appris à rester concentré pendant une surveillance. Si l'on se laissait distraire ne serait-ce que quelques secondes, on pouvait perdre sa cible de vue. Il resta planté dans le hall pendant quatre heures et même s'il faisait de temps à autre les cent pas, il ne quittait pas un instant des yeux la porte dissimulée. Plusieurs personnes l'avaient franchie pour se diriger ensuite vers les tourniquets, mais il avait la certitude que Rashidi n'était pas parmi eux. Au cas où il quitterait ses bureaux par l'entrée principale de l'immeuble ce matin, Paul était posté de l'autre côté de la rue et il préviendrait aussitôt William par radio. Celui-ci redoubla d'attention quand l'horloge de la station indiqua midi.

Quelques minutes plus tard, un homme franchit la porte. Il portait un survêtement gris foncé et une capuche sur la tête qui dissimulait son visage. Il passa devant William avant que celui-ci ait pu le regarder de plus près sans le fixer. La démarche était familière mais William ne pouvait s'en contenter. Lorsque l'homme présenta son ticket au guichet, William remarqua qu'il avait des gants en cuir. Ses yeux se braquèrent instinctivement sur son majeur gauche.

Le temps que William ait passé le tourniquet et descendu l'escalator, l'homme en jogging avait déjà tourné à gauche en direction du quai sud de la Northern Line.

Une fois l'inconnu en survêtement hors de sa vue, William se mit à dévaler l'escalator et il ne ralentit qu'au moment de tourner. Il voyait à présent sa proie sur le quai, à l'instant où un train surgissait du tunnel dans un souffle d'air chaud. Il monta à bord de la rame voisine de celle où se trouvait Rashidi et ne regarda brièvement dans sa direction qu'une seule fois. Il observa avec attention les passagers qui descendaient à chaque arrêt jusqu'à ce que l'homme en jogging, capuche sur la tête, sorte à Stockwell.

William resta sur son siège. La suite ne faisait pas partie du plan initial. Il faudrait attendre la semaine suivante. Les paroles de Hawksby résonnaient à ses oreilles. « Ne prenez aucun risque. Nous jouons sur le long terme. »

*

Il y avait six gardes du corps chargés de surveiller la planque, chacun sur des rondes de huit heures. Les ordres étaient simples. Garder le témoin et sa petite amie en vie, bien nourris et, si possible, détendus. Il n'était pas facile de se détendre quand on n'avait jamais le droit de sortir pour faire autre chose que le tour du parc d'à côté, toujours accompagné de deux agents et d'un berger allemand. Il fallut plusieurs jours à Adrian et Maria pour découvrir dans quelle ville ils se trouvaient.

Alors que les semaines passaient, Adrian apprit à connaître l'un des gardes du corps ; il se lia d'amitié avec lui grâce à leur passion mutuelle pour West Ham qu'ils soutenaient tous les deux. Mais ce ne fut que quinze jours avant le procès qu'il découvrit à qui l'homme portait réellement allégeance.

*

De retour à Scotland Yard, William remit son rapport sur son voyage jusqu'à Stockwell.

Lamont étudia un plan du métro de Londres pendant plusieurs minutes avant de déclarer :

— Si Rashidi descend à Stockwell lundi prochain, brigadier Warwick, vous l'attendrez à l'extérieur de la station. Mais s'il prend une correspondance et se dirige vers Brixton, vous le suivrez, agent Adaja.

Les deux policiers hochèrent la tête et prirent des notes.

— Et vous Jackie, maintenant que vous n'êtes plus de la partie, que faites-vous ?

— Nous avons un problème, monsieur, dit-elle une fois les rires apaisés ; toute l'attention de l'équipe se porta sur l'agent Roycroft. Marlboro Man est convaincu qu'un important chargement de drogue doit arriver de Colombie à Zeebruges. Il a surpris au pub une conversation entre deux dealers qui avaient un peu trop bu.

— Une idée de la quantité ? demanda Lamont.

— Il n'en est pas sûr. Tout ce qu'il sait avec certitude, c'est que la dernière fois, il s'agissait de dix kilos de cocaïne.

— Sans doute le chargement qui a fini à Manchester, commenta Lamont. Est-ce qu'il sait où il doit être transporté après Zeebruges ?

— Non.

— Je miserai sur Felixstowe, intervint Hawksby.

— Pourquoi cela, monsieur ?

— L'anti-corruption y surveille de près deux agents des douanes, et ils m'ont informé qu'ils comptaient procéder à une arrestation dans un avenir proche.

— Dans ce cas, le brigadier Warwick et l'agent Roycroft feraient mieux de se rendre dare-dare à Felixstowe, ordonna Lamont. Et de garder un œil sur ce chargement en provenance de Zeebruges. Bien joué, agent Roycroft.

— Ce n'est pas tout, poursuivit Jackie, plutôt contente d'elle-même.

— Je vous écoute.

— MM a entendu plusieurs fois le mot « caravane » ce même soir.

— Soit c'est un piège, soit cet homme vaut son pesant d'or.

— Hélas, il n'y a pas que des bonnes nouvelles, continua Jackie. Maintenant que Tulipe est sorti de l'hôpital, il a repris son poste et il cherche Heath.

— Il ne manquait plus que ça, se lamenta Hawksby.

16

— Le deuxième jour de surveillance est toujours le pire, affirma Jackie.

— Pourquoi ? s'enquit William, les jumelles braquées sur l'entrée du port.

— Le premier jour, rester concentré est assez facile, mais le deuxième, le frisson de la traque et l'excitation de la nouveauté commencent à s'estomper.

— Et le troisième ?

— L'ennui s'installe. Tes paupières sont de plus en plus lourdes et tu luttes pour rester éveiller. Mais c'est toujours mieux que d'avoir à écouter tes histoires interminables qui feraient dormir un insomniaque ! Je parie que Beth n'a pas besoin de compter les moutons le soir.

— Au moins cette fois, nous savons exactement ce que nous guettons, répliqua William sans tenir compte de la pique. Contrairement à ton opération à Guildford à la recherche d'un Picasso volé qui n'a jamais existé.

— Inutile de me le rappeler, se lamenta Jackie. Ici, le capitaine de port est on ne peut plus serviable. Il n'y a que deux car-ferries en provenance de Zeebruges aujourd'hui, de la compagnie Townsend Thoresen tous les deux, et nous cherchons une voiture qui tracte une caravane ; cela ne devrait pas être trop difficile à repérer, même s'il nous faut quand même vérifier toutes les plaques d'immatriculation, juste au cas où.

— Que sont devenues les trois caravanes arrivées hier ?

— L'une est allée dans un camping du parc national de New Forest où réside son propriétaire. Une autre est en chemin pour l'Écosse, et d'après le registre national informatisé de la police, la dernière appartient au Révérend Nigel

Oakshot du presbytère de Sandhurst dans le Berkshire. Nous avons préféré lui accorder le bénéfice du doute.

William s'esclaffa.

— À quelle heure doit arriver le premier ferry du jour ?

— L'*Anthi Marina* devrait accoster vers 11 h 20 et débarquer sur la rampe 1 ou 2. Nous n'approcherons pas les quais avant de l'avoir en visuel. Il ne faudrait pas que l'un des agents des douanes que surveille l'anti-corruption nous repère. Qu'est-ce que tu lis ? demanda-t-elle, le regard baissé sur le livre posé sur les genoux de William, pas certaine qu'il ait écouté un traître mot de ce qu'elle venait de dire.

— L'histoire des docks de Felixstowe.

— Passionnant, je parie.

— Sais-tu que le terrain autour appartient au Trinity College de Cambridge et qu'il est l'un de ses biens de valeur les plus précieux ?

— Fascinant.

— L'intendant de l'université de l'époque, M. Tressilian Nicholas, a acheté le site de plus de mille cinq cents hectares pour le compte de l'établissement en 1933, ainsi qu'une route qui menait aux docks, alors à l'abandon. Son successeur, M. Bradfield, en a deviné tout le potentiel et c'est aujourd'hui le plus grand port de Grande-Bretagne, qui assure à l'université une petite fortune en revenus.

— J'ai hâte d'entendre la fin de cette histoire, commenta Jackie.

— Lord Butler.

— Qui ça ?

— Un ancien membre du cabinet ministériel, et principal de Trinity, répondit William qui se mit à lire à haute voix. « Butler demanda à Bradfield lors d'une réunion financière s'il savait que l'université possédait une mine d'étain en Cornouailles qui n'avait pas fait de profit depuis 1546, ce à quoi l'intendant aurait répondu cette célèbre réplique : "Sachez, monsieur le principal, que dans ce collège, nous voyons sur le long terme." »

— Moi aussi je vois sur le long terme, répliqua Jackie lorsqu'elle repéra l'*Anthi Marina* à l'horizon. Si on se réfère à hier, le bateau devrait être à quai dans quarante minutes. Nous ferions mieux d'aller nous installer à notre poste d'observation préféré.

William boucla sa ceinture de sécurité tandis que Jackie démarrait puis roulait au pas le long de Bath Hill en direction des docks. Elle se gara au même emplacement que la veille, où ils étaient restés de si longues heures pour rien. Au moins le dernier ferry avait accosté peu après 22 heures, leur permettant de gagner avant minuit un petit B & B miteux du front de mer. Le gérant avait paru étonné qu'ils réservent deux chambres séparées.

Leur voiture à l'abri des regards, ils plongèrent tous deux dans un silence conjugal tout en suivant la lente progression du paquebot dans le port.

Ils n'eurent pas longtemps à attendre avant que le premier véhicule surgisse sur le quai. Jackie, derrière ses jumelles, lut chaque numéro de plaque à Paul qui attendait patiemment leur appel au sous-sol de Scotland Yard. William, en homme prudent, les nota dans son calepin. Aucune caravane à l'horizon quand la dernière voiture eut franchi la douane. Jackie abaissa les jumelles et demanda :

— À quelle heure doit arriver le prochain ?

— 14 h 50, répondit-il en parcourant les horaires du *Saxon Prince*.

— On a le temps de déjeuner. Fish and chips ?

— Pas encore ! Nous en avons mangé hier.

— Et nous en mangerons demain, si ça ne tient qu'à moi. Règle d'or. Quand on est en planque dans un port, on mange la pêche du coin. C'est bien plus frais que la fricassée de morue qu'ils te servent au Ritz. Tu devrais le savoir, tu y vas suffisamment souvent.

— Je n'y ai déjeuné que deux fois, rétorqua William. Mais si nous restons ici toute la semaine ?

— Je consentirai à un kebab, assura Jackie.

Elle démarra, fit demi-tour et roula vers le kiosque à frites que leur avait recommandé l'agent préposé à l'accueil du poste de police locale.

— C'est toujours bon signe, fit-elle remarquer quand, la voiture garée, ils se joignirent à la queue qui s'allongeait devant le restaurant.

*

L'agent Adaja passa sa pause déjeuner à vérifier sur la base de données informatisée de la police toutes les plaques d'immatriculation que lui avait transmises Jackie. Quelques amendes pour stationnement gênant ou excès de vitesse, une pour conduite en état d'ivresse et une autre pour avoir grillé un feu rouge qui avait coûté à la conductrice en infraction vingt livres et deux points de pénalité sur son permis. Lorsque Paul informa par radio Jackie des résultats, elle commenta d'un « Hou la vilaine fille ! » et rajouta en même temps un peu de vinaigre sur son cabillaud.

Leur repas terminé – le poisson pané et les frites mangés à même le cône en papier journal, le long du front de mer – Jackie et William regagnèrent en voiture leur poste d'observation en haut de la colline.

Après une demi-heure passée à contempler la mer dans le silence le plus total, Jackie tira de nouveau l'épée de son fourreau.

— As-tu toujours l'espoir d'être promu commandant ? demanda-t-elle.

— Pourquoi me poser cette question alors que tu connais la réponse ?

— Parce qu'il y a deux sortes de brigadiers à la Met, et tu fais de toute évidence partie de la seconde catégorie, ceux qui espèrent être promus.

— Et la première catégorie ?

— La plus remplie des deux, et de loin. De vieux briscards, qui ont compris que lorsqu'on est promu commandant, on ne peut plus se faire payer les heures sup'. C'est pour cela que la Met regorge de brigadiers de plus de quarante ans qui se contentent de purger leur peine. Beaucoup d'entre eux ont un salaire bien plus élevé que celui de leurs supérieurs alors qu'en même temps ils font bouchon : ils empêchent les gens comme moi de décoller du bas de l'échelle. La vérité, c'est qu'il est plus facile d'être promu commandant que brigadier.

C'était la première fois que William entendait Jackie s'exprimer avec amertume sur un sujet.

— Si nous arrivons à mettre Rashidi derrière les barreaux, répliqua-t-il, je suis sûr que tu ne tarderas pas à recoudre les trois bandes sur ton uniforme.

Il regretta aussitôt ses paroles car elles rappelaient à Jackie qu'il avait été nommé brigadier après qu'elle avait été rétrogradée.

— Attention, poursuivit-elle. Je reconnais volontiers que la prime pour les heures supplémentaires m'a permis de profiter de quelques-uns des plaisirs de la vie. Je me demande quand même parfois si les civils ont conscience du nombre de policiers qui attendent dans des cars garés dans les rues adjacentes au cas où une manifestation dégénérerait.

— Un prix qui vaut la peine d'être payé, affirma William. Tu as peut-être remarqué qu'en Russie, la police anti-émeute n'attend pas dans des cars quand les citoyens envisagent seulement de manifester.

— Sur cette bonne parole, Enfant de Chœur, je vais essayer de piquer un petit somme. Réveille-moi quand le bateau suivant arrive.

Elle s'enfonça dans son siège, ferma les paupières et s'endormit en quelques minutes. William aurait aimé pouvoir en faire autant mais son esprit refusait de ralentir, même la nuit. Il fixa la vaste mer grise et songea à Beth. Quelle chance il avait ! Et bientôt ils seraient trois, et ils formeraient une famille. Une raison de plus d'espérer que la promotion évoquée par Jackie arrive sans tarder. Il allait devenir père. S'ils avaient un garçon, il pourrait devenir le joueur phare de l'équipe nationale de cricket, et si c'était une fille, elle pourrait être la première femme directrice de la National Gallery.

Ses pensées se tournèrent vers Miles Faulkner dont le procès s'ouvrait à l'Old Bailey la semaine suivante. Tout reposait sur le témoignage d'Adrian Heath. William avait appris avec intérêt de la bouche de sa sœur que Booth Watson avait joint leur cabinet en début de semaine pour proposer de plaider coupable pour possession, si le Ministère public acceptait d'abandonner l'intention de vendre, chef d'accusation plus grave. Il n'avait pas été surpris d'entendre que leur père avait poliment rejeté cette proposition d'arrangement. Son esprit se porta ensuite sur Assem Rashidi. Après son départ de Marcel & Neffe le lundi à midi, il était allé en métro jusqu'à Stockwell puis avait pris une correspondance sur la Victoria Line pour sortir à Brixton, où attendait l'agent Adaja. Paul n'avait pas tenté de le filer quand il l'avait vu émerger de la station ; à la place il était rentré au Yard par le train suivant. Lorsque Lamont lui avait demandé pourquoi, Paul avait expliqué que Rashidi avait été accueilli par une demi-douzaine de gros bras qui surveillaient sans cesse les alentours pour vérifier qu'ils n'étaient pas espionnés. Au moins savaient-ils maintenant dans quel quartier devait se situer l'abattoir de Rashidi. Malheureusement, ils ne parvenaient toujours pas à le localiser plus précisément dans ce qui était presque considéré comme une zone de non-droit, même si la police refusait de l'admettre. L'agent sous couverture de Jackie serait peut-être en mesure de résoudre ce problème épineux pour eux.

Ensuite, il pensa à Lamont, qu'il n'arrivait toujours pas à cerner. Pour le commissaire qui ne s'en cachait pas, William restait un enfant de chœur et Paul un immigrant. Et enfin il y avait Hawk le Faucon, qui planait au-dessus d'eux tous.

William s'arracha dans un sursaut à ses pensées quand il repéra un point à l'horizon. Il attendit de pouvoir lire le nom *Saxon Prince* sur la proue avant de réveiller Jackie. En quelques instants, elle fut parfaitement alerte, comme si elle n'avait pas dormi ; encore une chose dont il aurait aimé être capable.

— Le *Saxon Prince* entre dans le port.

— Pourvu qu'il soit sur ce bateau, marmonna Jackie d'un ton plaintif en démarrant le moteur.

Ils descendirent Bath Hill et regagnèrent leur poste d'observation de prédilection d'où ils avaient une vue imprenable sur le paquebot entrant dans le port. Très vite, un premier véhicule roula au bas de la rampe.

Une fois de plus, Jackie, les jumelles braquées sur les voitures qui se dirigeaient vers les douanes, transmettait les numéros de plaques à Paul qui se trouvait au Yard.

Soudain, elle s'écria :

— Je n'y crois pas ! Passe la radio au chef, Paul, tout de suite !

Elle tendit les jumelles à William, qui se concentra sur une Volvo qui avançait lentement le long du quai et se demanda comment Lamont allait réagir. Il rendit les jumelles à Jackie.

— Quel est le problème, Jackie ? demanda une voix d'un ton sec à travers la radio.

— Une Volvo avec une caravane vient de descendre du ferry et se dirige vers la douane, monsieur.

— Et ? insista Lamont d'un ton impatient.

— Vous n'allez pas le croire, monsieur, mais MM est au volant et Tulipe est assis à côté de lui.

— Où sont-ils à présent ?

— Dans la queue pour passer la douane. Comme je suis son officier de liaison, je ne sais pas très bien ce que je dois faire.

— Attendez. Ne les perdez pas de vue pendant que je discute avec le patron.

La radio sécurisée se tut pendant si longtemps que, sans les grésillements occasionnels, Jackie aurait pu penser que le contact avait été rompu. Enfin, ils entendirent la voix reconnaissable entre toutes de Hawksby. Le ton bref et direct.

— Êtes-vous sûre de vous, agent Roycroft ?

— Oui, monsieur, répondit-elle avec fermeté, les jumelles toujours braquées sur la Volvo.

— Sont-ils toujours dans la file ?

— Non, monsieur. Un agent des douanes est en train d'examiner la voiture et un autre discute avec Tulipe. Voilà qu'ils les laissent passer.

Elle se tut un instant.

— Dans deux minutes, nous aurons perdu le visuel, monsieur, reprit-elle en s'efforçant de ne pas enfoncer l'accélérateur.

— Restez en position, agent Roycroft, ordonna Hawksby. Nous ne pouvons pas risquer de compromettre la couverture d'un agent. S'il doit livrer la marchandise à l'abattoir de Rashidi quelque part à Brixton, nous pourrons enfin mettre la dernière pièce à ce puzzle. Je répète : restez en position.

William arracha la radio des mains de Jackie.

— Et si votre agent avait retourné sa veste, monsieur ? Alors nous ne serions pas plus avancés quant à l'adresse de l'usine et nous aurions en plus perdu dix kilos de cocaïne et l'occasion de mettre Tulipe hors d'état de nuire.

— C'est impossible ! s'écria Jackie. Ross ne nous trahirait jamais, ajouta-t-elle en brisant la règle d'or.

— Votre agent sous couverture ne nous transmet peut-être que la moitié de l'histoire, poursuivit William avec calme. Comme vous nous le répétez sans cesse, monsieur, de grosses sommes d'argent sont en jeu avec ces cartels de la drogue ; elles peuvent représenter une tentation même pour les officiers les plus scrupuleux.

Cette tirade réduisit Jackie au silence, entre autres parce qu'elle n'avait jamais entendu quiconque s'adresser ainsi au commissaire divisionnaire.

— Vous avez raison, brigadier Warwick, répliqua ce dernier avec calme. Il est possible que l'agent Roycroft et moi-même, parce que nous nous chargeons de cet agent sous couverture en particulier, nous soyons trop impliqués. Je vous laisse la décision finale, Bruce.

Lamont revint aussitôt en ligne.

— Je ne connais pas personnellement l'officier en question, monsieur, mais jusque-là il ne vous a jamais laissé tomber, il n'y a donc aucune raison de penser qu'il aurait soudainement changé de camp. Dans tous les cas, en intervenant, nous pourrions mettre sa vie en danger. Mon conseil est donc de rester en retrait. En outre, monsieur, cela n'aidera pas nos collègues de l'anti-corruption si ces deux agents des douanes sont ceux qu'ils ont dans leur collimateur.

— Bien vu. Une autre bonne raison pour que vous rentriez tous les deux sur-le-champ au Yard.

— Oui, monsieur, répondit William sans conviction.

Jackie et lui regardèrent donc sans agir la Volvo s'engager sur la route principale et disparaître de leur vue.

— Merci, Bruce, dit le commissaire divisionnaire lorsqu'ils eurent coupé la radio et le contact avec Felixstowe.

De retour dans son bureau, Hawksby décrocha son téléphone.

— Angela, auriez-vous un paquet de Marlboro vide sous la main ?

— Oui, monsieur.

— Pourriez-vous me l'apporter, je vous prie ?

Angela sortit le paquet de son tiroir, l'apporta à son patron et le posa sur son bureau sans qu'un mot soit échangé.

Vingt minutes plus tard, le commissaire divisionnaire décrocha de nouveau son combiné.

— Angela, si on me demande, je suis sorti du bureau pour une trentaine de minutes.

Il remit le papier argenté dans le paquet de cigarettes vide avant de le glisser dans sa poche. Ensuite, il emprunta l'ascenseur pour se rendre au rez-de-chaussée et se mit en marche vers la cathédrale de Westminster.

17

La veille du procès, Adrian et Maria quittèrent la ville-cathédrale de Lincoln et regagnèrent Londres par l'A1, où ils furent logés dans un petit hôtel discret non loin de l'Old Bailey. Deux gardes étaient postés en permanence devant leur chambre.

Maria dormit comme un bébé, malgré les mouvements agités d'Adrian tout au long de la nuit. Celui-ci revoyait ses réponses bien répétées à chacune des questions de Sir Julian, tel un comédien saisi de trac avant le lever de rideau. Maria n'avait qu'un rôle de figuration. Dès qu'Adrian se présenterait à la barre des témoins, elle serait conduite à Heathrow où elle procéderait à l'enregistrement et attendrait qu'il la rejoigne.

Sir Julian passa la nuit dans son appartement de Lincoln's Inn. Au matin, il se leva de bonne heure et révisa encore une fois son discours introductif, il procéda à quelques corrections, barra un mot, voire un paragraphe entier. Il le relut ensuite à voix haute, avec pour seul public le chœur de l'aube. Ce dernier parut apprécier.

Booth Watson se leva lui aussi de bonne heure et savoura un copieux petit déjeuner avant de prendre un taxi pour se rendre à l'Old Bailey où il n'arriva qu'une demi-heure avant l'ouverture du procès. À sa décharge, il était peu probable qu'il ait à intervenir avant la fin de l'après-midi, car selon lui le témoin de l'accusation déposerait pendant au moins deux heures avant qu'il ne puisse procéder au contre-interrogatoire. Bien qu'il ait préparé plusieurs subterfuges pour piéger M. Heath, aucun n'était très prometteur, et il craignait que, si la culpabilité de son client était reconnue sur les deux chefs d'accusation, celui-ci, sous le coup de sa condamnation à quatre ans de prison avec sursis, ne mange de la dinde froide plusieurs Noëls d'affilée.

La veille, il avait dîné au Savoy avec Miles, qu'il avait trouvé d'un calme remarquable, comme résigné au sort qui l'attendait. Mais il devait reconnaître qu'il ne comprenait jamais vraiment ce qui se passait dans cet esprit impénétrable.

Grace prit le métro pour la cour d'assises, consciente que son père ne voudrait pas de distraction avant de s'adresser au jury. Elle acceptait très bien son second rôle d'assistante, et elle était prête à lui souffler la réplique si un point de droit surgissait ou pour vérifier une allégation de la défense. Elle ne pouvait pas laisser Booth Watson prendre son père en embuscade alors qu'il était lancé. Sur un plan plus pragmatique, elle devait veiller à ce que son verre d'eau soit toujours à moitié plein et non pas à moitié vide. Grace se réjouissait d'assister son père et même si elle ne l'avait jamais confié à personne, pas même à Clare, elle espérait qu'il l'autoriserait à interroger un des témoins secondaires.

À l'instar de son avoué, Miles Faulkner savoura un copieux petit déjeuner, après un jogging matinal autour du parc. Son parc. BW lui avait affirmé qu'il était peu probable qu'il soit appelé à la barre avant que tous les témoins de l'accusation n'aient été entendus, et qu'il ne le serait que si son avocat avait la conviction que cela jouerait en sa faveur. Pour l'instant, BW n'était pas persuadé que quoi que ce soit plaide sa cause.

Son chauffeur le déposa devant l'Old Bailey où il se retrouva cerné d'une meute de journalistes et de photographes qui s'étaient inquiétés de savoir s'il prendrait la peine de venir puisqu'il pouvait si facilement sacrifier un million de livres afin de rester un homme libre. Il s'avança vers eux avec une démarche arrogante, laissant aux photographes plus de temps que nécessaire pour prendre autant de clichés de lui qu'ils le désiraient. Voilà qui convainquit les journalistes qu'il avait l'assurance de quitter le tribunal dans la même voiture que celle dans laquelle il était arrivé.

La salle d'audience numéro 1 de l'Old Bailey était pleine à craquer bien avant l'entrée du juge Baverstock à 10 heures. Celui-ci salua d'un geste de la tête le tribunal bondé et s'assit au centre de l'estrade. Du côté des représentants de la Couronne, Sir Julian s'assurait que les feuilles de son discours d'ouverture étaient numérotées et dans l'ordre. Elles l'étaient. Grace avait déjà vérifié par deux fois.

Booth Watson était affalé à l'autre bout du banc, un calepin aux feuilles jaunes sur les genoux, le stylo en l'air au cas où Sir Julian commettrait la plus infime erreur. Son assistant, Me Andrews, était assis à côté de lui, attentif, prêt à ramasser les miettes qui auraient échappé à son responsable.

Miles Faulkner se tenait dans le box des accusés, vêtu une nouvelle fois d'un costume chic d'un tailleur de Savile Row et arborant la cravate d'ancien élève d'Harrow. Il sourit aux sept hommes et cinq femmes qui s'installèrent dans la tribune du jury, mais seul l'un d'eux regarda dans sa direction.

Le juge attendit que le jury ait prêté serment puis, une fois tout le monde bien à sa place, il fit signe au greffier qui se leva et lut les deux chefs d'accusation de l'acte, avant de se tourner vers l'accusé et de demander d'un ton pompeux :

— Que plaidez-vous ?

— Non coupable, déclara Faulkner, comme s'il n'arrivait pas à croire qu'on puisse en douter.

— Vous pouvez vous asseoir, dit le greffier.

Faulkner rassis, le juge Baverstock reporta son attention sur l'avocat de l'accusation.

— Êtes-vous prêt pour votre discours introductif, Sir Julian ?

— Tout à fait, Votre Honneur.

Il se leva, tira sur les revers de sa longue robe avant d'agripper avec fermeté les deux bords du pupitre sur lequel était posée sa déclaration.

— Votre Honneur, commença-t-il, je représente la Couronne dans cette affaire, tandis que mon estimé confrère, maître Watson, plaide pour la défense.

Les deux hommes se saluèrent de mauvaise grâce.

— L'acte comporte deux chefs d'accusation, monsieur le juge : possession et intention de vendre une substance illégale, à savoir de la cocaïne. Dans la soirée du samedi 17 mai de cette année, on a retrouvé l'accusé en possession d'une grande quantité de drogue alors qu'il organisait un dîner avec neuf convives à son domicile. Mais ce n'est pas seulement ce qu'il s'est passé pendant ce dîner qui intéressera le jury. Ce qu'il s'est passé avant l'arrivée du premier invité de M. Faulkner revêt encore plus d'importance.

Il leva les yeux et vit le jury suspendu à ses lèvres.

— Quelques minutes après 19 heures ce soir-là, un homme s'est présenté au domicile de M. Faulkner afin d'honorer un rendez-vous pris quelques jours plus tôt. À son arrivée, cet homme, Adrian Heath, a été conduit dans le bureau de l'accusé pour y mener à bien une transaction d'ordre commercial. Il a fourni à M. Faulkner douze grammes de cocaïne en échange de huit cents livres en liquide. Un tarif au-dessus de celui en vigueur mais M. Faulkner est un client qui n'exige que les produits de la meilleure qualité. Dans le cas présent, de la drogue pure à 92,5 %, ainsi qu'en témoignera un expert un peu plus tard.

» Une fois l'affaire conclue et M. Heath rémunéré – nous produirons d'ailleurs comme pièce à conviction la somme en liquide – il est rentré à Londres en voiture où il a été aussitôt emmené dans le plus grand secret dans un refuge de la police car, ainsi que M. Faulkner l'ignorait, Adrian Heath était un informateur.

Booth Watson nota une première remarque : *agent provocateur.*

— Plus tard dans la soirée, poursuivit Sir Julian, la police a perquisitionné le domicile de M. Faulkner. Malgré sa tentative désespérée de dissimuler les preuves, et grâce au travail d'investigation exceptionnel d'un jeune brigadier de police, la drogue a été découverte à l'intérieur d'une statue.

Il marqua une pause avant d'assener :

— Une statue représentant M. Faulkner en personne.

Un ou deux membres du jury ne purent retenir un sourire moqueur.

— La Couronne, continua Sir Julian, ne se contentera pas de vous présenter comme pièces à conviction les douze grammes de cocaïne et les huit cents livres que M. Faulkner a payées au dealer, mais M. Heath en personne confirmera le rôle qu'il a joué dans cette affaire. Et si cela ne suffisait pas à condamner cet homme, dit-il en montrant l'accusé du doigt, le Ministère public appellera également à la barre deux experts, à savoir le commissaire Lamont, chef de l'unité d'élite de la brigade des stupéfiants de Scotland Yard...

Booth Watson inscrivit une deuxième question : *Pourquoi pas Warwick ?*

— ... et le Dr Ruth Lewis, membre éminent du conseil gouvernemental sur les drogues illégales.

L'air grave, Sir Julian se tourna vers le jury pour terminer :

— La Couronne a la conviction, chers membres du jury, que lorsque vous aurez pris connaissance de toutes les preuves dans cette affaire, vous conclurez qu'un seul verdict s'impose : l'accusé, Miles Faulkner, est coupable des deux chefs d'accusation.

Faulkner observa plus attentivement le jury tandis que Sir Julian se rasseyait. Tous avaient le regard rivé sur le représentant de la Couronne et s'ils avaient dû rendre leur verdict sur-le-champ, il était certain à l'expression sur leur visage que Faulkner aurait été pendu haut et court avant l'aube. Booth Watson l'avait prévenu que le pire moment d'un procès pour n'importe quel accusé était toujours les quelques instants qui suivaient le discours introductif.

— Merci, Sir Julian, intervint le juge Baverstock. Le moment serait peut-être propice à une courte pause, après quoi vous pourrez appeler à la barre votre premier témoin.

Il se leva alors, s'inclina et quitta la salle d'audience.

— Où est Heath ? demanda Sir Julian avant même de s'être rassis.

— Sous protection policière dans une cellule du rez-de-chaussée, répondit Grace. Je vais y faire un saut et le prévenir que ça va bientôt être à lui.

— Et sa compagne ?

— Dès qu'il sera à la barre, elle sera conduite à l'aéroport. Une voiture attend Heath pour l'y emmener dès qu'il aura terminé.

— Je crois que l'affaire pourrait bien être réglée avant ce soir, déclara Sir Julian. Une fois que Heath aura livré son témoignage sur les événements de cette soirée chez Faulkner, je suis persuadé que Booth Watson fera tout pour obtenir un accord pour son client.

— Que lui répondras-tu ? demanda Grace.

— Mon assistante a déjà rédigé une réponse catégorique que je compte prononcer mot pour mot.

*

— Eh bien, c'était redoutable, commenta Faulkner lorsqu'il se pencha depuis le banc des accusés pour s'entretenir avec son avocat. Sir Julian Warwick n'en peut plus d'attendre d'avoir Heath à la barre.

— Tout comme moi, répliqua Booth Watson. C'est un individu aux nombreux vices, et je compte bien les exposer un à un. J'ai la certitude de pouvoir vous éviter l'inculpation d'intention de vendre, même si la possession restera un problème.

— La police a planqué la marchandise pour se venger de leur fiasco lamentable dans l'affaire du Rembrandt disparu, décréta Faulkner.

— Je n'évoquerai pas l'affaire du Rembrandt. Cela permettrait à l'accusation d'informer le jury que vous êtes sous le coup d'une peine de prison avec sursis pour fraude. Ils n'ont pas le droit de mentionner les inculpations antérieures à moins que nous n'abordions le sujet les premiers. Par ailleurs, trois de vos invités au dîner sont disposés à jurer sous serment que personne ne s'est vu proposer autre chose qu'un joint et un quatrième témoignera qu'il ne vous a jamais vu prendre de la drogue.

— Alors il ne me connaît pas depuis très longtemps, rétorqua Faulkner.

*

— Vous pouvez appeler votre premier témoin, Sir Julian, déclara le juge Baverstock à leur retour de la courte suspension de séance.

— Merci, Votre Honneur. J'appelle à la barre Adrian Heath.

Booth Watson examina avec attention le témoin phare de l'accusation lorsqu'il pénétra dans la salle d'audience. Vêtu avec élégance, il ressemblait davantage à un jeune prodige de la City qu'à un ancien toxicomane. Heath gratifia William d'un sourire nerveux lorsqu'il gagna la barre des témoins mais ne décocha pas un regard à Faulkner quand il passa devant lui. Il prêta serment avec une confiance qui rappela à Booth Watson qu'il n'en était pas à sa première comparution devant un tribunal.

Sir Julian l'accueillit avec chaleur.

— Pour les minutes du procès, monsieur Heath, voulez-vous bien donner votre nom en entier et votre adresse ?

— Adrian Charles Heath. 23 Ladbroke Grove, Londres W10.

Booth Watson soupçonna cette adresse d'être celle de sa mère.

— Monsieur Heath, pouvez-vous nous confirmer que par le passé vous étiez toxicomane ?

— Par le passé, oui, Sir Julian. Mais aujourd'hui, grâce au soutien d'une jeune femme très spéciale qui est restée à mes côtés pendant ma cure de désintoxication, tout cela est derrière moi, et nous prévoyons de nous marier très prochainement.

— Nous vous souhaitons tout le bonheur du monde, tous autant que nous sommes, affirma Sir Julian en se tournant avec un sourire vers Booth Watson qui n'exprimait aucune joie. Bon, peut-être pas nous tous.

Sa remarque arracha un sourire à deux membres du jury. Sir Julian savait qu'il devait lui-même soulever le point suivant pour que Booth Watson ne puisse pas le tourner en révélation surprise lors de son contre-interrogatoire.

— Et vous avez également été, monsieur Heath, pendant une brève période, revendeur de drogue ?

— Pendant une très brève période. Ce n'était qu'un moyen désespéré de financer ma dépendance.

— Cela aussi est heureusement derrière vous aujourd'hui ?

— Tout à fait. Je peux vous assurer que la drogue ne fait plus partie de ma vie depuis plus de six mois, et que je ne replongerai jamais.

— C'est tout à votre honneur, monsieur Heath. Est-il correct d'affirmer qu'à présent vous considérez comme votre devoir civique de témoigner au sujet de la dernière transaction dans laquelle vous avez été impliqué ?

Heath hocha la tête et baissa les yeux tandis que Booth Watson notait autre chose.

— Le soir du 17 mai de cette année, êtes-vous allé à Limpton Hall dans le Hampshire pour un rendez-vous avec l'accusé, Miles Faulkner ?

— Oui, maître.

— Se trouve-t-il dans la salle d'audience aujourd'hui ?

— Oui.

Heath pointa le doigt sur l'homme assis dans le box des accusés, puis se détourna rapidement.

— À quelle heure aviez-vous rendez-vous avec le prévenu ?

— 19 heures.

— Étiez-vous à l'heure ?

— J'avais quelques minutes de retard. Le majordome m'a conduit directement dans le bureau de M. Faulkner où il m'attendait.

— Paraissait-il pressé de conclure l'affaire ?

— La porte n'était pas refermée qu'il me demandait si j'avais réussi à me procurer la marchandise qu'il avait réclamée. Je lui ai répondu que oui et lui ai tendu un paquet pour qu'il vérifie.

— Est-ce l'usage dans de telles transactions ?

— Oui, maître. Il voulait s'assurer que le produit était de la plus haute qualité. Il a donc insisté pour goûter.

— L'a-t-il fait ?

— Oui, il a testé une petite quantité du produit et a paru très satisfait.

— Vraiment ? Que s'est-il passé ensuite ?

— Il m'a payé les huit cents livres en liquide dont nous avions convenu, il m'a remercié puis a dit qu'il espérait que nous referions affaire.

— Et ensuite ?

— Il m'a demandé de suivre son majordome en cuisine où j'ai remis la marchandise à son chef cuisinier.

Sir Julian s'interrompit un instant.

— À son chef cuisinier ? répéta-t-il.

— Oui. M. Faulkner m'a assuré qu'on lui avait demandé de présenter dix portions sur un plateau d'argent pour ses invités et lui-même.

— Le chef cuisinier a-t-il été surpris ?

— Non, mais j'ai pensé qu'il avait déjà eu affaire à Fortnum et Mason avant.

Sir Julian consulta ses notes mais il n'y était fait aucune mention de Fortnum et Mason. Il interrogea Grace du regard, aussi déconcertée que lui.

— Êtes-vous en train de dire à la cour que vous avez récupéré une livraison de cocaïne pure chez Fortnum et Mason ?

— Non, maître. La marchandise que j'ai récupérée chez Fortnum et Mason ce matin-là à la demande de M. Faulkner était douze pots de caviar Beluga Royal.

Certains dans la salle d'audience se mirent à rire, tandis que d'autres parurent juste perplexes. Le juge considéra le témoin en fronçant les sourcils.

Sir Julian garda le silence un long moment avant de demander :

— Êtes-vous en train de nous expliquer que vous n'avez pas fourni de stupéfiants à M. Faulkner ce jour-là ?

— Ni ce jour-là ni aucun autre, d'ailleurs, répliqua Heath. En fait, c'était la première fois que je le rencontrais.

Grace tendit à son père un message rédigé à la hâte.

— Puis-je vous demander ce que vous avez fait ces six derniers mois, monsieur Heath ?

— J'ai vécu dans une planque à Lincoln tout en apportant mon assistance à la police dans leur enquête, tâche pour laquelle je suis rémunéré dix mille livres.

Les journalistes se réjouirent de cette nouvelle information et leurs stylos s'agitèrent avec frénésie. La cacophonie de murmures qui s'éleva dans la salle donna à Sir Julian le temps de réfléchir à sa question suivante.

— Qu'avez-vous donc fourni à la police en échange de dix mille livres ?

— Le nom de Tulipe.

— Tulipe ?

— Terry Holland. C'est un important dealer à Londres. Il se fait aux alentours de cent mille livres par an. Je leur ai aussi communiqué les noms de seize de ses plus gros clients, et en échange on m'a promis dix mille livres et un laissez-passer pour l'étranger pour ma petite amie et moi-même.

Les journalistes ne cessaient de griffonner.

— M. Faulkner était-il l'un de ces clients ? demanda Sir Julian, pour tenter de se ressaisir.

— Non, il ne l'était pas, maître, répondit Heath avec fermeté.

Grace tendit une autre note à son père.

— Vous avez conscience de témoigner sous serment, monsieur Heath ?

— Tout à fait, maître. Votre fille m'a expliqué ce matin, lorsqu'elle est venue me voir dans ma cellule, à quel point il était primordial que je dise la vérité, toute la vérité et rien que la vérité. Sinon, je risquais d'aller en prison pour parjure. Si vous doutez de ma parole, Sir Julian, je suis sûr que M. Faulkner, son majordome et son chef cuisinier confirmeront mon témoignage.

Faulkner acquiesça et cette fois il remarqua que plusieurs membres du jury regardaient dans sa direction. Sir Julian se remémora les paroles de son fils lorsqu'ils avaient discuté de Heath après l'expulsion de l'école de celui-ci. Un des garçons les plus brillants de sa classe, mais absolument pas fiable. Il devait supposer que Heath aurait réponse à chacune de ses attaques, puisqu'il avait visiblement répété.

— Pas d'autres questions, Votre Honneur, réussit à dire Sir Julian avant de se rasseoir.

Le juge Baverstock se tourna vers la défense.

— Souhaitez-vous procéder au contre-interrogatoire du témoin, maître Watson ?

— Non merci, Votre Honneur. Je suis tout à fait satisfait du témoignage de M. Heath.

— Je m'en doute, commenta William, un peu trop fort depuis le fond de la salle ; remarque à laquelle Hawksby, malgré son froncement de sourcils, ne pouvait que consentir.

— Monsieur Heath, vous pouvez vous retirer, déclara le juge à contrecœur.

— Merci, Votre Honneur, répondit Adrian avant de quitter la barre des témoins et de se diriger vers la sortie la plus proche.

Le juge se leva.

— L'audience est suspendue jusqu'à 14 heures. Néanmoins, je souhaiterais voir les avocats des deux parties dans mon bureau.

Les deux avoués s'inclinèrent, conscients qu'il ne s'agissait pas là d'un simple vœu.

— Warwick, fit Lamont, le regard rivé sur Faulkner qui quittait le banc des accusés. Je veux savoir où se rend Heath. Et Paul, vous suivez Faulkner. Ne les perdez pas de vue tous les deux.

— Je suppose qu'ils vont dans la même direction, avança Hawksby.

William se fraya un chemin à travers la foule en effervescence tout en gardant un œil sur Heath. Dans le couloir, il s'élança vers le large escalier et ne ralentit pas avant d'être dans la rue. Il regarda partout autour de lui et repéra la silhouette familière qui montait à l'arrière d'une Bentley.

— Mince ! s'exclama William.

Il balaya la rue à la recherche d'un taxi, en vain, puis regarda de nouveau la voiture garée. Elle n'avait pas bougé. À sa grande surprise, une moto s'arrêta dans un crissement de pneu à côté de lui.

— Grimpez, chef, lui lança Paul en lui tendant un casque.

*

— Ravi de vous revoir, dit Faulkner quand Heath le rejoignit à l'arrière de la voiture.

— Espérons que ce sera la dernière fois, répondit celui-ci tandis qu'ils se serraient la main. Parce que je n'ai aucune envie de retourner à la barre des témoins pour expliquer comment la drogue s'est retrouvée à l'intérieur de votre statue si je ne vous l'ai pas vendue.

— Vous n'y retournerez pas, assura Faulkner. C'est la dernière chose dont j'ai besoin.

Il tendit à Heath deux billets en première classe pour Rio de Janeiro, un nouveau passeport et un petit attaché-case.

— Demain à cette heure, votre amie et vous serez de l'autre côté du globe, et le Ministère public n'aura pas d'autre choix que d'abandonner les poursuites. Et ma femme n'aura enfin pas d'autre choix que de signer les papiers du divorce.

— Grâce à notre ami commun de West Ham, répliqua Heath en ouvrant la mallette pour contempler les vingt mille livres en liasses sous cellophane. Vous avez en tout cas rempli votre part du marché, ajouta-t-il. Doubler la somme que les flics me proposaient.

— De l'argent bien dépensé, si cela m'évite la prison et empêche Christina de me causer des problèmes. Je ne peux pas m'attarder. Je dois regagner mon siège pour 14 heures, sinon il m'en coûtera un million de livres. Vingt mille, ça va, mais un million, c'est autre chose.

— Compris, répondit Heath en lui serrant de nouveau la main. Bonne chance.

— Grâce à vous, je n'en aurai pas besoin. Eddie, conduisez mon ami à Heathrow. Je ne voudrais pas qu'il rate son avion.

*

— Puis-je vous offrir un petit remontant, Sir Julian ?

— Il est un peu tôt pour moi, Votre Honneur, mais oui, je prendrai volontiers un double whisky, répondit-il tandis que Booth Watson entrait dans la pièce.

— La même chose, BW ?

— Non merci, Votre Honneur, dit celui-ci en ôtant sa perruque. J'essaie encore de me remettre de ce qu'il vient de se passer.

— Vous n'allez pas feindre la surprise, tout de même ? s'exclama Sir Julian sans pouvoir dissimuler le sarcasme dans sa voix.

— Je suis aussi choqué que vous, reconnut Booth Watson. N'oubliez pas que j'ai appelé votre cabinet la semaine dernière seulement pour vous proposer un arrangement et que vous avez rejeté ma demande, de façon assez éloquente si mes souvenirs sont exacts.

— Je pourrais peut-être reconsidérer..., commença Sir Julian.

— C'est un peu tard pour cela, le coupa Booth Watson. M'est avis que vous n'avez pas d'autre choix que de remballer votre tente, de remonter sur votre chameau et de déplacer votre caravane pour trouver un nouveau point d'eau.

— Je vais consulter mes maîtres du Ministère public, annonça Sir Julian pour gagner du temps. Mais je crains qu'ils ne soient d'accord avec vous et ne recommandent l'abandon des poursuites.

— Qu'en dites-vous, BW ? s'enquit le juge.

— Comme Sir Julian, je vais consulter mon maître.

18

La Bentley continental gris argenté s'arrêta devant le terminal 3.

Heath en sortit d'un air détendu, la main fermement serrée sur la mallette, son unique bagage. Tandis qu'il se dirigeait vers l'entrée, une moto s'arrêta dans un dérapage sur une zone où il était interdit de se garer.

— Vous le suivez, dit Paul. Je vous rattrape.

— J'ai déjà vu cette moto quelque part, mais où ? s'interrogea à voix haute William en retirant son casque et en désignant une Yamaha noire abandonnée sur une place réservée aux handicapés.

— Elle nous a doublés sur l'autoroute, répondit Paul. Le conducteur a ralenti à hauteur de la Bentley, il a regardé par la vitre arrière puis il a de nouveau accéléré.

— Non, je l'avais vue avant, marmonna William en s'élançant à la poursuite de Heath.

Une fois dans le terminal, il consulta rapidement le tableau des départs. « British Airways, vol 012 à destination de Rio de Janeiro, départ 16 h 20, porte 27 » s'y affichait. Il traversa rapidement le hall bondé, évita valises et jambes étendues et se dirigea vers l'enregistrement, sans cesser de chercher sa proie des yeux. Il repéra Adrian, toujours vêtu de son élégant costume : il serrait dans ses bras une jeune femme devant le comptoir de British Airways. Maria Ruiz sans doute. William se glissa derrière un pilier et attendit que Paul le rejoigne.

Il les regarda s'embrasser et discuter avec enthousiasme. Comme il aurait aimé pouvoir entendre leur conversation !

— Comment ça s'est passé ? demanda Maria.

— Exactement comme prévu, sauf que j'ai fini avec vingt mille livres au lieu de dix.

— Tu ne te sens pas un petit peu coupable du coup que tu as joué à ton ancien camarade de classe ?

— Pas si son père est aussi talentueux que le prétend la presse. À cette heure-ci demain, voire avant, il aura relu la transcription de mon témoignage et compris que je lui ai fourni une occasion en or de piéger Faulkner. Il est d'autant plus important que nous soyons hors d'atteinte quand celui-ci découvrira que je l'ai doublé.

— L'avion décolle dans quarante minutes, l'informa Maria en vérifiant le tableau.

— Parfait. Mais il vaudrait mieux que l'on se sépare et que l'on se retrouve à bord. On nous recherche peut-être. Prends ça.

Il lui tendit la mallette ainsi que son billet.

Maria le serra dans ses bras avant d'emprunter à contrecœur l'escalator qui menait aux départs. Après l'avoir saluée d'un geste de la main, Adrian se rendit aux toilettes.

William laissa Maria disparaître de sa vue. Ses ordres ne faisaient pas mention d'elle. Il devait arrêter Heath et le ramener à l'Old Bailey.

— Sur quel motif ? avait-il demandé à Lamont.

— Je parie qu'il voyagera avec un faux passeport et qu'il y aura assez de preuves dans cet attaché-case pour confirmer que son témoignage a été acheté. Ne soyez pas étonné s'il y a beaucoup plus que dix mille livres.

Quelques instants plus tard, il entendit :

— Voulez-vous que je la suive, chef ?

— Non. Nous allons d'abord arrêter Heath puis nous nous occuperons d'elle. Elle n'ira nulle part sans lui.

Tous deux gardèrent les yeux rivés sur la porte des toilettes, attendant que Heath en sorte.

— Il prend son temps, fit remarquer Paul. Il se change, peut-être ?

— Non, il n'avait rien avec lui quand il est entré. Je parie qu'ils ont prévu de se retrouver dans l'avion.

— Qu'est-ce qui vous le fait croire ?

— C'est elle qui a l'argent.

— Dois-je aller vérifier qu'il s'y trouve toujours ?

— Où pourrait-il être sinon ?

À cet instant, un homme que tous deux reconnurent sur-le-champ sortit en courant des toilettes.

— Maintenant nous savons qui conduisait cette moto, déclara Paul. Lequel voulez-vous que je suive ?

— Tulipe, répondit William en se rappelant où il avait vu la Yamaha noire la dernière fois. Et arrêtez-le.

— Sur quel motif ?

— Je ne vais pas tarder à le découvrir, répondit William en se précipitant vers les toilettes. Dépêchez-vous !

Paul se lança à la poursuite de Tulipe, sans se soucier de renverser les bagages éparpillés et de bousculer les voyageurs désorientés. À l'instant où William atteignait la porte des toilettes, un homme en sortait en hurlant.

— Au secours ! Que quelqu'un appelle la police !

Alors que William allait entrer, un troisième homme surgit en tentant péniblement de remonter sa braguette avant de s'éloigner. William poussa la porte et entra avec prudence. Il s'immobilisa, un instant paralysé par le spectacle. Depuis qu'il avait intégré la police, il avait vu plusieurs cadavres : des personnes âgées décédées paisiblement dans leur sommeil, des drogués avec l'aiguille encore plantée dans le bras, une femme battue qui s'était pendue devant ses jeunes enfants. Pourtant, rien ne l'avait préparé à cela.

Étendu au sol se trouvait le corps sans vie d'Adrian Heath, baignant dans une mare de sang. Quelques minutes plus tôt, l'homme était censé démarrer une nouvelle vie avec sa petite amie à Rio. La gorge d'Adrian avait été tranchée d'un mouvement leste par quelqu'un qui savait ce qu'il faisait et son œil droit, arraché de son orbite, reposait à côté du corps, en avertissement aux autres dealers qui envisageraient de moucharder auprès de la police.

— Ne bougez pas ! cria une voix dans son dos.

William leva les mains et dit d'un ton ferme :

— Je suis officier de police. Je vais vous montrer ma carte.

— Doucement.

William sortit sa plaque de la poche intérieure de sa veste et la tendit à l'agent.

Il entendit des pas qui approchaient, puis les mots :

— Très bien, brigadier, vous pouvez vous retourner.

William pivota et découvrit un agent de police d'un certain âge qui faisait de son mieux pour conserver son calme, accompagné d'un autre plus jeune qui tremblait comme une feuille. La police de l'aéroport s'occupait en général des immigrants clandestins, des pickpockets et parfois d'un passager qui avait pris sur le tapis un bagage qui n'était pas le sien. Un crime tel que celui-ci ne faisait certainement pas partie de leurs attributions. William comprit qu'il devrait prendre les commandes.

— Écoutez-moi bien. Avant tout, j'ai besoin que vous sécurisiez le périmètre. Assurez-vous qu'aucun civil n'approche de ces toilettes.

Le jeune agent s'empressa de partir, le soulagement lisible sur son visage.

— Quant à vous, je veux que vous téléphoniez au commissaire Lamont à Scotland Yard. Dites-lui qu'Adrian Heath a été assassiné et que l'agent Adaja est à la poursuite du suspect, connu sous le nom de Tulipe.

William lui fit répéter le message alors qu'un autre policier apparaissait. Celui-ci fit demi-tour dès qu'il aperçut le cadavre.

— Il faut que vous informiez l'officier de service de l'aéroport et que vous preniez en charge la scène de crime, ordonna William à un nouveau policier qui venait d'arriver. Le corps ne doit pas être déplacé tant que la brigade criminelle ne l'a pas autorisé.

— Oui, brigadier, répondit-il, ravi de suivre les ordres.

William s'accroupit à côté du cadavre de Heath et sortit la carte d'embarquement et le passeport de sa veste. Si la photo était celle de Heath, ce n'était pas le cas du nom.

— Désolé, mon vieil ami, murmura William. Dieu sait que tu ne méritais pas ça.

Lorsqu'il sortit des toilettes, William trouva deux autres policiers en train d'installer un cordon autour de la scène de crime pendant qu'une foule de passagers excédés exigeaient de savoir pourquoi ils ne pouvaient pas utiliser les toilettes. S'il le leur révélait, ils en mouilleraient leur pantalon.

L'agent le plus âgé se précipita vers lui.

— Le médecin légiste devrait bientôt arriver. Je n'ai pas pu joindre le commissaire Lamont car il a été appelé à témoigner à l'Old Bailey. Le commissaire divisionnaire Hawksby dit que vous devez diriger jusqu'à l'arrivée d'un responsable de la police judiciaire.

— Entendu. Assurez-vous que...

— Dernier appel pour le vol British Airways 012 à destination de Rio de Janeiro. Que tous les passagers se rendent porte 27 pour l'embarquement.

— ... Que personne en dehors du technicien de scène de crime et du médecin légiste ne s'approche du cadavre. Et une dernière chose...

— Vous me laissez aux commandes ? s'inquiéta le policier.

— Oui, mais pas pour longtemps, promit William alors que le hurlement des sirènes se rapprochait. Je dois interroger quelqu'un avant que son avion ne décolle.

Sans un mot de plus, il s'élança en direction de l'escalator dont il gravit les marches deux par deux.

L'agent au contrôle des passeports considéra d'un œil inquiet l'homme à bout de souffle à la chemise tachée de sang qui doublait tout le monde. Il allait enclencher le bouton d'alarme situé sous le comptoir quand William brandit sa carte de police.

— Rio ?

— La porte va fermer, brigadier. Je vais les prévenir que vous arrivez. J'espère que vous attraperez cette ordure.

William repartit. Deux membres de l'équipage au sol l'attendaient près de la porte 27. Après un rapide coup d'œil à son badge, ils le conduisirent dans la passerelle qui menait à l'avion où il se joignit au dernier passager qui recherchait son siège. Il consulta le numéro indiqué sur la carte d'embarquement d'Adrian avant de descendre l'allée pour trouver une femme qu'il n'avait jamais rencontrée. Il s'arrêta net quand il vit Maria Ruiz, agrippée à la mallette, le regard nerveux et éperdu en quête d'un visage familier.

William changea d'avis. Il fit demi-tour, remonta l'allée et sortit de l'avion en remerciant l'hôtesse avant de retourner dans le terminal.

Le vol British Airways 012 à destination de Rio de Janeiro décolla à l'heure, même si l'un des passagers manquait à l'appel.

*

— C'était le bureau du procureur, annonça Sir Julian en reposant le téléphone.

— Il n'est pas difficile de deviner ce qu'ils recommandent, dit Grace.

— Après le témoignage de Heath ce matin, ils me conseillent de proposer un arrangement à Booth Watson.

— Je sais exactement ce que je répondrais à cette offre à la place de BW. Et ce ne serait pas très poli. Quelle sorte d'arrangement envisage le Ministère public ?

— Nous avons convenu d'abandonner les charges d'intention de vendre si Faulkner plaide coupable de possession. Il devra s'acquitter d'une lourde amende mais n'écopera que d'une peine de prison de deux ans avec sursis. Cependant, et c'est typique de leur part, ils assurent que la décision finale nous revient.

— Et ils s'étonnent d'être comparés à Ponce Pilate ! fit remarquer Grace. Alors Faulkner va s'en sortir encore une fois. S'il continue comme ça, il sera en sursis toute sa vie et ne verra jamais l'intérieur d'une cellule.

— Que ferais-tu, Grace, si tu étais l'avocat principal sur cette affaire et moi ton assistant ?

L'espace d'un instant, Grace fut prise au dépourvu : son père ne lui avait jamais demandé conseil sur une question aussi importante. Elle réfléchit un long moment car, bien que flattée, elle comprenait à l'expression sur le visage de son père qu'il attendait de connaître son point de vue avant de prendre sa décision.

— Je ne laisserais pas Faulkner s'en sortir aussi facilement, finit-elle par répondre. Il lui faut encore expliquer les douze grammes de cocaïne que la police a découverts chez lui, et même s'il parvient à convaincre le jury qu'il ignore comment ils sont arrivés là, il aura du mal à expliquer le billet de vingt livres, qui d'après William, est le seul élément pour lequel il n'aura pas d'explication.

— Je suis de l'avis de William. Mais encore faut-il que Faulkner témoigne pour que nous puissions évoquer le billet de vingt livres. Si je le représentais, je lui déconseillerais fortement de venir à la barre. Il ne nous reste plus qu'à prouver sa culpabilité au-delà du doute raisonnable, ce qui sera un exploit après le témoignage de Heath.

— Dans ce cas, tentons d'en appeler à la vanité de Faulkner, répliqua Grace. Faisons en sorte qu'il lui soit impossible de résister à son envie de s'attaquer à nous.

— Et de quelle manière suggères-tu que nous procédions ?

— En changeant de joueur principal, déclara Grace alors que le téléphone se mettait à sonner.

Il décrocha et écouta son interlocuteur un moment avant de dire :

— Oui, je comprends que cela change la donne, Desmond. Merci de m'avoir tenu informé.

— Qu'est-ce qui change la donne ? s'inquiéta Grace quand il eut raccroché.

— Adrian Heath est mort.

*

— La partie adverse nous a fait une offre, annonça Booth Watson.

— Après le témoignage de Heath ce matin, ce n'est guère surprenant, commenta Faulkner. Mais dites toujours, avant que je ne refuse.

— Ils abandonnent l'accusation d'intention de revendre si vous plaidez coupable pour possession.

— Qu'est-ce que ça me vaudrait ?

— Une amende d'un million de livres et une condamnation avec sursis de deux ans de prison.

— Tentant, mais je pense que le jury va me déclarer non coupable des deux chefs d'accusation.

— C'est possible, rétorqua Booth Watson. Mais pourquoi courir ce risque ?

— Parce que les chances sont clairement de mon côté maintenant, alors vous pouvez dire à Sir Julian Warwick, avocat de la Couronne, d'aller se faire voir.

— Je vous le déconseille, Miles, surtout puisque je ne vous fais pas venir à la barre.

— Pourquoi pas ? Je n'ai rien à cacher.

— À part douze grammes de cocaïne.

— Vous pouvez prétendre que c'est Lamont qui les a planqués.

— Vous savez que ça ne marchera pas, et le jury ne tombera pas non plus dans le panneau. Lamont est un officier de police aguerri, avec un dossier impeccable, et d'après mon expérience, les jurés ont tendance à apprécier le franc-parler de l'Écossais. Voilà pourquoi je n'ai aucune intention de l'interroger.

— Vous changerez d'avis quand vous aurez lu ceci, assura Faulkner en lui tendant une enveloppe en kraft.

Booth Watson prit son temps pour en compulser le contenu.

— Comment vous êtes-vous procuré cela ?

— C'est du domaine public, répondit Faulkner. Si l'on sait où chercher.

*

— Je crois comprendre, Sir Julian, que vous souhaitez faire une déclaration au nom de la Couronne ? s'enquit le juge Baverstock.

— C'est exact, Votre Honneur. Avec votre permission, le Ministère public va abandonner le premier chef d'accusation, à savoir intention de vendre. Cependant, nous comptons maintenir le second chef d'accusation, possession d'une substance illégale, à savoir douze grammes de cocaïne.

Le juge haussa un sourcil : en effet, il était au courant que le bureau du procureur avait conseillé à Sir Julian d'abandonner toutes les charges et de battre en retraite. Il était étonné qu'un homme d'ordinaire si prudent ignore une opinion avisée.

— Très bien, Sir Julian. Vous pouvez donc faire venir votre témoin suivant.

— J'appelle le commissaire Lamont à la barre.

*

La première chose que fit William à son retour au Yard plus tard ce soir-là fut de s'enquérir de Paul au commissaire divisionnaire.

— Les nouvelles ne sont pas bonnes, j'en ai peur, répondit Hawksby. Il a percuté une autre moto en rentrant de l'aéroport ; les deux motards sont à l'hôpital.

L'inquiétude gagna William.

— Paul s'en sort relativement bien, il n'a que quelques égratignures et contusions, il devrait pouvoir sortir dans deux jours. Tulipe quant à lui a une jambe cassée et il ne sera pas en mesure de quitter l'hôpital avant un petit moment.

L'ombre d'un sourire apparut aux lèvres du commissaire divisionnaire.

— Est-il en état d'arrestation pour le meurtre de Heath ?

— Oui. La brigade criminelle y a veillé et un policier monte la garde devant sa chambre jour et nuit.

— Dans ce cas, je vais terminer mon rapport et le déposer sur le bureau du commissaire Lamont avant de partir.

— Bien, répondit Hawksby. Bruce était désolé de ne pas avoir pu vous aider mais on lui a demandé au dernier moment de témoigner au procès de Faulkner.

— Comment cela s'est-il passé ?

— On ne peut mieux. En fait, je serais surpris que Booth Watson prenne la peine de procéder au contre-interrogatoire demain matin. Cela ne fournirait qu'une nouvelle occasion de poser la question : si Faulkner n'a pas dissimulé cette drogue dans la statue, qui l'a fait ?

— L'accusation a-t-elle évoqué le billet de vingt livres ?

— Non. J'ai l'impression qu'ils gardent cette bombe pour le contre-interrogatoire de Faulkner par Sir Julian.

— À supposer qu'il en aura l'occasion, répliqua William. Si Faulkner ne vient pas à la barre, mon père ne sera pas autorisé à présenter de nouvelles pièces à conviction.

— Bizarre, commenta Hawk le Faucon. Cela ne ressemble pas à Sir Julian de courir un tel risque.

— En revanche, c'est typique de sa fille, répliqua William.

— Eh bien espérons qu'ils ne le regretteront pas.

*

William déverrouilla la porte, avec l'espoir qu'une soirée tranquille à la maison avec sa femme l'aiderait à chasser l'image du cadavre d'Adrian Heath de son esprit. Mais lorsqu'il avança dans l'entrée, il fut accueilli par une Beth enceinte et en larmes, qui se jeta à son cou et s'y accrocha fermement.

— Maintenant je sais ce que voulait dire Josephine Hawksby quand elle m'a confié que ce qu'elle craignait le plus c'était le jour où son mari ne rentrerait pas à la maison !

— Ce n'était pas aussi affreux, tenta de la rassurer William.

— Mais tu as vu ton ami massacré et tu n'as rien pu y faire.

— Comment l'as-tu appris ?

— La nouvelle a fait la une des journaux toute la soirée, et Jackie a téléphoné pour m'informer que tu étais le premier policier sur les lieux.

— C'est vrai, mais je vais bien, dit-il en espérant être convaincant.

— Tu n'as pas l'air bien, rétorqua Beth.

Elle entreprit de lui retirer sa chemise tachée de sang avant d'être confrontée à une autre cicatrice, résultat d'une précédente rencontre dans sa carrière. Cependant, elle craignait que celle-ci ne soit psychologique et pas physique.

— J'aurais aimé que tu m'appelles.

— Ce n'est pas facile quand on se trouve au beau milieu d'une enquête pour meurtre. Lamont n'était pas disponible alors j'ai dû prendre la direction des opérations.

— Je sais. Jackie m'a raconté les détails sanglants.

Seulement ceux qu'elle voulait bien que tu connaisses, songea William.

— Comment a réagi la copine d'Adrian ?

Il ne répondit pas.

— C'est l'une de ces occasions où je ferais mieux de ne plus poser de questions, c'est ça ? demanda Beth.

— Oui, répondit William tout bas. Entre autres parce que je ne suis pas sûr d'avoir pris la bonne décision.

19

— Souhaitez-vous interroger le témoin, maître Watson ?

— Oui, Votre Honneur. Mais je ne ferai pas perdre trop de temps à la cour.

Il attendit debout que le commissaire Lamont gagne la barre.

— Commissaire, je n'ai pas à vous rappeler, j'en suis sûr, que vous êtes toujours sous serment.

Lamont ne répondit pas, il se contenta de fusiller du regard son adversaire, tel un boxeur attendant que la cloche sonne pour annoncer le début du premier round.

— Pour la retranscription, commissaire, dois-je comprendre que c'est un oui ?

Lamont hocha la tête à contrecœur. Premier round : Booth Watson.

— Lors de votre témoignage hier après-midi, en réponse à une question de mon estimé confrère, vous avez répété à l'envi que si mon client n'avait pas dissimulé la drogue dans la statue à son domicile, vous ne saviez pas qui d'autre pouvait l'avoir fait.

— Et je serai ravi de le répéter, maître Watson, si vous pensez que cela pourrait accélérer les procédures.

Aucun doute sur le vainqueur du deuxième round, songea William.

— Ce ne sera pas nécessaire, commissaire. J'aimerais en revanche connaître le nombre de policiers qui ont envahi le domicile de M. Faulkner au milieu de la nuit.

— Je ne connais pas le nombre exact.

— Alors que vous étiez à la tête de l'opération ?

— Quinze, peut-être vingt.

— En réalité, il y avait exactement vingt-trois policiers, si l'on compte les officiers de la brigade des stupéfiants, les techniciens de scène de crime, les chauffeurs et même un photographe, sans parler des chiens renifleurs. On aurait pu croire, commissaire, que mon client était soupçonné d'avoir volé les joyaux de la Couronne.

Aucune réponse de Lamont, cependant le jury n'eut aucun doute sur l'identité de celui qui avait remporté le troisième round.

— Serait-il possible que l'un de ces nombreux agents ait dissimulé la drogue dans la statue à votre insu ?

— Absolument pas ! protesta Lamont.

— Est-ce à dire que vous vous portez personnellement garant de chacun d'entre eux, même de ceux dont vous ignoriez la présence sur place ?

— Évidemment que non, je ne peux pas ! aboya Lamont. En revanche, je peux assurer à la cour que tous, sans exception, sont de grands professionnels qui exécutent le travail pour lequel ils ont été formés avec sérieux.

— Diriez-vous du commissaire Jeremy Meadows qu'il est un grand professionnel qui exécute avec sérieux le travail pour lequel il a été formé ?

Lamont marqua une hésitation, pris au dépourvu, avant d'être de nouveau frappé de plein fouet, cette fois en dessous de la ceinture.

— Prenez votre temps, commissaire, dit Booth Watson, et je vous en prie, ne soyez pas offensé si j'en profite pour vous rappeler que vous êtes sous serment.

Sir Julian se leva d'un bond.

— Votre Honneur, commença-t-il d'un ton caustique. Je peine à saisir la pertinence de ces questions et leur objectif.

— Je vous assure, Votre Honneur, répliqua Booth Watson, imperturbable, que leur pertinence sera claire comme de l'eau de roche très bientôt.

— Je l'espère, commenta l'arbitre. Car je partage quelque peu le point de vue de Sir Julian. Voulez-vous bien en venir au fait ?

— Jc vais fairc tout ce qui est en mon pouvoir pour vous satisfaire, Votre Honneur.

Booth Watson reporta son attention sur Lamont, qui n'avait toujours pas répondu.

— Voulez-vous que je répète la question, commissaire ?

— Non, c'est inutile.

— Dans ce cas, j'attends votre réponse avec impatience.

— Oui, je dirais du commissaire Meadows qu'il est un professionnel aguerri et j'étais fier de faire partie de son équipe.

— Un professionnel aguerri ? Puis-je vous demander quel grade vous occupiez lorsque vous étiez si fier de faire partie de son équipe ?

— J'étais brigadier à la brigade criminelle, je menais une enquête sur la mort d'un baron du crime notoire dans l'East End.

— L'affaire est-elle passée devant la justice ?

Lamont acquiesça.

— Une fois de plus, commissaire, la cour a besoin d'entendre votre réponse.

— Oui, répondit sèchement Lamont.

— Et quel a été le verdict du jury ?

— Non coupable.

— Vous rappelez-vous, commissaire, la pièce à conviction essentielle qui a poussé le jury à déclarer ce verdict ?

Booth Watson ne quittait pas le témoin des yeux.

— Si vous ne vous en souvenez pas, je serai heureux de vous rafraîchir la mémoire.

Il attendit un peu avant de poursuivre :

— La défense, dans cette affaire, a pu prouver qu'une arme à feu avait été placée sur le suspect. Peut-être pourriez-vous raconter à la cour qui a mis cette arme sur une victime innocente, commissaire ?

— Le commissaire Jeremy Meadows, répondit Lamont d'une voix inaudible du fond de la salle.

— Qu'est devenu le commissaire Meadows après cet incident ?

— Il a démissionné des forces de l'ordre et a été envoyé en prison.

— Où voulez-vous en venir, maître Watson ? s'enquit le juge alors que Sir Julian se levait d'un bond.

— Nous n'allons pas tarder à le découvrir, Votre Honneur, répondit-il en ignorant Sir Julian. Ainsi que vous nous l'avez appris, commissaire, vous étiez l'un des policiers sur cette enquête.

— J'ai eu cet honneur.

— Honneur ? Mais il s'agissait d'une affaire dans laquelle un officier de police aguerri a dissimulé une arme sur un innocent pour le faire condamner de façon malhonnête !

— Moins d'un mois après avoir été déclaré non coupable, cet homme a assassiné un autre innocent.

— Vous approuvez donc le geste de votre supérieur ? interrogea Booth Watson.

— Je n'ai pas dit ça.

— C'est inutile. Commissaire, êtes-vous un adepte de la « corruption pour une noble cause » ?

Booth Watson attendit une réponse qui ne vint pas.

— Il serait peut-être temps pour vous de satisfaire la curiosité de la cour quant au rôle que vous avez joué dans cette affaire. Après la condamnation de votre supérieur, le très honorable commissaire Meadows, un tribunal indépendant a ouvert une enquête sur l'éventuelle implication d'autres officiers dans ce crime. Sous serment, vous avez reconnu que vous étiez un jeune agent impressionnable et qu'il était possible que vous ayez fermé les yeux sur son geste. Pouvez-vous informer la cour de la sanction appropriée à laquelle vous a condamné ce tribunal ?

— J'ai été rétrogradé de brigadier à simple agent, et j'ai passé deux ans de plus sur le terrain avant de retrouver mon grade.

— Ainsi, après avoir évalué votre honnêteté et votre intégrité en tant que policier, un tribunal indépendant a recommandé votre rétrogradation ?

— J'ai par la suite retrouvé mon grade.

— Et voilà qu'aujourd'hui vous voudriez faire croire au jury que vous êtes réhabilité ?

— Tout le monde commet des erreurs, déclara Lamont. Certains en tirent des leçons.

— En effet. Néanmoins, le jury est en droit de savoir si vous avez appris à ne pas fermer les yeux quand un travail honnête d'enquêteur ne suffit pas à assurer une condamnation.

Lamont fusilla du regard Booth Watson, qui ne flancha pas.

— Étiez-vous l'officier chargé de l'enquête lorsque mon client a été faussement accusé d'avoir volé un Rembrandt, tableau qu'il avait en fait récupéré pour le compte du musée Fitzmolean à ses frais personnels ?

— Le jury a décidé qu'il l'avait conservé illégalement pendant sept ans, rétorqua Lamont en prenant des libertés dans son script. Et le juge l'a condamné à quatre ans de prison avec sursis pour fraude et à une amende de dix mille livres.

— Bien joué, murmura Sir Julian. Maintenant, les minutes en font état.

Booth Watson esquiva l'attaque.

— Contentez-vous de répondre à la question, commissaire. Étiez-vous chargé de l'affaire ?

— En effet.

— Un autre cas de « corruption pour une noble cause » ?

Sir Julian bondit sur ses pieds.

— Je me dois de protester, Votre Honneur. Le commissaire n'est pas celui que l'on juge dans cette affaire.

— Je vous l'accorde, Sir Julian. Poursuivez, maître Watson.

Booth Watson tourna une page de ses notes.

— Pour finir, commissaire, puis-je vous demander combien de temps vous avez mis le soir du 17 mai, pour gagner en voiture le seuil du domicile de mon client depuis le portail d'entrée de sa propriété ?

— Environ une minute, une minute et demie.

— Très intéressant. J'ai procédé à ce même exercice la semaine dernière, et je n'ai mis que quarante-deux secondes. Mais peut-être n'étiez-vous pas pressé ?

Lamont vacilla.

— Et au bout de combien de temps le majordome – qui se fera un plaisir de témoigner au besoin, Votre Honneur – est-il venu ouvrir la porte pour vous faire entrer, après vos coups de sonnette insistants ?

— Une minute, peut-être deux.

— Donc pas plus de trois minutes, possiblement quatre en tout avant que vous et vos vingt-deux officiers hautement entraînés ne surgissiez dans la maison de mon client pour y chercher de la drogue. Et après une fouille minutieuse de plus de deux heures, leur seule découverte était un cachet d'ecstasy et deux cigarettes de marijuana.

— Mais plus tard nous avons trouvé...

— « Plus tard » étant l'indication essentielle. Combien de temps plus tard ? dois-je demander. Étiez-vous le premier policier à entrer à Limpton Hall, commissaire ? s'enquit Booth Watson en changeant de tactique.

— Oui, répondit Lamont, un peu perplexe.

— Où se trouvait mon client à ce moment-là ?

— En haut de l'escalier.

— Comment était-il habillé ?

— Il portait une robe de chambre en soie rouge.

— Ainsi, après que vous avez sonné à la porte, il aurait réussi on ne sait comment à glisser douze sachets de cocaïne dans une statue placée de manière tout à fait peu pratique près de la porte d'entrée, à remonter à l'étage, à ôter sa veste de soirée pour enfiler son pyjama et une robe de chambre en soie rouge – merci pour ce détail fascinant, commissaire – et il aurait encore trouvé le temps de venir en haut de l'escalier pour vous accueillir au moment où vous envahissiez sa maison, le tout en moins de trois minutes ?

Lamont ne répondit pas.

— Des policiers de série comique n'auraient pas fomenté meilleure histoire, railla Booth Watson en regardant le jury.

— Je suis convaincu que l'accusé a dissimulé les douze sachets de cocaïne dans la statue bien avant notre arrivée, avec l'intention de les distribuer à ses invités plus tard dans la soirée. Nous nous sommes présentés trop tôt.

— Je suis convaincu que vous êtes arrivés pile à l'heure et qu'après avoir échoué à trouver un élément incriminant au bout de deux heures de fouille, quelqu'un, sur vos ordres, a opportunément caché la drogue dans la statue.

— C'est ridicule ! affirma Lamont en s'efforçant de garder son calme.

— Est-il aussi ridicule de penser que, une fois de plus dans votre carrière, vous avez choisi de fermer les yeux lorsque de fausses preuves ont été déposées par un de vos collègues dans une tentative d'assurer une condamnation ?

— Tout aussi ridicule, hurla presque Lamont.

— Peut-être un jeune agent qui voudrait faire plaisir à l'officier chargé de l'enquête ?

— Encore plus grotesque, répondit Lamont, de plus en plus fort.

— Un brigadier qui saurait exactement où se trouvait la drogue parce qu'il l'y aurait mise lui-même ?

— C'est une accusation calomnieuse, Votre Honneur ! intervint Sir Julian en bondissant sur ses pieds.

— D'autant que le brigadier en question se trouve être le fils de l'avocat principal du Ministère public.

Sir Julian aurait répondu mais on ne l'aurait pas entendu au milieu du vacarme qui s'éleva quand plusieurs personnes se tournèrent pour observer William, incapable de dissimuler sa colère.

Le juge attendit que la clameur s'apaise avant de réprimander l'avocat de la défense.

— J'espère, maître Watson, que vous avez des preuves pour étayer ces accusations importunes, sinon je n'aurai d'autre choix que de conseiller au jury de ne pas tenir compte de vos propos et de vous demander de vous montrer plus circonspect à l'avenir.

— Peut-être n'auraient-elles pas été importunes, Votre Honneur, si Sir Julian avait permis au brigadier Warwick de témoigner sous serment à la place de son supérieur ?

Cette fois le tollé se prolongea un peu avant que le juge ne soit en mesure de ramener l'ordre en déclarant :

— N'abusez pas davantage de ma patience, maître Watson, ou je pourrais ordonner un nouveau procès et vous condamner pour outrage à magistrat.

— Nous ne voudrions pas de cela, Votre Honneur, n'est-ce pas ? répliqua Booth Watson, le seul à avoir gardé son calme durant tout cet échange.

Il reporta son attention sur le témoin avant que le juge ne réponde.

— Commissaire, aurais-je raison de penser que vous considérez M. Faulkner comme un dangereux criminel qui mériterait d'être enfermé le reste de sa vie, contrairement à ce qu'a déclaré le jury ?

— Enfin une chose sur laquelle nous sommes d'accord ! s'écria Lamont en pointant un doigt furieux sur Booth Watson.

— Un peu plus fort, je vous prie, l'invita celui-ci. Au cas où le jury ne vous aurait pas entendu la première fois, et où il se tromperait lui aussi.

Il se tourna vers le juge puis déclara :

— Pas d'autre question, Votre Honneur.

Tout le monde était sur le qui-vive, dans l'attente de la riposte de Sir Julian mais une fois encore, on fut pris de court lorsque l'avocat principal se leva et annonça avec un soupir exagéré :

— Le Ministère public en a terminé avec ce témoin, Votre Honneur. En revanche, si vous me permettez de faire une déclaration personnelle ?

Le juge Baverstock hocha la tête et Booth Watson se rassit. Il ferma les yeux et croisa les bras, l'image même d'un général victorieux attendant des nouvelles triomphantes du champ de bataille. Cependant, à sa grande surprise, Sir Julian n'était pas encore disposé à rendre les armes.

— Comme vous le savez, Votre Honneur, c'est une pratique établie dans le droit pénal pour un avocat principal de céder sa place à son assistant pour le contre-interrogatoire d'un témoin de la défense. Aussi, si Me Watson envisage d'appeler l'accusé à la barre, je laisserai cette responsabilité à mon assistante, Me Grace Warwick, si Votre Honneur y consent.

Booth Watson ouvrit les yeux, décroisa les bras et commenta d'une voix si forte que ceux autour de lui l'entendirent :

— Que mijote-t-il ?

William sourit car il savait exactement ce que son père mijotait.

— J'ai hâte de voir ça, Sir Julian, acquiesça le juge avant d'ajouter : Nous reprendrons demain à 10 heures.

*

— Je vous le déconseille fortement, dit Booth Watson.

— Pourquoi ? demanda Faulkner.

— Parce que vous n'avez rien à y gagner et qu'elle n'a rien à perdre.

— J'affronterai l'élève, pas le maître.

— Élève qui a été sous la tutelle du maître pendant des années.

— Le moment est peut-être venu de rappeler aux Warwick contre qui ils se battent. De toute façon, qu'est-ce que je risque ?

— Votre liberté.

— Mais une telle occasion ne se représentera peut-être jamais ! Humilier en public Sir Julian Warwick et détruire sa fille en même temps, avec Hawksby, Lamont et l'Enfant de Chœur qui regardent depuis la touche.

— Je vous ai donné mon avis, Miles. Évitez à tout prix d'aller à la barre des témoins, car selon moi le rideau est déjà tombé.

— Pas sur ma prestation, non, répliqua Miles.

— Une totale improvisation.

— Soyons réalistes, ajouta-t-il. Vous n'étiez que le fossoyeur. Le public attend maintenant l'entrée d'Hamlet.

— Et chacun sait comment la pièce s'est terminée.

20

À son réveil, Grace n'aurait su dire si elle avait dormi ou pas tant son esprit bouillonnait de peur et d'excitation.

Elle resta immobile quelques instants, pour ne pas réveiller Clare, puis se glissa discrètement hors du lit et foula la moquette à pas feutrés jusqu'à la salle de bains. Elle ferma la porte sans bruit et alluma la lumière.

Elle s'observa dans le miroir. Il y avait du travail, mais pas tout de suite. Ses idées devaient être affûtées pour espérer prendre Faulkner en embuscade. Après s'être aspergé le visage d'eau froide et brossé les dents, elle enfila sa robe de chambre, éteignit, traversa la pièce sur la pointe des pieds et se rendit dans le couloir, heureuse de ne pas avoir réveillé Clare.

En arrivant au rez-de-chaussée, Grace remarqua qu'elle avait laissé la lumière dans la cuisine la veille et elle maugréa entre ses dents. Sa mère l'aurait sermonnée de se montrer aussi peu économe. Mais lorsqu'elle poussa la porte, elle trouva Clare installée à table, un stylo à la main et entourée de dossiers.

— Bonjour, Grace, la salua-t-elle comme si elle se trouvait dans son bureau. Je viens de passer en revue tes questions pour le contre-interrogatoire de ce matin. J'ai réorganisé légèrement l'ordre afin de mieux troubler Faulkner pour qu'il ne devine pas où tu veux en venir. Tu ne devras pas baisser ta garde une seconde car cet homme est très rusé et prompt à réagir. Il te faudra sans cesse essayer de conserver l'avantage. Il ne doit pas voir le coup venir, ainsi quand tu le frapperas une deuxième fois, il aura le souffle coupé et n'aura pas le temps de se reprendre avant le troisième coup qui le mettra KO. D'autre part, j'ai relu le témoignage d'Adrian Heath et ton père avait vu juste : il nous a bel et bien transmis par message codé le moyen de piéger Faulkner. Espérons que Booth Watson et lui ne s'en soient pas rendu compte. Maintenant, assieds-toi et regarde ce que j'ai fait pendant que je te prépare un œuf. Il te faut un bon petit déjeuner.

— Le repas du condamné à mort, déclara Grace.

Elles laissèrent toutes deux échapper un rire nerveux. Grace s'assit et se mit à examiner le nouvel ordre de ses questions. Clare avait raison, en intervertir quelques-unes brouillerait davantage la piste de celle sur les huit cents livres.

— Bien, lança Clare en posant une tasse de thé devant Grace. Entraînons-nous. Je serai Faulkner et tu seras l'avocat principal. Vas-y.

Grace se leva.

— Monsieur Faulkner, M. Heath disait-il la vérité selon vous lorsqu'il a déclaré sous serment…

L'heure qui suivit, elles échangèrent des remarques acerbes et des répliques cinglantes, se livrant une joute oratoire digne d'ennemis mortels, s'interrompant pour répéter une phrase de manière différente ou pour mettre l'accent sur un mot en particulier. Après trois tasses de thé, Clare leva les bras en l'air et s'exclama :

— Elle a compris ! Ça y est, elle a compris ! Maintenant, va te préparer. Il faut te présenter sous ton meilleur jour pour désarmer le jury.

Grace embrassa sa compagne avant de remonter prendre une douche. Pour la énième fois, elle se réjouit de la chance qu'elle avait. Clare et elle s'étaient rencontrées à un colloque de droit sur le rôle des parents d'accueil dans le monde moderne, et elles ne s'étaient quasiment pas quittées depuis. Elles aimaient se tenir la main et se moquer des hommes qu'elles croisaient et qui les trouvaient irrésistibles. Mais seulement dans l'intimité de leur foyer. Un jour, elles se promenaient dans le parc main dans la main quand un ado était passé à côté d'elles sur son vélo en criant « Hou, les lesbiennes ! » avant de s'éloigner en pédalant à toute vitesse.

Clare avait levé son majeur, ce qu'elle avait regretté par la suite.

— Je n'aurais pas dû m'abaisser à son niveau, avait-elle expliqué à Grace, visiblement en colère contre elle-même.

Comment pareil imbécile pourrait-il comprendre que l'amour se présente sous différentes formes ? Clare était douce, généreuse, bienveillante et plus futée qu'un renard. Puisqu'elle était juriste et Grace avocate plaidante, elles formaient le duo idéal. D'ailleurs, un de leurs collègues masculins avait été surpris en train de dire : « Quand on affronte ces deux-là, il ne faut pas les voir comme des associées mais comme une armée en mouvement. »

Grace contempla son reflet dans le miroir. Un tailleur bleu marine à la coupe parfaite et des chaussures noires confortables. Ne jamais au grand jamais porter de talons hauts dans un tribunal, lui avait un jour conseillé une juge. Il peut arriver qu'on reste debout pendant des heures et le confort vaut bien mieux que quelques centimètres gagnés. Grace continua de réviser ses questions, pauses incluses, tout en se brossant les cheveux, un regard noir sur l'accusé dans le miroir.

— Il est temps d'y aller, Grace, sinon il sera déclaré non coupable avant ton arrivée ! intervint soudain Clare, ce qui la ramena sur terre.

*

— J'ai avancé un peu la réunion de ce matin, commença Hawksby, car le commissaire Lamont doit être à l'Old Bailey pour 10 heures.

Celui-ci ne fit aucun commentaire.

— Ne vous inquiétez pas, Bruce. Si Faulkner est assez fou pour venir à la barre, Sir Julian le mettra en pièces.

— Il n'affrontera pas Sir Julian, rétorqua Lamont. Mais sa fille ; c'est elle qui mènera le contre-interrogatoire.

— Que le Seigneur vienne en aide à ce malheureux ! s'exclama William.

Aucun des deux officiers supérieurs ne parut convaincu.

— Pendant que nous nous concentrions sur Faulkner, poursuivit Hawksby, l'agent Adaja et le reste de l'équipe ont surveillé de près Rashidi. Avez-vous avancé sur la localisation de son usine de drogues, Paul ?

— D'un pas, peut-être, monsieur, répondit Adaja. Guère plus. Nous avons inspecté chaque immeuble de Brixton, car je suis sûr que l'atelier se trouve dans les étages supérieurs de l'un d'eux, mais j'ignore toujours lequel.

— Ce qui complique les choses, intervint William, c'est que nous ne pouvons pas prendre le risque d'avoir les mêmes agents qui suivent Rashidi deux jours de suite. Localiser l'abattoir pourrait prendre des semaines, voire des mois.

— Puisque je me fonds davantage dans le paysage de Brixton que vous tous, enchaîna Paul, je pourrais peut-être le filer trois jours de suite ?

Cette proposition provoqua le premier rire de la journée.

— Qu'en est-il de votre agent sous couverture, monsieur ? A-t-il repris contact ? s'enquit William. Peut-être a-t-il découvert l'adresse de l'abattoir maintenant.

— Non, répondit Hawksby d'un ton brusque, en se remémorant la dernière fois où William l'avait interrogé sur MM. N'oubliez pas, brigadier Warwick, qu'il risque sa vie tous les jours. Si la partie adverse en venait à soupçonner ne serait-ce qu'un instant qu'il travaille pour la police, nous retrouverions son cadavre dans le fleuve le lendemain matin.

Jackie se rappelait entendre cette phrase presque mot pour mot de la bouche de son amoureux.

— Et franchement, je ne veux pas de cela sur ma conscience, ajouta Hawk le Faucon en regrettant aussitôt ses paroles.

William fut tenté de lui rappeler que s'ils avaient arrêté Tulipe à Felixstowe, Adrian serait toujours en vie. Il s'abstint.

— Si l'abattoir de Rashidi se situe au dernier étage de l'un de ces immeubles, intervint Paul en venant à la rescousse de William, il sera difficile, voire impossible, pour nous d'entrer par la grande porte avant qu'un guetteur ne prévienne de notre arrivée. Ils pourraient fermer boutique et avoir disparu longtemps avant que nous ne les rejoignions et nous n'aurons réussi qu'à causer un léger dérangement.

Le commissaire divisionnaire Hawksby regarda par la fenêtre et marmonna :

— Dans ce cas, il ne reste plus qu'à attendre qu'il neige.

*

Dans le milieu, la salle d'audience numéro 1 de l'Old Bailey est surnommée la salle de spectacle et on y joue en général à guichets fermés. Toutefois, à la perspective de voir le premier rôle tenu par la doublure de Sir Julian Warwick, les spectateurs s'étaient pressés et avaient envahi les lieux avant même que Me Grace Warwick n'entre en scène.

Clare se trouvait juste derrière elle. Cependant, puisqu'elle ne faisait pas officiellement partie de la troupe, elle se glissa sur un siège libre près de William, au fond de la salle.

— Venge le nom de ton frère, furent ses dernières paroles à Grace avant que celle-ci ne rejoigne son père sur le banc.

— Bonjour Grace, l'accueillit Sir Julian. As-tu suffisamment de pierres dans ta besace pour occire Goliath ?

— Tu sembles oublier, père, que David n'en a eu besoin que d'une seule.

— Dans ce cas, assure-toi de le frapper en pleine tête et non pas de lui effleurer l'épaule, car je peux t'assurer que Faulkner va esquiver tout ce que tu lui enverras à la figure.

Booth Watson prit place sur l'autre banc ; les deux avoués échangèrent des hochements de tête brefs, plus par convention que par conviction. Grace se tourna vers le banc des accusés : son adversaire la fusillait du regard. Un frisson lui parcourut l'échine lorsque leurs yeux se croisèrent et qu'il passa la langue sur ses lèvres. Elle reporta son attention sur Clare qui l'encouragea en levant les pouces.

— Est-ce bien Clare assise à côté de William ? s'enquit son père. Invite-la donc à nous rejoindre. Après tout, elle en sait sans doute autant que nous sur cette affaire.

— Merci, répondit Grace en faisant signe à sa compagne.

Clare, incapable de dissimuler sa nervosité, s'avança avec prudence et prit place entre Sir Julian et Grace.

— Bonjour, Clare, dit celui-ci. Bienvenue dans l'équipe qui reçoit. N'hésitez pas à transmettre vos notes à Grace ou à moi si vous avez le sentiment que quelque chose nous échappe, car il y a de fortes chances que ce soit le cas.

— Merci, Sir Julian, répondit Clare en prenant un bloc à feuilles jaunes et deux stylos dans sa mallette.

— Que tout le monde se lève.

Le juge Baverstock entra d'un pas traînant, ravi de voir sa salle aussi bondée. Le balcon au-dessus de lui débordait de spectateurs enthousiastes, certains penchés par-dessus la balustrade pour mieux profiter du procès. Le juge s'inclina, s'assit dans son siège au haut dossier et attendit que le jury ait pris place. Il vérifia enfin que tous les acteurs étaient bien prêts en coulisses avant d'ordonner le lever de rideau.

Faulkner était dans le box des accusés, l'accusation et la défense installées à l'avant – il lui sembla que la jeune Warwick était plus nerveuse que l'accusé – et les journalistes, stylos en l'air, attendaient avec impatience le lancement de la procédure. Le jury en place, le juge reporta son attention sur l'avocat de la défense, occupé à réorganiser ses papiers.

— Bonjour, maître Watson. Êtes-vous prêt à appeler votre premier témoin ?

— Tout à fait, Votre Honneur. J'appelle à la barre Miles Faulkner.

Le juge fut surpris et la presse ravie, ce qui rendit Grace encore plus agitée. Elle avait beau s'être préparée à déclarer la guerre à Faulkner, pourrait-elle remporter cette bataille contre lui ?

Faulkner sortit du box et s'avança, d'un pas arrogant, jusqu'à la barre des témoins. Il posa la main droite sur la Bible et déclama le serment comme s'il en était l'auteur.

Booth Watson considéra son client et sourit.

— Puis-je vous demander de donner votre nom complet et votre métier ?

— Miles Adam Faulkner et je suis fermier.

— Pourriez-vous commencer, monsieur Faulkner, par nous raconter la soirée du 17 mai 1986, lorsque vous avez organisé un dîner entre amis dans votre maison de campagne, à Limpton, dans le Hampshire ?

— Des relations d'affaires et des amis, précisa Faulkner. Dont certains que je connais depuis plus de vingt ans.

— La raison de cette soirée était-elle purement sociale ?

— Non, maître. Nous sommes un groupe de personnes aux opinions similaires. Nous avons réussi nos vies professionnelles, et nous considérons qu'il est temps de redonner à la société.

— C'est très louable de votre part, commenta Booth Watson, ce qui arracha un froncement de sourcils au juge. Y a-t-il des causes en particulier qui vous tiennent à cœur ?

— Nous sommes férus d'art, sous toutes ses formes, et nous sommes persuadés que la culture peut jouer un rôle positif dans l'éducation des jeunes.

— La comédie, notamment, murmura Sir Julian. Et la capacité à se rappeler son texte.

— Vraiment très louable, roucoula Booth Watson.

— Soyez prudent, maître Watson, avertit le juge d'un air las.

— Au moins le juge ne se laisse pas berner, souffla Grace.

— Oui, mais qu'en est-il du jury ? rétorqua son père.

— Je vous présente mes excuses, Votre Honneur, poursuivit Booth Watson, que la contrition n'étouffait pas. Monsieur Faulkner, pouvez-vous nous confirmer que vous avez récemment fait don de deux œuvres d'art majeures issues de votre collection personnelle, d'une valeur de plusieurs millions de livres, à l'un de nos musées nationaux ?

— Oui, je me suis avec douleur séparé d'un Rembrandt et d'un Rubens ; mais ces deux tableaux m'ont procuré tant de joie au cours de ma vie que je suis empli de bonheur à l'idée que de nombreux jeunes...

Il marqua une pause avant de poursuivre :

— ... Et moins jeunes puissent désormais les admirer.

Il se tourna pour gratifier le jury d'un sourire, exactement comme Booth Watson le lui avait recommandé. Deux ou trois jurés lui répondirent avec chaleur.

— À présent, j'aimerais que vous nous parliez de cette accusation portée à votre encontre, à savoir que le soir du 17 mai, vous avez été retrouvé en possession de douze grammes de cocaïne pour votre usage personnel.

— Eh bien si c'était le cas, j'en aurais eu pour l'année entière !

Clare nota : « comment sait-il que douze grammes lui dureraient un an ? » et passa le message à Grace.

— Sans oublier que vous êtes sous serment, monsieur Faulkner, dites-nous si vous avez déjà consommé une substance illégale au cours de votre vie ?

— Oui, maître. J'ai fumé un joint quand j'étais étudiant en art, mais cela m'a rendu malade alors je n'ai jamais réessayé.

— Vous niez donc qu'Adrian Heath est venu chez vous le 17 mai pour vous vendre douze grammes de cocaïne pour huit cents livres ?

— Je ne me rappelle pas la somme exacte, mais ainsi qu'en a témoigné Adrian Heath, il s'agissait de caviar Beluga Royal, fourni par Fortnum et Mason.

Clare écrivit « billet de 20 £ », le souligna, et transmit le mot à Sir Julian qui sourit et acquiesça.

— Vous n'aviez jamais rencontré M. Heath avant ce soir-là ?

— Non, jamais. J'ai été horrifié d'apprendre sa mort tragique, et en même temps, cette nouvelle m'a rendu quelque peu perplexe.

— Comment cela, monsieur Faulkner ? s'enquit BW d'un ton innocent.

— Je suis resté perplexe que deux inspecteurs de Scotland Yard arrivent sur la scène de crime si vite après le meurtre.

— Arrêtez-vous là, monsieur Faulkner, l'interrompit le juge qui ajouta en regardant le jury : Ne tenez pas compte de ces propos.

— Ils ne pourront guère faire autrement, murmura Sir Julian. Et Faulkner en a parfaitement conscience.

— Poursuivez, maître Watson, ordonna le juge.

— Monsieur Faulkner, avez-vous une explication à nous fournir sur la présence de ces douze grammes dans une statue de votre domicile ?

— Aucune. Je refuse de croire que le commissaire Lamont ou l'un de ses agents puissent être impliqués dans un acte de corruption tel que dissimuler de la drogue dans la maison d'un innocent, dans le seul but de s'assurer une condamnation.

Il marqua une pause avant d'ajouter :

— Une seconde fois.

Le juge allait intervenir mais Faulkner le devança :

— Remarquez…

Nouvelle pause.

— Oui ? l'invita à poursuivre Booth Watson.

— J'ai été consterné d'entendre le commissaire Lamont dire, au moment où il m'a arrêté : « J'attends ce moment depuis fort longtemps. »

Le juge patienta le temps que le tumulte indigné se calme.

— Avez-vous des preuves, monsieur Faulkner, que le commissaire Lamont a prononcé ces paroles ? Ou ne vous fiez-vous qu'à votre mémoire ?

— Votre Honneur, j'ai pris des notes au moment de l'arrestation, intervint Booth Watson. Ah, les voilà : « J'attends ce moment depuis bien longtemps. » M. Faulkner s'est trompé d'un mot.

Le juge nota la phrase.

— Poursuivez, maître Watson.

— Merci, Votre Honneur. Monsieur Faulkner, vous ne contestez pas les deux cigarettes de marijuana et le cachet d'ecstasy trouvés par la police après deux heures à mettre votre maison sens dessus dessous ?

— C'est exact. Ils ont trouvé le cachet d'ecstasy dans la cuisine et les joints dans les écuries. Deux de mes employés ont avoué qu'ils leur appartenaient et j'ai dû me séparer d'eux.

— Pour finir, monsieur Faulkner, puis-je vous demander quelle est votre position par rapport aux personnes qui consomment des drogues illégales ?

— J'ai de la peine pour elles. Ce sont souvent des individus malheureux, impuissants, qui requièrent une aide médicale. Cependant, en ce qui concerne les dealers, je trouve que ce sont des personnages vils et méprisables. Ils sont une honte pour notre société. Ils méritent de brûler en enfer.

— Pas d'autre question, Votre Honneur.

— Merci, maître Watson. Je crois que le moment est bien choisi pour une pause. Reprenons à 14 heures, où je demanderai à Me Warwick de procéder au contre-interrogatoire du témoin. Levez-vous.

21

— Crois-tu que je pourrais demander à papa de me remplacer ? dit Grace en s'effondrant sur le siège voisin.

— N'y songe même pas, répondit Clare. Notamment parce qu'il va refuser et qu'il ne te prendra plus jamais au sérieux.

— Mais tu as vu comment Faulkner a maîtrisé Booth Watson depuis la barre des témoins. Il était si sûr de lui, si confiant, et il avait réponse à toutes ses questions.

— Évidemment. Il connaissait chacune de celles qui allaient lui être posées avant que Booth Watson n'ouvre la bouche, il lui était donc facile de faire des remarques bien senties, apparemment au pied levé, pour impressionner le jury.

— Si jamais il est déjà au courant pour notre arme secrète...

— S'il l'était, Booth Watson aurait appuyé sur la détente ce matin et tiré en plein cœur du contre-interrogatoire.

Grace s'apprêtait à répondre quand son père entra dans le couloir, visiblement à la recherche de son assistante.

— Je vais lui demander de me remplacer, murmura-t-elle.

— Nous devrions retourner dans la salle d'audience, lança Sir Julian. Tout le monde t'attend. Même ta mère a pris place au balcon.

— Grace me confiait à l'instant qu'elle est impatiente de relever ce défi, prétendit Clare.

— Je suis ravi de l'entendre, répliqua Sir Julian. Il ne faut toutefois pas se montrer trop confiant dans ce genre de situation. Sa première plaidoirie à l'Old Bailey est toujours éprouvante, mais dès qu'on se lève...

Grace ne bougea pas.

— Bien, il faut tout de même y aller. On ne peut pas se permettre de faire attendre le juge.

Lorsque Grace se leva, ses jambes manquèrent se dérober sous elle. Clare se hâta de la prendre par le bras pour la guider lentement mais sûrement dans l'arène.

— Penses-tu que Faulkner est aussi nerveux que moi ? demanda-t-elle tandis que le juge Baverstock entrait dans la salle et s'installait.

— Non, répondit Clare. Et c'est pour cela que tu vas l'achever.

Une fois l'agitation dans la salle retombée, le juge posa un regard insistant sur les avocats de l'accusation. Grace consulta son père, qui ne bougea pas. Booth Watson paraissait déconcerté tandis que Faulkner la couvait d'un regard noir depuis la barre des témoins.

— Debout ! lui intima Clare à voix basse.

Grace se leva tant bien que mal. Que tous les regards de la salle soient braqués sur elle ne l'aidait pas. Elle baissa les yeux sur sa liste de questions soigneusement préparées, ouvrit la bouche. Aucun son n'en sortit.

— Quand vous voulez, maître Warwick, dit le juge avec un sourire encourageant.

Toujours rien.

— Lance-toi ! lui souffla Clare dans le dos.

— Monsieur Faulkner, je ne vous retiendrai pas longtemps, réussit-elle enfin à dire en copiant la tactique de Booth Watson. Mais j'aimerais que nous étudiions plus en détail votre rendez-vous avec M. Heath le soir du 17 mai. À votre demande, il serait venu chez vous pour vous livrer une boîte de caviar Beluga Royal.

Booth Watson tira sur les revers de sa robe, le signal dont ils avaient convenu pour que son client garde le silence.

— Livraison pour laquelle vous l'avez payé huit cents livres.

— C'est exact, répondit Faulkner qui se sentait en terrain conquis.

— Et en effet, M. Heath a confirmé ce montant quand il a témoigné le premier jour de ce procès.

— Il l'a fait, oui, déclara Faulkner d'un air de défi. Donc, vous reconnaissez enfin qu'il disait la vérité ?

— Pour ce qui est des huit cents livres, j'admets que vous dites tous les deux la vérité, mais avant d'en revenir au témoignage de M. Heath, puis-je vous rappeler les déclarations d'un autre témoin, le Dr Ruth Lewis, qui a déposé hier devant cette cour.

— La béni-oui-oui du gouvernement qui parlait au nom du Ministère public ? rétorqua Faulkner sans tenir compte des conseils de Booth Watson de garder ses réponses simples et factuelles et surtout de n'insulter personne.

— Le Dr Lewis a expliqué à cette cour que le prix de vente habituel pour douze grammes de cocaïne pure à 92 % était également de huit cents livres. Ne trouvez-vous pas cette coïncidence surprenante ?

— Non, pas du tout. Quand elle a su combien j'avais payé Heath, elle s'en est servie pour appuyer sa thèse. Je pourrais trouver cette coïncidence surprenante si elle ne travaillait pas pour vous.

Cette pierre ayant à peine effleuré Faulkner, Grace en choisit une autre dans sa lourde besace.

— Êtes-vous en train de suggérer, monsieur Faulkner, que le Dr Lewis a inventé le tarif de huit cents livres afin d'induire la cour en erreur ?

— C'est vous qui le dites, pas moi, rétorqua Faulkner d'un air satisfait.

— Dans ce cas, je me dois de demander : si vous aviez des doutes sur la véracité de ses propos, pourquoi votre avocat n'a-t-il pas contesté son témoignage ? En fait, comme vous vous le rappelez je n'en doute pas, maître Watson a choisi de ne pas procéder au contre-interrogatoire du Dr Lewis, ce qui laisse plutôt à penser qu'il a approuvé son témoignage.

Booth Watson tirait comme un dératé sur ses revers tandis que Clare griffonnait une autre note qu'elle transmit à Sir Julian. Ce dernier, qui n'avait pas remarqué ce que faisait Booth Watson jusque-là, se tourna vers lui et le gratifia d'un regard appuyé. L'avocat de la défense croisa les bras de mauvaise grâce.

— Est-ce aussi une coïncidence que douze grammes soit la quantité de cocaïne pure que la police a découverte dans la statue à votre domicile ?

— Il connaissait la quantité exacte à planquer qui pouvait être achetée pour huit cents livres, répondit Faulkner en montrant Lamont du doigt.

— C'est peu probable, monsieur Faulkner. M. Heath a quitté votre domicile avec l'argent avant que quiconque n'en connaisse le montant. À part vous.

— Comme je l'ai dit plus tôt, maître Warwick, je ne suis pas sûr de la somme exacte que j'ai payée à M. Heath.

Cette fois Faulkner n'avait pas esquivé à temps, mais il défia du regard la jeune avocate, comme si son coup n'avait pas porté.

— Monsieur Faulkner, un billet de vingt livres a été découvert dans votre bureau sur votre table de travail.

— Lequel ne comportait aucune trace de cocaïne, ainsi que l'a confirmé le Dr Lewis si mes souvenirs sont exacts.

— Je n'allais pas prétendre le contraire, monsieur Faulkner, répliqua Grace. Toutefois, je suis ravie que vous reconnaissiez qu'il s'agit là de preuves déjà acceptées par les deux parties, et en effet, votre signature se trouve sur la liste des objets saisis chez vous par la police le soir de votre arrestation. Mais afin d'être bien sûr, Votre Honneur, puis-je demander à l'accusé d'examiner le billet en question et de confirmer qu'il s'agit de celui ramassé sur son bureau ?

Le juge consentit d'un hochement de tête et le greffier sortit un petit sachet en plastique de la boîte des pièces à convictions. Il marcha jusqu'à la barre des témoins et le tendit à l'accusé.

— Et alors, c'est le billet que vous avez trouvé sur mon bureau. La belle affaire, railla Faulkner après y avoir jeté un rapide coup d'œil. Qu'est-ce que ça prouve ?

— Voulez-vous bien lire le numéro de série du billet à la cour ?

Booth Watson sauta sur ses pieds plus vite que d'habitude.

— Votre Honneur, mon client est-il soumis au dernier jeu de salon à la mode ?

— J'ai dans l'idée que nous allons le découvrir bientôt, maître Watson, répondit le juge Baverstock avant de se tourner vers l'accusé : Lisez le numéro de série du billet, je vous prie.

Faulkner hésita quelques instants.

— KA73863743.

— Merci, dit Grace. Je vais maintenant demander au greffier de vous montrer la liasse de billets de vingt livres retrouvée par la police sur M. Heath au moment de son arrestation à son départ de la maison.

Là encore, Booth Watson se leva.

— Nous n'avons que la parole de la police que ce sont bien les billets en question.

— Je suis d'accord avec vous, approuva Grace en décochant un sourire chaleureux à Booth Watson. Mais si M. Faulkner veut bien avoir l'obligeance de nous lire les numéros de série de ces billets, nous aurons alors la confirmation qu'il s'agit de l'argent qu'il a remis à M. Heath.

Faulkner implora son avocat du regard mais Booth Watson gardait les bras croisés.

— Nous attendons, monsieur Faulkner, le pressa le juge.

Faulkner se mit à lire à voix haute.

— KA73863744, KA73863745, KA73863746...

— Si vous rajoutez le billet trouvé sur votre bureau, intervint Grace, numéroté KA73863743, nous atteignons la somme de huit cents livres.

William ne put s'empêcher d'être fier de lui.

— Qu'est-ce que ça prouve ? Je vous ai déjà dit que j'avais donné huit cents livres à Heath pour douze boîtes de caviar.

— Je suis ravie que vous évoquiez le sujet du caviar, monsieur Faulkner. Samedi dernier, je me suis rendue chez

Fortnum et Mason à Picadilly, où j'ai acheté une petite boîte de caviar.

Elle la sortit d'un geste théâtral de sous le banc et la brandit pour la montrer à tout le monde. Après un moment de silence, elle reprit :

— Permettez-moi de vous en lire l'étiquette. « Caviar Beluga, grande qualité. Accompagnera n'importe quel repas. Contient deux portions. » J'avoue, monsieur Faulkner, que j'ai trouvé le prix quelque peu exorbitant, mais le directeur m'a assuré qu'il s'agissait d'un produit très haut de gamme, apprécié des clients les plus raffinés de Fortnum et Mason. Et ainsi que nous l'a expliqué M. Heath, vous ne vous intéressez qu'au plus haut de gamme, même si vous n'êtes pas l'un des clients les plus raffinés de Fortnum et Mason.

— Votre Honneur, intervint Booth Watson en se levant une nouvelle fois. Je suis sûr que tous autant que nous sommes nous apprécions ce petit tour de passe-passe exécuté par l'avocate assistante de l'accusation. Cependant, puisque son récent achat n'a pas été admis dans les pièces à conviction, puis-je supposer que vous le rejetterez ?

— Il a compris, murmura Sir Julian à Grace. Espérons que ce n'est pas le cas de Faulkner.

Celui-ci dévisageait son avocat avec perplexité.

— Et sinon, puis-je demander une courte suspension afin de consulter mon client ? ajouta Booth Watson.

— J'ai dans l'idée que c'est lui qui va vous consulter, répliqua le juge. Maître Warwick, puis-je voir la pièce en question avant de prendre ma décision ?

— Très certainement, Votre Honneur.

Grace sortit trois autres boîtes qu'elle tendit au greffier. Celui-ci en donna une au juge, une à Booth Watson et une à l'accusé.

Après avoir lu l'étiquette et examiné la boîte, le juge déclara :

— Le jury devrait être autorisé à examiner les preuves avant que nous poursuivions.

— Comme il plaira à Votre Honneur, répondit Grace en faisant apparaître deux autres pots, soulagée d'avoir suivi le conseil de Clare et acheté un lot de six.

Elle les confia au greffier qui les apporta au président du jury.

— Poursuivez, je vous prie, maître Warwick, l'invita le juge Baverstock après que les jurés eurent examiné les preuves.

— Monsieur Faulkner, puis-je vous demander combien de personnes participaient à votre dîner du 17 mai ?

— Dix, avec moi. Ce qui a été évoqué plusieurs fois.

— Et tous ont savouré une portion de caviar avant de passer au plat principal ?

— Sans exception. D'ailleurs, un ou deux en ont même repris.

— Vraiment ?

Booth Watson se mit à tirer frénétiquement sur les revers de sa robe, malgré les regards noirs que lui jetait Sir Julian.

— Je demande cela, monsieur Faulkner, car un seul pot de caviar Beluga Royal, comme celui que vous avez entre les mains, et qui contient deux portions, est vendu chez Fortnum et Mason au prix de trois cent quarante livres. Par sécurité, j'ai demandé au directeur de Fortnum, M. Nightingale, quelle quantité était nécessaire pour un dîner de dix convives. Il a recommandé sept cent cinquante grammes.

Elle se tourna vers le jury et ajouta :

— Pas douze grammes, ce qui remplirait à peine une cuillère à café.

Le piège était en place et Grace attendit que Faulkner y mette le pied. Mais enfin, Booth Watson avait attiré l'attention de son client et il garda le silence.

— Vous ne serez pas étonné d'apprendre, monsieur Faulkner, que j'ai ensuite demandé à M. Nightingale combien coûtaient sept cent cinquante grammes de caviar – la quantité recommandée pour dix personnes. Mille sept cents livres, m'a-t-il appris, et à ce prix, il offre les biscuits.

Une vague de rires traversa le balcon mais le froncement de sourcils du juge l'empêcha de déferler sur le reste de la salle d'audience.

— Votre Honneur, reprit Grace, M. Nightingale sera ravi de se présenter devant la cour pour confirmer ces chiffres mais vous ne jugerez sans doute pas cela nécessaire, puisque M. Faulkner a déjà déclaré sous serment que son chef cuisinier avait servi dix portions de caviar pour lui et ses invités ce soir-là, sur des plateaux d'argent, et que certains en avaient même repris.

Une éruption de bavardages monta dans la salle. Grace prit une profonde inspiration et attendit d'avoir de nouveau l'attention de chacun.

— Je reconnais, monsieur Faulkner, que lorsqu'il s'agit du prix de la cocaïne, vous êtes parfaitement au courant, ainsi que vous l'avez affirmé quand vous avez déclaré sous serment que si les douze grammes retrouvés chez vous étaient pour votre consommation personnelle, vous en auriez eu pour un an. J'admets également que vous avez la réputation d'un négociateur d'exception. Mais je doute que même vous ayez pu convaincre Fortnum et Mason de vous vendre pour mille sept cents livres de leur meilleur caviar Beluga au prix de huit cents livres.

Grace sourit à Faulkner. Le piège avait été posé et elle avait la conviction qu'il n'en réchapperait pas. Il lui restait néanmoins une dernière question.

— Pensez-vous que M. Heath disait la vérité lorsqu'il a déclaré : « La marchandise que j'ai récupérée chez Fortnum et Mason ce matin-là à la demande de M. Faulkner était douze pots de caviar Beluga Royal » ?

Faulkner paraissait vouloir répondre mais aucun mot ne franchit ses lèvres.

— M. Nightingale confirmera également qu'il travaillait au magasin le matin en question et que la seule douzaine de pots de caviar achetés ce jour-là l'a été pour le compte de la reine mère.

Les lèvres de Faulkner se retroussèrent, ses joues s'empourprèrent, et il dut s'agripper au bord du pupitre pour s'empêcher de trembler.

— Je me dois de demander, monsieur Faulkner : la reine mère participait-elle à votre dîner le soir du 17 mai à Limpton Hall ?

Cette fois, le juge ne fit aucune tentative pour apaiser les rires qui se déchaînèrent ; lui-même s'autorisa un sourire.

Grace attendit qu'un silence total soit retombé pour se tourner vers le jury.

— Pas d'autre question, Votre Honneur.

Elle s'effondra sur le banc, épuisée, tandis que le reste de son équipe se rassemblait autour d'elle pour la féliciter.

À leur retour chez elles le soir, Grace confia à Clare que de toutes les félicitations qui avaient plu sur elle après son contre-interrogatoire, aucune ne surpassait celle qu'elle avait surprise. « C'est ma fille, vous savez », s'était vanté son père auprès d'un vieux confrère.

*

Lorsque le juge invita l'avocat principal à délivrer son réquisitoire de clôture, un Sir Julian soudainement revigoré se leva et procéda à une accusation accablante du défendeur face à un jury charmé.

Le coût du caviar fut mentionné à plusieurs reprises et il termina en rappelant aux jurés que l'accusé semblait être bien au fait des prix pratiqués pour douze grammes de cocaïne pure, même s'il ignorait celui du meilleur caviar. Pour faire bonne mesure, il évoqua le témoignage de M. Nightingale au sujet de la reine mère, témoignage que Booth Watson ne contesta pas. Quand il se rassit, Sir Julian n'avait pas le moindre doute sur la capacité du jury à deviner qui avait caché la drogue dans la statue de Faulkner la fameuse nuit et à reconnaître que ce n'était pas son fils.

Booth Watson ne dressa pas un portrait aussi convaincant lorsqu'il tenta vaillamment de défendre la crédibilité de son client. D'honorables mentions de Rembrandt et Rubens furent lancées tandis que Fortnum et Mason ainsi que M. Nightingale furent passés sous silence. Il dépeignit Miles Faulkner comme un homme honnête et droit qui avait œuvré pour la nation et sa communauté locale avec mérite. Il laissa entendre que la mort tragique d'Adrian Heath avait privé son client de l'opportunité d'un procès impartial, et il invita les jurés à ne pas l'oublier au moment des délibérations ; car s'ils n'étaient pas persuadés de la culpabilité de M. Faulkner au-delà du doute raisonnable, ils devaient le libérer de l'affreuse perspective d'une condamnation à la prison afin qu'il puisse poursuivre son travail caritatif au nom de ses semblables.

Le résumé du juge Baverstock fut à la fois minutieux et impartial. Il souligna cependant que s'il était reconnu que Faulkner avait bel et bien dissimulé la cocaïne dans la statue, ce n'était certainement pas pour sa consommation personnelle et une utilisation occasionnelle, puisqu'il avait lui-même confirmé que la quantité suffirait à lui durer une année. Toutefois, ajouta-t-il, le Ministère public avait échoué à prouver que M. Faulkner avait pris des substances illégales par le passé, et la présence du billet de vingt livres sur son bureau n'indiquait pas qu'il s'en était servi pour consommer de la cocaïne. Si, après l'examen de toutes les preuves, le jury n'était pas convaincu de la culpabilité au-delà du doute raisonnable de M. Faulkner, il devait le déclarer non coupable. D'un autre côté, si l'explication de M. Faulkner concernant la façon dont les douze grammes de cocaïne s'étaient retrouvés dans sa statue ne les convainquait pas, il était de leur devoir de le déclarer coupable.

— Votre décision finale doit se fonder sur les preuves qui vous ont été présentées dans cette salle d'audience et ne doit en aucun cas être influencée par l'avis de tierces personnes, même très proches, car celles-ci n'ont pas eu l'avantage d'examiner toutes ces preuves. N'oubliez pas que vous êtes les seuls arbitres de la justice dans cette affaire. Prenez le temps nécessaire pour aboutir à un verdict.

Il invita ensuite les sept hommes et les cinq femmes à se retirer dans la salle des jurés pour délibérer. Le silence tomba tandis que l'huissier les faisait sortir.

— À présent, nous allons vivre le pire moment d'un procès, annonça Sir Julian. L'attente interminable avant de connaître le verdict du jury. Mon père en profitait pour jouer aux échecs avec l'avocat adverse.

Il jeta un œil vers Booth Watson.

— Heureusement qu'il n'y joue pas.

— Quelles sont les chances d'après vous que le jury penche en notre faveur ? s'enquit Clare.

— Tenter de deviner le verdict d'un jury ne sert à rien, répondit Sir Julian. Espérons seulement qu'ils délibèrent en savourant le caviar, ainsi ils découvriront vite que deux ou trois pots ne suffisent pas pour dix personnes, encore moins douze.

— Quelles sont nos chances, BW ? demanda Faulkner en quittant le box des accusés pour rejoindre son avoué.

— Aucune idée. Chaque jury est différent. Mais ils vont prendre leur temps pour atteindre un verdict ; il va donc falloir être patient pour une fois.

— Dans ce cas, que diriez-vous de m'accompagner au Savoy pour le dîner ? J'ai déjà réservé une table.

— Merci, Miles, répondit Booth Watson sans ajouter « inutile de réserver une table pour demain soir ».

*

— Combien valent-ils selon vous, monsieur Davage ? demanda Christina quand ils regagnèrent le salon.

— Il est difficile de chiffrer avec exactitude une collection aussi importante, répondit le directeur général de Christie's. J'ai toutefois la certitude qu'ils pourront atteindre au moins les trente millions, peut-être plus. D'autant que votre mari a pris contact avec les salles de vente aux enchères les plus réputées pour leur faire savoir que si le moindre de ses tableaux était mis en vente, il devait en être informé sur-le-champ.

— C'est une excellente nouvelle, répliqua Christina en lui resservant du café.

— Si vous envisagez de mettre cette collection en vente, madame Faulkner, Christie's sera bien sûre honorée de conduire les enchères.

— Merci, mais je ne me déciderai que lorsque je connaîtrai le résultat du procès de mon mari.

— Bien sûr. Nous espérons tous que votre mari sera reconnu non coupable et pourra rentrer chez lui avec sa réputation intacte.

— Non, pas tous, répliqua Christina tandis que la sonnette retentissait. À point nommé, dit-elle en se levant. Ce doit être M. Nealon qui vient estimer la maison.

22

— Que tous les participants au procès Ministère public contre Faulkner regagnent leur place dans la salle d'audience numéro 1 ; le jury va rendre son verdict.

Sir Julian était en train de remonter sa braguette. Grace et Clare prenaient un café dans la salle des avocats. Booth Watson rédigeait un avis sur un délit d'initié pour un client de Guernesey pendant que Miles Faulkner échangeait son numéro de téléphone avec une femme qu'il venait de rencontrer dans le couloir.

Chacun de leur côté, ils retournèrent dans la salle d'audience pour la lecture du verdict. La presse se fichait du résultat des délibérations. L'*Evening Standard* avait déjà prévu deux gros titres : EN TAULE et ENCORE LIBRE, ainsi que deux articles pour les accompagner, tous deux écrits par le même journaliste.

Faulkner retrouva sa place dans le box des accusés et tous les autres reprirent la leur en attendant l'arrivée du juge. Un silence fébrile drapa la salle quand le juge Baverstock fit son entrée. Une fois assis, il demanda d'un signe de tête à l'huissier de faire revenir le jury.

Tous les regards étaient tournés vers les sept hommes et les cinq femmes qui entrèrent en file indienne pour la dernière fois. Ils avaient choisi pour présidente une femme d'âge mûr bien en chair. Celle-ci était engoncée dans un tailleur étriqué, elle ne portait aucun bijou et qu'un maquillage très léger. Sir Julian l'observa avec attention, mais son attitude calme et professionnelle ne laissa rien transparaître. Une directrice d'école ou une infirmière en chef sans doute, une personne habituée à prendre des décisions.

Quand ils furent installés, le juge fit signe au greffier qui se leva, avança d'un pas et se plaça devant le jury.

— Que le président se lève.

La femme corpulente obéit et si elle était intimidée, elle n'en laissa rien paraître.

— Êtes-vous parvenus à un verdict qui fasse l'unanimité ? demanda le greffier.

— Oui, Votre Honneur, répondit-elle en regardant le juge.

— Reconnaissez-vous l'accusé coupable ou non-coupable de possession d'une substance illégale, à savoir douze grammes de cocaïne ?

Faulkner retint son souffle, Grace ferma les yeux, William fixa l'accusé.

— Coupable.

Hawksby et Lamont se serrèrent la main tandis que plusieurs journalistes bondissaient de leur siège et quittaient la salle pour se précipiter vers le téléphone le plus proche. Clare prit Grace dans ses bras et William se fraya un chemin pour les rejoindre. En dehors d'eux, la majorité des présents dans la salle d'audience restèrent à leur place, impatients d'entendre le jugement final.

— Si le prévenu veut bien se lever, annonça le greffier quand un semblant d'ordre fut revenu.

Faulkner se leva maladroitement et s'agrippa aux bords du box pour entendre sa sentence.

— Cette affaire était hors du commun, pour plusieurs raisons, commença le juge Baverstock, et je vais requérir un peu de temps pour réfléchir à toutes ses implications avant de prononcer ma sentence. Je demande par conséquent à toutes les parties concernées de revenir devant cette cour demain à 10 heures où je rendrai mon jugement.

— Votre Honneur, dit Booth Watson en bondissant sur ses pieds. Puis-je supposer que mon client restera en liberté sous caution cette nuit ?

Grace allait jaillir de son siège pour protester mais l'honorable juge la devança :

— Non, vous ne pouvez pas, maître Watson. Il restera en détention provisoire en attendant la sentence car si je consentais à votre demande, je ne suis pas certain que votre client reviendrait demain matin pour la connaître.

Booth Watson se rassit sans faire de commentaire.

— Qu'on emmène le prisonnier, déclara le greffier.

Deux policiers s'avancèrent, prirent Faulkner par les bras et le conduisirent dans les cellules.

— Levez-vous.

William regarda Faulkner disparaître et ne put s'empêcher de s'interroger sur les pensées qui traversaient son esprit.

— Félicitations, Grace, dit Sir Julian. Je n'y serais pas arrivé sans toi.

— Merci, père. Et il y a plusieurs raisons pour lesquelles je n'y serais pas arrivée sans toi.

Ils sourirent tous les deux.

— Je crains, jeune fille, que vous ne soyez très vite nommée avocate de la Couronne et je ne pourrai alors plus faire appel à vos services en tant qu'assistante. Et merci à vous, Clare. J'ai dans l'idée que désormais vous serez connue comme Caviar Clare. Félicitations à vous deux pour cette victoire retentissante.

— Quelle va être sa peine, selon vous ? demanda Clare alors qu'ils quittaient la salle d'audience.

— Dites un chiffre au hasard, lança Sir Julian, et ce ne sera pas le bon.

*

— Je suppose qu'il n'y a pas la moindre chance que vous puissiez influencer le juge, BW ? demanda Faulkner en s'asseyant sur le matelas dur et mince. Vous avez réussi la dernière fois.

— Non, je n'ai rien fait. C'est le juge qui vous a influencé, lui rappela Booth Watson en approchant une chaise. J'ai tout de même suggéré à demi-mot au bureau d'appel pénal qu'en raison de la surpopulation des prisons, il serait plus approprié dans cette affaire d'envisager une lourde amende plutôt qu'une détention. Mais jusque-là, je n'ai aucun retour.

— Si seulement j'avais suivi votre conseil, BW, et refusé de témoigner, nous dînerions au Savoy ce soir.

Ce fut l'une des rares occasions où Booth Watson n'offrit aucune opinion à son interlocuteur, tant professionnelle que personnelle.

*

— Quatre millions ? répéta Christina.

— Peut-être plus, répondit M. Nealon. J'ai deux ou trois clients qui recherchent une propriété telle que celle-ci depuis quelque temps déjà. Et une fois que l'annonce sera publiée dans les magazines immobiliers de grand standing, qui sait jusqu'où le prix pourra monter ?

— C'est très prometteur, affirma Christina.

— Donc, voulez-vous que je la mette sur le marché, madame Faulkner ?

— Oui mais pas avant que je ne sois plus Mme Faulkner, ce qui ne devrait plus tarder.

*

— Levez-vous.

Le juge Baverstock entra dans son fief pour la dernière fois du procès Ministère public contre Faulkner. Il posa un dossier à l'épaisse couverture en cuir rouge estampillée *Sa Majesté la Reine Elizabeth II* devant lui, il s'assit et lissa sa robe rouge avant de poser le regard sur l'assemblée qui finissait de s'installer. Il chaussa ensuite une paire de lunettes en demi-lune sur la pointe de son nez et fit un signe de la tête au greffier.

— Que le prisonnier se lève.

Faulkner obéit et fit face au juge. Tout le monde pouvait voir qu'il n'avait pas dormi de la nuit.

Le juge ouvrit sa chemise en cuir rouge, baissa les yeux sur les mots qu'il avait rédigés et entreprit de prononcer son jugement.

— Il ne fait aucun doute dans mon esprit, monsieur Faulkner, que vous êtes un homme impitoyable, sans scrupule ni moralité, dépourvu du sens des convenances et de la bienséance et qui, en raison de votre richesse et de votre statut, vous considérez au-dessus des lois. Ceci à l'esprit, ainsi que la gravité de votre infraction, je vous condamne à six ans de prison.

Grace voulut sauter dans les airs, mais réussit sans savoir comment à se maîtriser, contrairement à d'autres autour d'elle. À l'expression sur le visage de Sir Julian, il était clair qu'il aurait trouvé approprié le comportement de sa fille, mais il ne fit aucun commentaire.

— Cependant, compte tenu des circonstances, poursuivit le juge une fois qu'il eut retrouvé l'attention générale. J'ai décidé d'adjoindre un sursis à cette condamnation et de vous attribuer une amende d'un million de livres, en plus de tous les frais judiciaires dans cette affaire qui seront également à votre charge.

Faulkner voulut sauter dans les airs en criant alléluia malgré l'expression pincée de son avocat qui ne semblait pas partager son enthousiasme et son soulagement.

— Toutefois, continua le juge en tournant une page, on m'a récemment rappelé que vous étiez sous le coup d'une condamnation de quatre ans de prison avec sursis pour fraude. Le juge Nourse, qui présidait cet autre procès, a été très clair sur le fait que si vous deviez commettre une autre infraction pendant votre probation, aussi mineure soit-elle, vous seriez automatiquement condamné à accomplir votre condamnation dans une prison de sécurité maximum sans aucune remise de peine. Et je n'ai pas autorité pour passer outre cette décision.

Faulkner s'écroula sur son siège et se prit la tête entre les mains.

— De plus, en raison de ce jugement précédent, le Ministère public m'avise que je n'ai d'autre choix que d'ajouter les six ans que je viens de décréter aux quatre ans de départ. Votre peine de prison est maintenant de dix ans.

Le juge Baverstock referma son dossier rouge et fit un nouveau geste de la tête au greffier. Le tumulte était tel que peu entendirent celui-ci ordonner :

— Emmenez le prisonnier.

*

Sir Julian déboucha une bouteille de champagne et commença à remplir les coupes pour servir sa victorieuse équipe.

— Combien de pots de caviar as-tu réussi à récupérer ? demanda Clare.

— Le jury a liquidé les deux siens, répondit Grace. Ses membres ont prétendu qu'il fallait qu'ils testent les preuves. Celui de Booth Watson a disparu et je n'espère pas revoir celui de Faulkner. Mais le juge a gentiment rendu le sien.

— Voilà qui va te coûter plus que tu n'as gagné en tant qu'assistante sur cette affaire, commenta Sir Julian en lui tendant une coupe de champagne.

— La Couronne ne prend-elle pas ces frais à sa charge ? s'enquit Clare. Après tout, nous avons remporté ce procès, en dépit de leurs conseils avisés.

— Aucune chance. Mais la bonne nouvelle c'est que Faulkner va devoir assumer les dépenses de la Couronne, puisque le juge a décrété que tous les frais légaux seraient à sa charge.

Les verres furent levés pour un toast improbable à Miles Faulkner.

— Et un toast à Grace, qui a rendu possible ce verdict, déclara Sir Julian, en levant sa coupe une seconde fois.

— À Grace ! s'exclamèrent-ils tous en l'imitant.

— Ainsi qu'à Adrian Heath, ajouta William, qui nous a fourni la clé pour coincer cette ordure.

— À Adrian Heath, répétèrent-ils en trinquant pour la troisième fois.

*

— Bonne nouvelle, déclara Barry Nealon. Nous avons eu une offre à cinq millions pour Limpton Hall.

— Cinq millions ! répéta Christina sans y croire. Mais c'est bien au-dessus du prix demandé.

— En effet, et les avocats de l'acheteur ont proposé de verser un acompte d'un demi-million si vous acceptez de retirer la maison du marché tout de suite.

— Que me conseillez-vous ?

— Je vous recommande d'accepter cette offre. Entre autres parce que l'acquéreur accepte de perdre son acompte s'il n'a pas validé la vente dans les trente jours. Il n'y a donc aucun risque.

— Qui est-il ?

— Je l'ignore, répondit Nealon. La transaction a été menée par son avocat.

*

Une semaine après son arrivée au pénitencier de Pentonville, le prisonnier numéro 4307 avait été transféré dans une cellule individuelle. Au bout de quinze jours, il disposait de sa propre table au réfectoire et personne d'autre n'était autorisé à l'y rejoindre à moins d'y avoir été convié. Après trois semaines, il était exempt de corvées de toilettes et nommé planton à la bibliothèque, où il n'était guère dérangé par les autres détenus. À la fin du mois, il avait droit à un créneau personnel à la salle de gym, avec un coach sportif payé à l'heure. À la fin du mois suivant, il avait lu *Guerre et Paix*, *Le Conte de deux cités*, *Le Comte de Monte-Cristo*, et il avait perdu six kilos. Jamais il n'avait été aussi svelte, ni n'avait autant lu.

À partir du troisième mois, le *Financial Times* lui était livré dans sa cellule tous les matins après 8 heures, accompagné de café, servi dans une tasse, pas un gobelet. Mais son plus beau coup prit un peu plus de temps à se réaliser : l'accès à son propre téléphone quinze minutes par jour, trente le dimanche.

Ses visiteurs du week-end – il avait droit à deux, comme tous les autres détenus – n'étaient ni des amis, ni des proches, mais des associés professionnels, car il n'avait pas de temps à perdre en frivolités. Une fois tous les quinze jours, il pouvait passer une heure avec son avocat. Il était le seul à pouvoir s'offrir ce luxe de manière régulière. Il demanda à Booth Watson de monter une procédure d'appel pour un nouveau procès au motif que le procès originel aurait dû aboutir à un non-lieu puisque Adrian Heath ne pouvait plus témoigner. Appel rejeté. Son second appel concernait la durée de sa peine, au motif qu'elle était excessive pour un délit aussi mineur. Pour l'instant, il n'avait pas reçu de réponse du Ministère public. Il fit ensuite une demande pour être transféré dans une prison ouverte, puisqu'il n'avait pas d'antécédents de violence. Refus là encore. Il finit par écrire au ministre de l'Intérieur, afin d'exiger que sa condamnation soit réduite de moitié pour bonne conduite. Il n'eut même pas un accusé de réception.

Rare prouesse, il avait surpris Booth Watson lors de leur premier rendez-vous avec sa requête de faire une offre pour Limpton Hall, par l'intermédiaire d'un avocat dont il n'avait jamais utilisé les services auparavant.

— Je ne savais pas que la maison était sur le marché, reconnut Booth Watson.

— Elle ne l'est pas, répondit Faulkner. Et elle ne le sera plus la semaine prochaine. Je veux aussi que vous preniez contact avec M. Davage de Christie's et que vous lui fassiez bien comprendre que vous enchérirez sur tous mes tableaux qui seraient mis en vente.

— Qu'est-ce qui vous fait croire qu'elle va les mettre aux enchères ?

— Christina n'aura pas le choix, affirma Faulkner. Si elle poursuit son projet d'acheter la maison de ses rêves en Floride, elle va se mettre dans le rouge.

— Et les tableaux ?

— Les murs de Limpton Hall seront dépouillés bien avant, tout comme son compte en banque.

Booth Watson était un homme qui savait quand cesser de poser des questions auxquelles il ne souhaitait pas connaître la réponse. Il fut soulagé que l'officier-surveillant Rose vienne l'informer que l'heure était écoulée.

Si les autorités pénitentiaires s'étaient montrées plus appliquées, elles auraient dû s'intéresser davantage aux lectures du prisonnier 4307, ainsi qu'au détenu qui l'accompagnait régulièrement lors de sa ronde dans la cour, et surtout au crime pour lequel celui-ci avait été condamné.

*

— Signez ici, ici, et là, dit Sir Julian en tendant son stylo à Mme Faulkner.

— Alors, c'est enfin terminé, commenta Christina une fois l'encre sèche. Franchement, je suis surprise que Miles ait accepté de se séparer de ses précieuses peintures, étant donné qu'il les a toujours aimées plus que moi. Mais bon, il pourra toujours les racheter quand elles seront mises aux enchères, et je veillerai à ce qu'elles ne partent pas à prix cassé.

Sir Julian haussa un sourcil.

— J'aurai un acheteur dans la salle qui fera en sorte qu'elles grimpent toutes bien au-delà de l'estimation du commissaire-priseur, expliqua Christina.

— Auquel cas vous enfreindrez la loi, madame Faulkner, ce que je vous déconseille fortement.

— Comment cela ?

— Vous aurez formé un consortium dont le seul but est de faire monter les prix à votre bénéfice, et soyez certaine que votre mari y aura songé.

— Ex-mari, le corrigea-t-elle en contemplant les papiers tout juste signés.

— Pas avant que lui aussi les ait signés, précisa Sir Julian.

— Quel autre choix lui reste-t-il, maintenant qu'il est enfermé ?

— Avec des heures entières pour réfléchir à rien d'autre que ce que vous préparez ? Rien ne lui ferait plus plaisir que de vous voir finir aussi en prison pour avoir enfreint une loi dont vous ignoriez l'existence. Je suppose même que ce serait l'une des rares occasions où Booth Watson serait ravi de plaider pour la Couronne.

— Dans ce cas, je devrai me contenter de leur prix de vente aux enchères.

— Je pense que c'est plus raisonnable, madame Faulkner. Et n'oubliez pas que vous avez déjà une offre à cinq millions pour Limpton Hall ; et j'ai reçu la confirmation que les cinq cent mille livres avaient été déposées par les avocats de l'autre partie.

— Je vais ainsi pouvoir verser un acompte pour la maison de mes rêves en Floride selon les mêmes termes.

— Quand envisagez-vous de partir vous installer aux États-Unis ?

— Dès que les tableaux seront vendus. Christie's a évalué la collection aux alentours de trente millions, et ils viennent les récupérer la semaine prochaine, pour leur vente de printemps. Le timing n'aurait pu être plus idéal.

— Vous êtes certaine que ce sont tous des originaux et non pas des copies ? s'enquit Sir Julian. Un tour dont serait parfaitement capable votre ex-mari.

— J'en suis sûre. Ils ont tous été authentifiés par les experts compétents de Christie's. Dans le cas contraire, je n'aurais jamais signé les papiers du divorce.

— Où habiterez-vous une fois Limpton Hall vendu ?

— Dans notre appartement d'Eaton Square. Il ne reste que quelques mois sur le bail, mais cela devrait suffire en attendant que je prenne résidence en Floride.

— Alors, tout est réglé. À moins qu'autre chose ne requière mon conseil ?

— Oui. J'ai un présent pour votre belle-fille, ou plus précisément, pour le Fitzmolean. C'est ma façon de remercier votre famille de tout ce que vous avez fait pour moi.

Elle ramassa le sac Sainsbury qui se trouvait à ses pieds et en sortit un petit tableau qu'elle présenta à Sir Julian pour qu'il l'admire. Il contempla émerveillé *Le Col en dentelle blanche* de Vermeer, le chef-d'œuvre dont Beth ne cessait de parler depuis qu'elle avait pris le thé avec Christina à Limpton Hall.

— C'est extrêmement généreux de votre part. Mais êtes-vous sûre de vouloir vous séparer d'un tableau d'une telle valeur ?

— Persuadée, répondit Christina. Après tout, il y en a soixante-douze autres.

*

Le téléphone sonnait de son côté du lit mais il ne réussit pas à le décrocher avant qu'une Beth enceinte jusqu'aux yeux ne se retourne en poussant un grognement.

— Désolé, murmura-t-il en attrapant le combiné. Qui est à l'appareil ?

— Hawksby.

— Bonjour, monsieur.

— Ramenez-vous à l'héliport de Battersea le plus vite possible, brigadier Warwick. Une voiture vient vous chercher dans deux minutes. Ne me faites pas attendre.

— Y a-t-il quoi que ce soit que je devrais savoir, monsieur ?

— Il neige, répondit Hawk le Faucon avant de raccrocher.

William reposa le combiné sur son socle et renfila à la hâte ses vêtements de la veille avant d'embrasser Beth qui poussa un second grognement quand il se dirigea vers la porte.

— Où pars-tu de si bon matin, homme des cavernes ?

— Si seulement je le savais, répondit-il.

Il referma la porte de la chambre avant qu'elle ne puisse poser d'autres questions auxquelles il ne saurait répondre.

Lorsqu'il sortit sur le seuil de l'entrée, il vit une voiture de patrouille s'arrêter devant chez lui.

— Bonjour, brigadier ! lança une voix familière lorsque le véhicule repartit sous les flocons qui volaient.

— Bonjour, Danny. Une idée de ce qu'il se passe ?

— Je ne suis pas habilité à le savoir. On m'a juste demandé de vous conduire à l'héliport de Battersea au plus vite pour que vous y retrouviez le commissaire divisionnaire Hawksby.

Danny accéléra le long de Royal Hospital Road, gyrophare enclenché mais sirène éteinte.

— On ne voudrait pas réveiller le voisinage, n'est-ce pas ?

— Ni Beth, ajouta William qui songeait à sa femme enceinte.

Ça ne tarderait plus maintenant.

Il y avait peu de circulation à cette heure indue, aussi Danny n'eut pas à user de ses tours habituels de conducteur talentueux, même si William dut tout de même s'agripper au tableau de bord chaque fois qu'il prenait un virage, comme s'ils étaient sur un circuit automobile.

— Je parie que Hawksby nous attend déjà sur le tarmac, fit remarquer William tandis qu'ils franchissaient le pont de Battersea comme une fusée avant de prendre un virage serré à droite.

— Assis dans l'hélicoptère, en fait, brigadier.

— Évidemment.

Ils franchirent les grilles d'entrée de l'héliport : William bondit hors de la voiture qui s'arrêtait dans un dérapage, manqua perdre l'équilibre en marchant dans la neige pour rejoindre l'appareil qui attendait. Il s'engouffra à l'arrière.

— Bonjour, monsieur, dit-il en bouclant sa ceinture.

— Le jour idéal pour ce que j'ai en tête, brigadier Warwick, répondit le commissaire divisionnaire tandis que les pales du rotor se mettaient à tourner. Comme vous n'allez pas tarder à le découvrir.

— Où allons-nous ?

— Mauvaise question. Ce n'est pas où nous allons qui compte, mais ce que nous cherchons. Alors gardez l'œil ouvert !

— Un indice ? demanda William tandis que l'hélicoptère s'élevait dans les airs.

Il regarda par-dessus son épaule et vit la Chambre des communes parée d'un manteau blanc, une image digne d'une carte postale.

— Pas si vous espérez une promotion.

L'appareil vira à gauche et se dirigea vers le sud-est, laissant Westminster derrière lui.

— Des observations à partager ? demanda Hawksby au bout de quelques minutes.

— Nous survolons Wandsworth, Southwark et Brixton, répondit William. Alors nous recherchons sans doute des immeubles, un en particulier.

— Vous y êtes presque, répondit le commissaire divisionnaire tandis que le pilote opérait un demi-tour pour revenir vers Brixton. Alors, qu'y a-t-il d'inhabituel ce matin ?

— Il neige abondamment, répondit William sans ajouter « et alors ? ».

— Vous êtes tellement malin, brigadier Warwick, vous pourriez avoir inventé l'eau chaude.

Ils passèrent au-dessus du pont de Battersea une seconde fois mais William n'était pas plus avancé, même si le commissaire divisionnaire savait exactement ce qu'ils recherchaient car ses yeux restaient braqués sur les immeubles en contrebas.

Le pilote fit demi-tour pour la troisième fois et suivit un trajet légèrement différent. Hawksby s'exclama soudain :

— C'est là, juste en face.

— Quoi donc ? demanda William tandis que l'appareil descendait en piqué pour tourner au-dessus d'un bâtiment en particulier.

— Regardez bien, brigadier Warwick, et dites-moi ce que vous voyez. Ou plus important encore, ce que vous ne voyez pas.

William scruta la neige qui tombait et laissa soudain échapper un cri de triomphe.

— J'ai compris !

— Qu'avez-vous compris, brigadier Warwick ?

— Il n'y a pas de neige sur ce toit.

— Qu'en concluez-vous ?

— Qu'il doit se situer au-dessus d'une usine de drogue où on fait pousser du cannabis.

— Pourquoi ?

— Parce que la chaleur des puissantes lampes à l'intérieur monte et fait fondre la neige.

— Du premier coup. Donc maintenant que nous avons découvert l'abattoir de Rashidi, nous pouvons passer à l'étape plus périlleuse : à savoir comment y entrer sans qu'il se doute que nous connaissons son secret le mieux gardé ?

Un travail pour votre agent sous couverture, songea William sans partager son point de vue tandis que l'hélicoptère retournait vers Battersea. S'il avait parlé à voix haute, le commissaire divisionnaire aurait approuvé, mais sans lui confier qu'il avait rendez-vous avec Marlboro Man plus tard dans la matinée.

*

— Combien ça va me coûter ?

— C'est un boulot facile, on entre on sort ; cinq mille devraient suffire, répondit son codétenu tandis qu'ils poursuivaient leurs déambulations dans la cour. Mais ça ne sera pas possible s'il y a quelqu'un sur les lieux.

— Il faudra opérer un vendredi alors, répondit Faulkner. C'est le jour de repos de la gouvernante, elle rend visite à sa mère à Sevenoaks. Elles déjeunent ensemble et vont au cinéma, puis elles passent la soirée chez sa mère. Elle revient rarement avant 23 heures.

— Vous êtes drôlement bien au courant de ses allées et venues pour quelqu'un qui est enfermé ici.

— Mon ex-femme a viré presque tout mon personnel, mais elle a gardé mon chauffeur. Il reçoit deux salaires par semaine, et c'est moi qui paie les deux.

— Et moi, comment je serai payé ?

— Makins, mon ancien majordome, attendra là-bas samedi soir prochain. Il a un autre travail à accomplir pour moi ce jour-là, alors si votre homme se pointe vers 19 heures, il pourra récupérer mille livres pour commencer.

— Et le reste ?

— Vous l'aurez quand il sera clair pour tout le monde que le boulot a été effectué.

Ils se serrèrent la main. La seule façon de conclure un marché en prison. Un long bourdonnement retentit et les prisonniers commencèrent à quitter la cour pour regagner leur cellule.

— Et le jeune homme ? demanda Faulkner quand ils se séparèrent. N'oubliez pas que nous aurons besoin de ses services la veille.

— J'ai la personne idéale pour ça. Mais ça vous coûtera mille de plus.

— Je dois téléphoner ce soir, murmura Faulkner en passant devant le gardien.

— Aucun problème, monsieur Faulkner. Je viendrai vous chercher vers 19 heures.

23

Christina le ramassa au club Tramp ; elle le nourrit, l'abreuva de champagne, puis le ramena chez elle à Eaton Square. Elle avait conscience que le contraire aurait été préférable, mais elle n'avait plus vingt-deux ans ni même trente-deux, et elle n'allait pas tarder à en avoir quarante-deux. À son réveil le lendemain matin, elle s'étonna de trouver Justin encore là, aussi appétissant que la veille. Béni soit-il.

Elle se glissa hors des couvertures et se rendit à la salle de bains où elle tenta de dissimuler quelques années sous du maquillage et un soupçon de parfum, avant de se remettre au lit et prétendre qu'elle venait seulement de se réveiller. Elle entreprit de caresser l'intérieur de la cuisse du jeune homme, éveillant lentement ses sens, jusqu'à ce qu'il ne puisse plus se retenir. Après avoir fait l'amour pour la troisième fois – ou était-ce la quatrième ? – ils prirent un long bain ensemble et un petit déjeuner plus long encore, au cours duquel elle découvrit que Justin était sans emploi. Mais quelle importance quand on était aussi mignon ?

Christina commença à envisager de le garder jusqu'à son départ pour la Floride. Au moment de partir, il lui demanda si elle pouvait lui avancer cinq livres pour le taxi. Elle lui en donna dix, et ils convinrent de se retrouver le soir pour dîner. Elle consulta sa montre : elle allait devoir se dépêcher si elle voulait être à Limpton Hall pour 11 heures, où elle superviserait le chargement des tableaux pour Christie's.

Quand elle quitta l'appartement, le chauffeur la salua et lui ouvrit la portière de la Bentley. Elle grimpa, Eddie s'installa au volant et ils partirent pour le Hampshire.

Une fois les tableaux récupérés par Christie's, Christina comptait demander à Partridge dans Bond Street d'estimer les meubles : elle n'avait aucune intention d'emporter quoi que ce soit en Floride qui pourrait lui rappeler Miles. Un instant, elle eut presque de la peine pour lui. Mais rien qu'un instant. Dix ans, c'était plus que ce qu'elle imaginait mais rien de moins que ce pour quoi elle avait prié.

Une heure plus tard, alors qu'ils traversaient le village de Limpton, elle repensa à Justin et réfléchit au restaurant où elle l'emmènerait dîner. Une voiture de police les doubla à cet instant. Chez Annabelle était un choix évident. Il y avait peu de chance qu'il séduise une autre femme là-bas. Celles-ci seraient soit désintéressées soit rebutées par son statut financier. Elle se rendit compte alors qu'il ne lui avait pas donné son numéro de téléphone et qu'elle ne connaissait pas son nom de famille.

Eddie tourna à gauche pour quitter la route principale et s'engagea dans l'allée qui menait à une seule maison, Limpton Hall. C'est à ce moment-là qu'elle vit la fumée. Il n'y avait personne dans la guérite lorsqu'ils franchirent les grilles du portail. Elle avait renvoyé le gardien, le majordome, le cuisinier et le jardinier quelque temps auparavant, et n'avait gardé à son service que la gouvernante et le chauffeur pour s'occuper d'elle les rares fois où elle se rendait dans sa maison de campagne.

Bien avant d'atteindre le bout de l'allée, Christina se mit à hurler avec hystérie. Des flammes orange foncé s'élevaient dans les airs et crépitaient en s'extirpant d'épais nuages de fumée noire. Il était évident que les trois camions de pompiers à proximité livraient une bataille perdue d'avance.

Quatre heures plus tard, malgré les courageux efforts des soldats du feu, tout ce qu'il restait de Limpton Hall était un gros tas de gravats et de cendres encore fumantes, ainsi qu'un énorme nuage noir qui obscurcissait le soleil. Christina n'avait pas remarqué qu'Eddie n'avait pas paru surpris.

*

— Tu te laisses pousser la barbe, homme des cavernes ? demanda Beth après le dîner ce soir-là.

Elle se pencha au-dessus de la table de la cuisine et caressa les poils sur son menton.

— Cela dépend du temps que va durer ma mission du moment.

— Pas trop longtemps, j'espère, dit-elle en se levant pour remplir le lave-vaisselle pendant qu'il débarrassait la table. Quel est le programme pour ce soir ? À supposer que l'on ne t'appelle pas au dernier moment pour sauver le monde ?

— J'espérais qu'une belle demoiselle me caresserait les cheveux pendant que je regarderais les résultats du foot.

— Bien essayé, homme des cavernes. J'ai déjà choisi un film qui conviendra à tes goûts de bas étage j'en suis sûre.

— Avec beaucoup de femmes sexy ?

— Non, mais les hommes sont canons, répliqua-t-elle en fermant le lave-vaisselle avant de commencer à dresser la table pour le petit déjeuner.

— Puis-je savoir ?

— *Les Canons de Navarone*, avec David Niven et Gregory Peck, répondit Beth quand ils se rendirent au salon.

— J'aurais préféré voir Kerry Dixon marquer le but de la victoire contre Arsenal.

— Dans ce cas, ce n'est pas de chance pour toi. Mais avant de me laisser séduire par David Niven, je dois te parler d'une chose plus sérieuse.

— Voilà qui est inquiétant.

— Un poste important va se libérer au Fitzmolean.

— Vas-tu postuler ?

— Non, je n'ai pas les qualifications requises. Mais toi oui, poursuivit Beth en s'asseyant avec précaution sur le canapé avant de lui prendre la main.

— Éclaire ma lanterne, comme dirait Hawksby.

— Le Fitz recherche un nouveau chef de la sécurité.

— Voilà qui paraît très excitant, commenta William en étouffant un bâillement.

— Ce qui est excitant, ce sont les horaires de 9 heures à 17 heures, cinq jours par semaine, avec trois semaines de congés payés par an. Et l'argument décisif : le salaire est supérieur à celui d'un brigadier de la Met.

— C'est le boulot parfait pour un policier à la retraite qui veut arrondir ses fins de mois.

— Je savais que tu dirais ça. Mais promets-moi au moins d'y réfléchir.

— C'est tout réfléchi. Maintenant, peut-on regarder le film ?

— Pas encore, parce que j'ai une autre nouvelle, bien moins réjouissante.

— Tu serais mon patron ?

— Je le suis déjà. Non, sois sérieux une seconde, poursuivit-elle sans lâcher sa main. Christina a téléphoné juste avant ton retour ce soir. Elle était dans tous ses états. Elle a dit qu'elle avait besoin de me voir de toute urgence. J'ai aussitôt pensé qu'elle avait changé d'avis à propos du Vermeer.

— Ce n'est pas ce à quoi j'aurais pensé en premier, avoua William. Mais tu es de nature à voir le verre à moitié plein.

— L'inauguration du tableau est la semaine prochaine, au cas où tu l'aurais oubliée.

— Je suppose qu'elle dramatise au sujet d'une chose qu'aurait faite son ex-mari, répliqua-t-il en allumant le poste de télévision. Mais que peut-il accomplir alors qu'il est en prison ?

— Je l'ignore, mais elle était bouleversée, assura-t-elle tandis que le générique de début défilait. Et je ne saurais pas quoi faire si...

— Chut..., la coupa William alors qu'elle s'installait dans ses bras. Voilà qui est prometteur.

Beth commençait à savourer la compagnie de David Niven et de Gregory Peck, même si William s'était endormi, quand tout à coup, celui-ci se redressa d'un bond en s'écriant :

— Pourquoi n'y ai-je pas pensé avant ?

— À quoi ?

— À la façon d'entrer dans un immeuble sans être vu.

*

Elles avaient convenu de se retrouver au Fitzmolean le lendemain à 9 heures, ce qui inquiétait encore plus Beth. 9 heures n'était pas un horaire qu'elle associait normalement à Christina. Et cela n'arrangea rien que celle-ci éclate en sanglots sitôt qu'elle vit un tableau drapé de velours accroché dans l'entrée. Elle se mit à expliquer par à-coups à Beth pourquoi elle avait besoin de la voir aussi urgemment. Beth songea qu'elle avait contemplé *Le Col en dentelle blanche* pour la dernière fois.

— Il a fait quoi ? s'exclama-t-elle, incapable de croire ce que lui racontait Christina.

— Miles a incendié la maison et volé mes tableaux.

— Mais il est en prison.

— Parmi certains des pires criminels du pays, qui ne demandent qu'à rendre service, tant que le prix est correct.

— Il y a au moins une consolation : l'assurance va couvrir vos pertes.

— Non, elle ne le fera pas.

— Pourquoi cela ?

— Parce que Miles a délibérément laissé expirer l'assurance.

— Mais la compagnie ne vous a-t-elle pas prévenue que votre police arrivait à expiration ?

— Si. Mais puisque j'avais déjà une offre à cinq millions pour la maison, et que l'acheteur avait déposé un acompte d'un demi-million, j'ai supposé que la vente s'effectuerait rapidement. Mais bien sûr maintenant l'acheteur a retiré son offre et veut que je lui rende sa caution.

— C'est compréhensible, dit Beth en tentant de réfléchir aux conséquences. Mais pourquoi n'avez-vous pas au moins continué d'assurer les tableaux ?

— Parce qu'une fois qu'ils étaient en possession de Christie's, ils étaient couverts par l'assurance de la société de vente aux enchères. J'avais déjà signé un contrat avec eux, et ils devaient venir récupérer les tableaux lundi, alors je n'y ai pas réfléchi plus que ça. Mais Miles si, à l'évidence.

— S'il a demandé à quelqu'un de mettre le feu à la maison, cela se saura, car il va y avoir une enquête de police étant donné à qui on a affaire.

— C'est peu probable. Aucune compagnie d'assurances n'a à verser de prime, et le rapport du chef des pompiers n'indique aucune cause suspecte à l'incendie. Une vieille demeure, dotée de branchements électriques défectueux, personne sur les lieux.

— Quel cauchemar.

— Le tout orchestré par Miles. Et le pire, c'est que j'ai versé un acompte pour la maison de mes rêves en Floride et que si je ne finalise pas l'achat dans les trois semaines...

Christina fondit en larmes.

— En outre, savoir qu'il a volé les tableaux et qu'il s'en sort indemne n'arrange rien.

— Mais vous disiez que Miles avait prévenu Christie's que s'ils étaient mis aux enchères, il voudrait les acheter.

— Il a dit cela parce qu'il savait qu'il n'aurait pas à le faire. Comme l'acompte pour la maison, cela faisait partie d'un piège élaboré. Et je suis tombée dedans.

— Dans ce cas, il faut que nous retrouvions les tableaux et que nous veillions à ce qu'il ne s'en tire pas impunément.

— Il est bien trop tard pour cela. Ils doivent déjà être à l'autre bout du monde.

— Pardonnez-moi cette question, hasarda Beth, mais cela signifie-t-il que la galerie va devoir vous rendre le Vermeer ?

— Je n'ai pas d'autre choix. Sinon, je perdrais ma caution sur la maison en Floride et je serais complètement ruinée.

Christina marqua une pause avant de poursuivre.

— Ce qui est l'objectif de Miles depuis le début.

Beth garda le silence quelques instants.

— À moins bien sûr que William ne réussisse à prouver que Miles a retiré les tableaux avant d'incendier la maison.

*

— Auriez-vous par hasard des contacts au sein des SAS, les commandos britanniques aéroportés, monsieur ?

— Vous voulez vous engager, William ? demanda Hawksby, en levant les yeux de derrière son bureau.

— Pas pour le moment, monsieur.

— Pourquoi cette question, dans ce cas ?

— Je crois que j'ai trouvé un moyen d'entrer dans l'abattoir de Rashidi sans avoir à prendre ni les escaliers ni l'ascenseur.

— Lorsque j'ai fait mon service national, mon supérieur était le commandant Jock Stewart qui jouait demi de mêlée pour l'armée et boxait pour le régiment. Mais ses exploits de jeune agent dans les SAS pendant la Seconde Guerre mondiale sont de la fiction. Un mélange de héros de romans d'aventures.

— L'homme idéal, commenta William. Comment puis-je prendre contact avec lui ?

— On ne prend pas contact avec les commandos des forces spéciales. Ce sont eux qui se rapprochent de vous, et seulement quand ils veulent vous tuer.

— Très drôle, monsieur. Et si je ne veux pas être tué ?

— Stewart a fini colonel dans les Coldstream Guards, donc l'officier adjoint saura sûrement comment le joindre. Mais attention, s'il grogne, cherchez un sous-bois où vous cacher.

24

Ils avaient choisi l'heure avec soin.

Il longea le mur sud de la cathédrale jusqu'à la porte de la sacristie. La chorale venait de chanter les matines et ne reviendrait qu'au service suivant, un baptême à 14 heures.

Il tourna la poignée, poussa la lourde porte et pénétra dans l'édifice. Il savait exactement où il allait ; il faut dire qu'il avait pratiqué cet exercice de nombreuses fois auparavant, et pour plusieurs suppliants différents.

— Bonjour, mon enfant, dit-il en passant devant une femme de ménage dans le couloir.

— Bonjour, mon père, répondit-elle en s'inclinant légèrement.

Il avait appris au fil des années qu'en feignant d'évoluer dans son milieu naturel, on évitait les questions.

Il disparut dans la sacristie, soulagé que le dernier choriste soit parti. Il se dirigea vers une cabine marquée Père Michael Seed, son confesseur, et vieil ami, avec qui il avait peu en commun en dehors d'une taille similaire.

Il retira sa veste et sa cravate et les remplaça par une longue soutane noire, un surplis, l'orfroi et un col romain qui feraient du profane qu'il était un prêtre pendant une heure. Il se sentait comme un imposteur mais il espérait que le Tout-Puissant lui pardonnerait cette transgression et comprendrait qu'il agissait pour la bonne cause.

Un regard dans le long miroir sur le mur le fit culpabiliser encore plus. Il revint dans le couloir et se dirigea vers la nef. Il marchait d'un pas sûr et passa devant la chapelle du Saint-Sacrement, sans aucune envie de s'arrêter et de discuter avec les paroissiens, même s'il était bien entraîné à jouer le prêtre vaquant à ses devoirs pastoraux au cas où l'un d'entre eux l'interrogerait.

Arrivé dans un coin isolé sous une statue en bronze de saint Benoît, il pénétra dans l'espace exigu et s'installa en attendant d'entendre la confession du seul pécheur avec lequel il avait rendez-vous.

Au bout de quelques minutes, la porte du confessionnal s'ouvrit et quelqu'un entra et s'assit. Il tira le rideau rouge.

— Bonjour, mon père, dit une voix qu'il reconnut aussitôt.

— Bonjour, mon fils.

— Pardon car cela fait longtemps que je ne me suis pas confessé mais ma vie a été mouvementée.

— En quoi puis-je vous aider ? demanda le commissaire divisionnaire en utilisant leur code.

— Comme vous le savez, lors de ma dernière confession, mon père, Tulipe était à l'hôpital après avoir ingéré un ballot de cocaïne afin d'éviter d'être arrêté. Je dois confesser que j'espérais qu'il mourrait.

— C'est en effet un péché mortel, mon fils. Mais que d'après moi, compte tenu des circonstances, le Seigneur pourrait comprendre.

— En son absence, je suis devenu coursier pour plusieurs dealers, dont je sens que je dois partager les noms avec vous, afin d'expier mes péchés.

— Que Dieu vous bénisse et vous protège.

Un papier fut glissé à travers le treillis de la paroi de séparation. Le commissaire divisionnaire y jeta un rapide coup d'œil et fut heureux d'y apprendre le nom de plusieurs nouveaux pécheurs qu'il ne connaissait pas.

— Que le Seigneur ait pitié de leurs âmes, dit-il en fourrant le papier dans sa poche. Mais avez-vous localisé le nid de la Vipère ?

— L'arrestation de Tulipe pour le meurtre d'Adrian Heath a laissé une place vacante dans la hiérarchie, mon père, et j'ai été promu, ce qui arrive assez souvent sur un champ de bataille.

— Et ?

— Bâtiment A, tours Mansfield, Lavenham Road à Brixton, lui répondit-on aussitôt.

— Ce qui confirme nos propres informations. Ai-je aussi raison de penser que le QG de Rashidi se trouve tout en haut de l'immeuble ?

— Les trois derniers étages. Le vingt-cinquième étage est celui où ils cultivent le cannabis. Au vingt-quatrième, ils conditionnent la drogue pour les dealers de rue. Héroïne, cocaïne, Ecstasy et cannabis.

— Et au vingt-troisième ?

— C'est le centre de distribution. Où les dealers viennent chercher leur marchandise et remettent leur recette.

— Qui gère tout ça ?

— Rashidi a quatre adjoints. Tous sont sur la liste que je viens de vous donner : un avocat rayé du barreau, un comptable qui a perdu sa licence, un médecin banni de l'ordre et un ancien directeur commercial renvoyé de chez John Lewis pour détournement de fonds. Il se fait tellement d'argent maintenant qu'il n'a plus besoin d'en piquer. Rashidi a aussi un bras droit, mais je n'ai pas réussi à découvrir ni son nom ni où il habite ; je suis quasiment sûr que ce n'est pas dans le bâtiment. Toute l'opération est dirigée comme une entreprise de la City.

— Et côté sécurité ?

— Il y a quatre guetteurs qui surveillent les alentours de l'immeuble en continu. Il y a deux entrées à l'abattoir au vingt-troisième étage : la porte principale, en acier renforcé, qui ne s'ouvre que de l'intérieur et qui dispose d'une grille pour que le gardien puisse vérifier qui entre. Les portes sont sécurisées par les mêmes systèmes qu'utilise la mafia new-yorkaise. Cependant, ce n'est pas le plus gros problème. Rashidi n'utilise pas cette porte. Il dispose de son entrée privée.

Le commissaire divisionnaire laissa la confession se poursuivre.

— Les bâtiments A et B sont mitoyens et reliés par une galerie au vingt-troisième étage. Rashidi possède un grand appartement au vingt-deuxième étage du bâtiment B, alors au moindre pépin, il peut être hors d'atteinte avant que quiconque ne soit devant la porte de son atelier.

— Et pour l'ascenseur ?

— Il faut quarante-deux secondes pour atteindre le vingt-troisième étage et la cabine est en permanence surveillée par un type du nom de Pete Donoghue qui montera à l'abattoir à la seconde où l'un des guetteurs signalera un mouvement suspect. Bien avant que les unités armées n'aient gravi les escaliers jusqu'au vingt-troisième étage, enfoncé la porte en acier renforcé et se soient frayé un chemin dans l'abattoir du bâtiment A, Rashidi sera devant son poste de télévision dans son appartement du bâtiment B, et il n'en ressortira pas avant que la voie ne soit libre.

— Et pour ses employés ?

— La plupart sont des immigrés clandestins et des petits délinquants, que Rashidi loge dans de minuscules appartements miteux du bâtiment A. S'il y avait un problème, ils devraient sortir par la porte d'entrée, alors vous en épingleriez quelques-uns mais pas Rashidi ni son bras droit.

— À quelle fréquence Rashidi se rend-il sur place ?

— Il y va pour récupérer l'argent entre 20 heures et minuit tous les jours du lundi au jeudi. Il est toujours accompagné de deux ex-taulards armés qui s'assurent que personne ne s'approche de leur patron à moins d'avoir rendez-vous.

— Il faut que je sache à qui appartiennent les deux bâtiments, déclara le commissaire divisionnaire.

— Je n'ai aucun moyen de découvrir cela, monsieur, mais je ne serais pas étonné que Rashidi lui-même en soit propriétaire. Il est ingénieux et bien organisé, et comme tous les sociopathes, il se ficherait que vous tuiez son meilleur ami. À bien y réfléchir, je ne suis pas sûr qu'il ait des amis.

Il marqua une pause avant de conclure.

— Je n'ai rien d'autre à confesser, mon père.

— Merci, Ross, dit le commissaire divisionnaire. Vous nous avez fourni, à l'équipe et à moi, assez de munitions pour enclencher la phase suivante de notre plan.

— Et je pourrai vous en avoir d'autres, monsieur, parce que je suis déterminé à être présent le soir de l'attaque. Faites-moi savoir quand vous aurez arrêté une date.

— Sans faute. Mais ne prenez aucun risque inconsidéré. Vous en avez déjà beaucoup fait. À la seconde où vous voulez vous retirer, vous n'aurez qu'un mot à dire. Un poste d'inspecteur s'est libéré à Hackney et je serais ravi de vous recommander.

— Je ne sais pas si je pourrai renfiler l'uniforme, après tout ce temps.

— Ça se comprend. Mais si vous changez d'avis, prévenez-moi via les canaux habituels.

— Entendu, monsieur, répondit Ross. J'espère que vous m'arrêterez en personne quand les gars feront leur descente à l'abattoir.

— Bonne idée, mais je laisserai l'Enfant de Chœur s'en charger.

— Je le reconnaîtrai ?

— Vous ne pourrez pas le rater, répondit Hawksby avec un sourire que Ross ne pouvait pas voir de l'autre côté du treillis. Vous feriez mieux de partir maintenant ; moi, je vais m'attarder encore un peu. Et Ross, je sais que c'est insuffisant, mais merci.

Hawksby entendit la porte s'ouvrir et se refermer. Il réfléchissait à la manière dont il pourrait faire monter tous ses hommes jusqu'au vingt-troisième étage avant que Rashidi ne puisse s'échapper quand une voix s'éleva.

— Pardonnez-moi, mon père, parce que j'ai péché. J'implore la miséricorde du Seigneur.

Au secours, songea Hawksby, vous n'êtes pas mon genre de pécheur. Mais il se contenta de répondre :

— Quelle faute avez-vous commise, mon enfant ?

— Je convoite la femme de mon voisin.

— Avez-vous eu des relations charnelles avec elle ?

— Non, mon père. Mais la Bible dit que la pensée est aussi mauvaise que l'action.

Dans ce cas, je suis coupable de plusieurs meurtres, songea Hawksby, dont ceux de Faulkner et de Rashidi.

— En effet, mon fils. Vous avez commis un péché très grave, et vous devez repousser la tentation du Malin et chasser ces idées impures de votre esprit.

— Et si je n'y arrive pas, mon père ? Serai-je voué à la damnation éternelle ?

— Non, mon enfant. Pas si vous vous repentez de vos péchés et retournez sur le droit chemin. Je vous salue Marie, mère de Dieu…

— Merci, mon père, lui répondit une voix empreinte de soulagement avant que la porte ne s'ouvre et ne se referme de nouveau.

Hawk le Faucon ne perdit pas une seconde de plus car il n'avait aucune envie de s'occuper d'un autre pécheur sans rendez-vous. Il sortit avec précipitation du confessionnal et traversa presque en courant la sacristie. Il dut ralentir lorsqu'il aperçut le cardinal-évêque de Westminster qui venait à sa rencontre. Il mit un genou à terre et embrassa sa bague. Le cardinal exécuta le signe de croix.

— Dites-moi, commissaire divisionnaire, avez-vous accompli l'œuvre de Dieu ?

— Je crois avoir sauvé un pécheur aujourd'hui, Votre Grace, répondit-il.

— Alors espérons que vous en serez récompensé sur Terre comme au Ciel, mon enfant.

*

— Au vu des dernières révélations de MM, déclara Hawksby quand il présida la réunion d'équipe suivante, le directeur a donné son feu vert. Nous avons à notre disposition toutes les ressources de la Met dans le cadre de ses attributions, et nous disposons même d'un budget convenable. Cependant, il y a une condition.

— Il y en a toujours une, fit remarquer Lamont.

— Le directeur insiste sur le fait que notre priorité est d'arrêter Rashidi et son cercle rapproché tout en récoltant suffisamment de preuves pour les mettre en prison jusqu'à la fin de leurs jours. Fermer cette usine de fabrication de stupéfiants et épingler quelques coursiers, ou même des dealers, ne suffit pas. Rashidi est tout à fait capable de passer entre les mailles du filet et d'ouvrir boutique ailleurs dans la ville en quelques semaines, voire quelques jours. Il a sûrement déjà une autre usine quelque part prête à tourner. Mettez-moi au parfum, brigadier Warwick. Où en sommes-nous de l'enquête ?

— L'agent Adaja et moi-même travaillons sur le terrain à Brixton depuis plusieurs semaines.

— Ce qui explique pourquoi vous n'êtes rasés ni l'un ni l'autre, et pourquoi vous avez l'air d'avoir dormi dans les bois.

— Il faut bien se fondre dans la population locale, répliqua Paul.

— Non seulement nous avons la confirmation du bâtiment où se trouve l'abattoir, annonça William, mais grâce aux informations détaillées de MM – et d'ailleurs, j'en profite pour présenter mes excuses pour avoir douté de lui, monsieur, parce que si Jackie et moi l'avions arrêté avec Tulipe à Felixstowe, nous serions encore en train d'essayer d'assembler les pièces…

Le commissaire divisionnaire leva la main pour l'arrêter.

— Revenons-en au présent, brigadier Warwick, et oublions le passé.

Il fit un clin d'œil à Jackie puis William reprit.

— J'ai consulté plusieurs agents immobiliers pour essayer de louer un appartement dans le bâtiment A, afin de pouvoir aller et venir sans éveiller les soupçons. Mais c'est impossible, car il s'avère que l'immeuble est enregistré au nom d'une société écran, qui appartient sans doute à Rashidi.

— En revanche, il y a deux appartements non occupés dans le bâtiment B, intervint Paul, qui sont loués par le conseil municipal de Lambeth. L'un d'eux serait idéal pour ce que nous avons en tête.

William se leva et marcha jusqu'au grand tableau blanc recouvert de diagrammes, de flèches et de photos, l'une d'elles montrait deux immeubles reliés par une passerelle couverte.

— L'appartement auquel je pense se situe au vingt-troisième étage, non loin de la galerie.

— Beau travail, les félicita le commissaire divisionnaire. Cependant, ce devrait être l'agent Adaja, et non vous, brigadier Warwick, qui loue cet appartement. S'il parvient à faire entrer en douce quelques-uns de nos hommes, quand Rashidi tentera de s'enfuir par la passerelle, il tombera sur le comité d'accueil.

— « En douce » risque de poser problème, monsieur, répliqua William. Il nous faut au moins une demi-douzaine d'agents pour arrêter Rashidi et maîtriser ses hommes de main. Et il ne sera pas facile de faire monter une division armée tout entière jusqu'au vingt-troisième étage du bâtiment B avant que Rashidi ne s'enfuie. Mais j'y reviendrai plus tard.

— Et le toit ? demanda Jackie. Est-ce qu'il pourrait s'enfuir par là ?

— C'est peu probable, répondit Paul. La seule façon de sortir est l'escalier de secours et il tomberait sur nous qui montons pendant qu'il descend.

— Non, la galerie sera son issue de choix parce que, une fois qu'il sera dans son appartement du bâtiment B, nous n'aurons aucun moyen de le relier avec ce qui peut se passer dans l'immeuble d'à-côté.

— Et pour le type qui surveille l'ascenseur du bâtiment A ? s'enquit Hawksby en regardant de plus près un diagramme détaillé punaisé sur le mur. Peut-on le désarmer et prendre le contrôle de l'ascenseur ?

— Pete Donoghue, expliqua William en montrant une photo d'un homme qui aurait pu jouer les malfrats dans un film noir sans avoir besoin de passer au maquillage.

— Il a fait de la prison pour coups et blessures et vol à main armée, intervint Lamont. La dernière fois qu'il a été arrêté, il a fallu trois officiers pour le maîtriser pendant que je lui passais les menottes.

— On ne peut pas s'approcher de l'ascenseur sans qu'il nous voie, ajouta Paul. Plusieurs des employés de Rashidi préfèrent prendre l'escalier plutôt que de partager la cabine avec ce voyou.

— Même si on pouvait atteindre l'ascenseur, il reste les guetteurs qui sont postés là, là, là et là, indiqua William en montrant les quatre croix sur le plan de rue. Si l'un d'eux a le moindre soupçon, l'ascenseur disparaît dans les étages et ne revient au rez-de-chaussée que lorsque l'alerte est passée.

— Comme les sirènes anti-raid pendant la dernière guerre, commenta Hawksby en dévoilant son âge.

— Je vous crois sur parole, monsieur, répliqua Paul.

— Comment avez-vous réussi à récolter autant d'informations sans vous faire repérer par les guetteurs ? demanda Hawksby sans tenir compte de la remarque.

— Nous avons fait régulièrement le trajet à l'étage d'un bus à impériale, monsieur, expliqua William. Les bus 3, 59 et 118 passent devant les deux bâtiments plusieurs fois par heure.

— D'ailleurs, ajouta Paul, le numéro 118 s'arrête juste devant le bâtiment A, et c'est ainsi que nous avons pu déterminer où étaient postés les guetteurs. J'ai aussi identifié plusieurs dealers, parce que ce sont les seuls qui sont autorisés à se diriger vers l'ascenseur sans être interrogés. Mais je ne me suis toujours pas risqué à descendre du bus à proximité de ce qui est presque une forteresse.

— Combien de temps faudrait-il à une unité d'intervention armée pour monter jusqu'au vingt-troisième étage par les escaliers s'ils ne parvenaient pas à l'ascenseur à temps ? demanda Lamont.

— MM l'a fait en sept minutes trente, affirma Jackie, mais avec l'ascenseur qui peut y être en quarante-deux secondes, Rashidi a plus que le temps de s'échapper par la passerelle et de s'installer dans son appartement avant que le premier agent n'atteigne la porte.

— Donc, comment gagner le vingt-troisième étage en moins de quarante-deux secondes ? demanda Lamont.

— Je crois que William a trouvé une réponse à cette question, intervint Hawksby.

25

— Mes sincères condoléances, Miles, pour la perte de votre collection si unique. Je sais combien ces tableaux comptaient pour vous et qu'ils soient détruits de façon aussi cruelle doit être dévastateur.

— Merci, BW, j'apprécie votre sollicitude, répondit Faulkner, d'un air qui exprimait, espérait-il, la dévastation.

— Je sais bien sûr que vous aviez prévu de racheter Limpton Hall, et avec le temps...

— Les peintures étaient bien plus importantes pour moi que la maison et j'attends de vous que vous récupériez mes cinq cent mille livres au plus vite.

— Les papiers sont déjà rédigés. Au moins le Vermeer est sauf dans son nouveau foyer, au Fitzmolean.

— Pas pour longtemps.

— Je ne comprends pas, répliqua Booth Watson.

— Vous n'avez pas à comprendre, BW. Disons seulement que j'ai un plan pour le réunir avec le reste de la collection.

*

— C'est très aimable à vous d'accepter de me rencontrer, colonel, dit William quand les deux hommes se retrouvèrent à l'accueil. Je sais que le commissaire divisionnaire est impatient de vous revoir.

— Hawksby était l'un de mes meilleurs officiers subalternes. Il aurait fait un bon soldat, affirma le colonel en suivant William dans l'ascenseur. Je suis content de revoir ce jeune homme après toutes ces années.

William réprima un sourire en sortant de la cabine et conduisit le colonel le long du couloir jusqu'au bureau du commissaire divisionnaire. Il frappa à la porte et quand ils entrèrent, Hawksby se mit au garde à vous.

— C'est un honneur de vous revoir, monsieur.

— À mon âge, je m'étonne toujours que les gens se souviennent de moi, rétorqua le colonel tandis qu'ils se serraient la main.

— Comment oublier ? répliqua Hawksby. Ma génération a grandi avec Colditz, Dunkerque et Navarone.

— Alors ce n'est pas David Niven qui a mené l'attaque ? intervint William pour entrer dans le jeu.

— Non, répondit le colonel, mais je ne m'en plains pas. Que Niven décroche le rôle n'a pas mis ma réputation auprès des dames en péril. Alors, en quoi puis-je être utile ?

— Puis-je vous demander, colonel, si l'idée du brigadier Warwick est valable ?

— Très certainement et surtout je connais l'homme parfait pour cette mission. Il fait d'ailleurs déjà partie de vos effectifs. Quand le brigadier Scott Cairns a quitté le régiment, il a été recruté par la Met pour monter sa division de contre-terrorisme, ce qui est plus ou moins les SAS mais sous un uniforme d'une autre couleur. Je crois que cette unité est tout à fait opérationnelle maintenant, même si elle est restée dans l'ombre.

— Eh bien nous allons devoir la mettre en lumière, déclara William. Comment puis-je joindre le brigadier Cairns ?

— Je l'ignore mais je ne serais pas étonné qu'il se terre quelque part dans ce bâtiment.

— Scotland Yard emploie plus de deux mille personnes réparties dans plus de trois cents bureaux sur dix-neuf étages, mais s'il est ici, je l'aurai trouvé avant la fin de la journée, assura Hawksby. Maintenant, il ne nous reste plus qu'à espérer que nos hommes sont aussi doués que vous l'étiez.

— Ils sont encore meilleurs, assura le colonel. Nous étions une bande d'amateurs en comparaison. Cette nouvelle équipe est composée de professionnels hautement entraînés qui feront tout ce qu'il faut pour accomplir la mission.

— Mais sont-ils aussi fous ? s'enquit Hawk le Faucon.

— Fous à lier ! Ça reste la seule qualification requise pour ce travail. Mais maintenant que j'ai résolu votre problème, puis-je vous demander une faveur ?

— Tout ce que vous voulez, affirma Hawksby.

— Puisque j'ai réussi à pénétrer Scotland Yard sans me faire arrêter, pourrais-je avoir une visite guidée de son Black Museum ?

*

— Pour quand est prévue la naissance ? demanda Christina, au moment où William quittait l'autoroute et suivait les panneaux pour Limpton sous un flot de souvenirs.

— Bientôt maintenant, répondit Beth.

— Vous devez être impatients tous les deux.

— William a l'esprit occupé par une chose ou deux en ce moment.

— Qu'est-ce qui pourrait être plus important que votre premier enfant ?

— Incendie criminel et vol d'œuvres d'art, répondit William. Mais j'espère avoir résolu ces deux affaires avant qu'Alexander ou Vivien ne se présente.

— Boadicée ou Léonard, répliqua Beth. Comme vous le voyez, nous n'avons pas encore choisi de prénom. Mais concentrons-nous sur l'incendie pour le moment.

— Prouver qu'un incendie est criminel n'est jamais aisé, intervint William. À moins qu'il n'y ait des preuves flagrantes comme des traces d'accélérant sur le plancher ou un chiffon imbibé d'essence dans la boîte aux lettres. Le genre d'erreurs grossières dont seuls les amateurs pensent réchapper.

— Et les professionnels ? demanda Christina.

— Une pile de mouchoirs en papier sous une charpente en bois près d'un chauffe-eau électrique et il ne manque plus qu'une allumette. Les pyromanes ne sont pas nombreux en prison car c'est l'un des crimes les plus faciles à commettre sans se faire prendre. Alors, nous allons nous concentrer sur le moyen de prouver que Miles a volé les tableaux avant que la maison ne soit dévorée par les flammes.

— Évidemment qu'il les a volés.

— Aussi convaincue que vous en soyez, Christina, et je ne dis pas que je ne suis pas d'accord avec vous, il faut tout de même des preuves concrètes pour porter l'affaire devant un tribunal. Sans preuve, la cour raillera les récriminations agaçantes d'une ex-femme en colère.

— William, le coupa Beth d'un ton sec, c'est très cruel après tout ce que Christina a traversé.

— Je suis de son côté, affirma-t-il. Mais à moins de trouver une preuve, nous perdons tous notre temps.

Il tourna à cet instant dans l'allée qui menait à Limpton Hall. Cette fois, il roula au pas.

— Par où commençons-nous alors ? s'enquit Christina.

— Nous passons tout le site au peigne fin, comme on dit.

— Que cherchons-nous ? demanda Beth.

— Tout ce qui a survécu au feu.

William passa devant la cabine abandonnée du gardien et remonta l'allée sans trop savoir à quoi s'attendre. Il évita de justesse d'emboutir un arbre quand il découvrit ce qu'il restait du magnifique manoir de style Lutyiens qui s'élevait autrefois fièrement sur la colline et surplombait la campagne environnante : des cendres et des décombres.

William gara la voiture dans l'allée, en ouvrit le coffre et en sortit trois combinaisons, des bottes de pluie et des gants en caoutchouc. Une fois qu'ils eurent tous les trois enfilé leur tenue, ils avancèrent jusqu'à ce qui était autrefois la porte d'entrée.

— Bon, déclara William. Nous devons être aussi méthodiques que possible. Nous commencerons par ce côté et nous avancerons en ligne droite, puis nous ferons trois pas sur la droite et nous recommencerons dans l'autre sens. Si vous trouvez quoi que ce soit qui a survécu aux flammes, dites-le moi.

— Est-ce que ça, ça compte ? demanda Beth en se penchant pour ramasser le heurtoir de la porte d'entrée au milieu des cendres.

— C'est un début prometteur, répondit William après l'avoir examiné.

Il laissa tomber leur première trouvaille dans un grand sac-poubelle noir.

Quelques minutes plus tard, Beth encore. Cette fois, il s'agissait d'un robinet de baignoire. Puis Christina qui ajouta un œuf en marbre.

— Je l'ai acheté en vacances à Athènes, dit-elle quand William l'examina de plus près avant de le mettre dans le sac.

Un peu de temps s'écoula puis William demanda :

— Qu'est-ce que c'est, ça ?

Tous trois contemplèrent la dernière trouvaille puis Christina expliqua :

— C'est le mécanisme pour remonter la vieille horloge de mon grand-père. Un cadeau de mariage, ajouta-t-elle avec tristesse.

— Excellent, commenta-t-il en le fourrant dans le sac.

— Pourquoi ? demanda Beth.

— Plus tard... Nous n'en avons pas assez encore. Mais tu devrais peut-être te reposer ? proposa-t-il avec un regard inquiet à sa femme qui paraissait fatiguée. Mon fils m'en voudra s'il naît au milieu des cendres.

— Alors que ma fille, si ça se trouve, s'amuse trop à jouer les archéologues pour s'arrêter maintenant.

— Qu'avez-vous omis de me dire, madame Warwick ? demanda William, planté au milieu d'un tas de cendres.

— Oh, vous n'êtes pas au courant, monsieur Warwick ? Nous allons avoir des jumeaux.

William et Beth se mirent à sauter de joie et à se prendre dans les bras pendant que Christina lâchait son sac et applaudissait. Il leur fallut un peu de temps à tous pour retourner à leur tâche, et William peina à se concentrer.

— Ceci est-il utile ? demanda Christina peu après en tendant à William un crochet pour tableau.

— Notre plus belle prise jusque-là ! assura-t-il alors qu'il n'avait toujours pas recouvré ses esprits. Il nous en faut autant que possible, précisa-t-il en l'ajoutant à sa collection.

— Pourquoi ? demanda Beth.

— Plus tard, répéta William.

Ils passèrent encore une heure à remplir trois gros sacs-poubelles noirs d'objets divers et variés puis William insista pour qu'ils fassent une pause.

— Je crois que nous avons mérité de fêter ça avec un bon déjeuner à Limpton Arms, décréta Christina quand ils déposèrent les sacs dans le coffre.

— Seulement si William a trouvé ce qu'il cherchait, fit remarquer Beth.

— J'en ai trouvé soixante et un, répondit celui-ci. Et je crois que je peux maintenant prouver que les tableaux ont été décrochés avant que la maison ne soit incendiée. Bien que, pour en être absolument certain, une petite visite au Fitzmolean s'impose.

*

— Le colonel a résolu l'un de nos problèmes, annonça Lamont lors de la réunion du lundi matin. J'ai assisté à un exercice de préparation dans un immeuble à l'abandon à Croydon vendredi, et je peux vous affirmer que le commandant Scott Cairns et son équipe ont réussi en moins de cinq minutes.

— C'est impressionnant, commenta Hawk le Faucon. Mais ça ne résout pas notre problème sur la terre ferme, où les guetteurs vont nous repérer à un kilomètre à la ronde, ce qui leur laissera plus que le temps nécessaire pour fermer boutique et disparaître dans leur planque avant que nous n'ayons atteint la porte d'entrée.

— Se pourrait-il que nous envisagions le problème sous un mauvais angle ? intervint William. Peut-être devrions-nous réfléchir à une solution beaucoup plus simple.

— Éclairez ma lanterne.

— Notre plan actuel est de cacher une douzaine d'hommes armés dans l'appartement que nous louons dans le bâtiment B, et de les faire intervenir dès que l'ordre sera donné pour prendre le contrôle de la passerelle et arrêter quiconque tentera de s'enfuir par là.

— Qu'est-ce qui cloche avec ce plan ?

— Pourquoi ne pas faire exactement le contraire ? Nous savons qu'il y a peu de chance que nous puissions enfoncer, ou même nous approcher de la porte blindée avant que Rashidi ne soit tranquillement de retour dans son appartement du bâtiment B.

— Et c'est pour cette raison que nous aurons des officiers armés en embuscade sur la passerelle, rétorqua Lamont.

— Mais cela représente un désavantage immédiat pour nous. D'abord, nous devons faire monter au vingt-troisième étage du bâtiment B au moins une douzaine d'hommes avec leur équipement sans que personne ne les remarque, ce qui déjà serait une prouesse. Ensuite, même si nous parvenons à appréhender Rashidi et ses acolytes au moment où ils tentent de s'échapper par la passerelle, quel serait le motif d'arrestation ? Parce que s'ils sont représentés par une ordure telle que Booth Watson, vous pouvez parier votre chemise qu'il se lancera dans une plaidoirie convaincante selon laquelle ses clients, citoyens modèles, ne faisaient que se rendre en toute honnêteté dans l'autre immeuble. Ils seraient libérés dans l'heure. Non, nous devons arrêter Rashidi quand il est sur place, autrement nous perdons notre temps.

— N'importe qui peut soulever un problème, brigadier Warwick, rétorqua Lamont. En trouver la solution est plus difficile.

— Faire entrer une douzaine d'hommes dans notre appartement du bâtiment B avec un arsenal d'armes et de matériel, comporte le risque d'être repérés. Et si nous abaissions ce risque de douze à un ?

— Et à l'instar d'Horace le Borgne, commenta Hawksby, devra-t-il défendre le pont tout seul ?

— Non, monsieur. Nous n'avons pas besoin d'Horace pour cette mission, seulement d'un charpentier hors pair qui, lorsque vous en donnerez l'ordre, clouera en quelques minutes trois solides planches en travers de la porte de notre côté de la passerelle. Ainsi, les voyous seront piégés à l'intérieur de l'abattoir et il ne leur restera plus qu'une seule voie pour fuir : la porte d'entrée. Et le temps qu'ils s'en rendent compte, nous serons devant à les y attendre.

— Ingénieux, approuva Lamont. Mais il nous reste le problème des quatre guetteurs à l'extérieur et du malfrat qui contrôle l'ascenseur. Nos gars seront à mi-chemin dans les escaliers que Rashidi sera en train de descendre par l'ascenseur. Et lorsqu'il en sortira, l'innocence incarnée, nous n'aurons aucune charge à retenir contre lui. Toute l'opération aura échoué. Parce qu'une chose est certaine, le président de Marcel & Neffe n'aura aucune drogue sur lui.

— Nous devons faire en sorte que l'ascenseur reste bloqué au rez-de-chaussée, intervint Paul.

— Et comment prévoyez-vous d'y parvenir, agent Adaja ? demanda Hawksby. Alors qu'au moment où je donnerai l'ordre de passer à l'attaque, une dizaine de véhicules blindés et de voitures de patrouille surgiront moteurs vrombissant dans le quartier, ce qui laissera le temps aux guetteurs de prévenir Donoghue qui à son tour avertira Rashidi ? Comment se sort-on de celle-ci, Houdini ?

— Il faut se cacher en pleine lumière, déclara William. Bien que je doive admettre que cela m'a coûté plusieurs nuits blanches à y réfléchir avant de trouver la réponse qui était juste sous mon nez depuis un mois.

Personne ne l'interrompit, il poursuivit.

— Il est inutile que nous menions la charge à la John Wayne, sous les coups de feu, alors que nous pouvons arriver et nous garer devant l'entrée sans que personne ne nous prête attention.

— Vous prévoyez de vous transformer en homme invisible, c'est cela ? plaisanta Lamont. Même John Wayne en est incapable.

— Non, monsieur. Mais si Paul jouait les contrôleurs sur notre propre bus 118, il passerait inaperçu, de même que tous les passagers à l'intérieur !

Hawksby et Lamont échangèrent un regard.

— Les nuits blanches en valaient la peine, brigadier Warwick, dit le commissaire divisionnaire. Je crois que le directeur va être impressionné par ma dernière idée.

Tous se mirent à taper sur la table.

— Bon, reprit Hawksby en ramenant le calme. Nous avons le contrôleur du bus, il nous faut le chauffeur.

— Ce doit être Danny Ives, proposa William sans une hésitation.

— Accompagné de seize agents des unités d'intervention armée triés sur le volet, ajouta Lamont, qui occuperont l'étage inférieur et seront prêts à passer à l'action dans la seconde.

— Néanmoins, les premiers ne devraient pas être en uniforme ni armés jusqu'aux dents mais en jogging et baskets, car ils devront maîtriser les quatre guetteurs en moins de dix secondes, pendant que trois autres agents s'occupent de Donoghue et prennent le contrôle de l'ascenseur.

— Et pendant ce temps, une douzaine de passagers lourdement armés seront en train de monter par les escaliers, et c'est là que j'ordonnerai aux spécialistes du contre-terrorisme de passer à l'action.

— Il nous faut aussi une douzaine d'agents de sexe féminin, ajouta William. En civil.

— Éclairez ma lanterne.

— Les guetteurs de Rashidi pourraient avoir des soupçons en voyant passer un bus entier de jeunes hommes sportifs à la coupe en brosse, en route pour le travail. Alors je voudrais qu'il y ait parmi eux des femmes habillées en travailleuses, en mères au foyer, en ménagères parties faire les courses. En tout sauf en agent de police.

— Bien vu, William, le complimenta le commissaire divisionnaire. Mais nous devrons aussi retirer tous les sièges de l'étage supérieur pour y installer un centre de commandement d'où je pourrai superviser toute l'opération. Il ne me reste plus qu'à savoir comment mettre la main sur un bus à impériale.

— Je suis ravi que nous vous ayons trouvé quelque chose à faire, monsieur, dit Paul en regrettant aussitôt ses paroles.

— Et à vous aussi, agent Adaja. Car à la fin de cette opération, vous serez parfaitement qualifié pour postuler comme contrôleur des transports en commun. Mais avant cela, n'oubliez pas qui est le chef d'orchestre.

*

Une fois la réunion terminée et l'équipe de retour dans ses bureaux, Hawksby se rassit et réfléchit avec soin à la manière d'augmenter leurs chances de succès. Au bout de quelques minutes, il ouvrit le tiroir inférieur de son bureau, en sortit un paquet encore scellé de Marlboro et un feutre. Il arracha l'emballage en plastique, ouvrit le paquet et le vida de ses cigarettes.

Il retira le papier argenté et réfléchit au message simple qu'il devait transmettre. Après quelques secondes, il écrivit « 23 heures, le 12 » puis il remit l'aluminium en place. Il rabattit le couvercle et glissa le paquet dans sa poche avant de quitter son bureau et de prendre l'ascenseur pour le sous-sol. Il quitta l'immeuble par une sortie dérobée, tourna à droite et se dirigea vers la cathédrale de Westminster. Cette fois, il entra par la grande porte, non pas en prêtre mais en paroissien.

Il descendit d'un pas lent l'aile gauche, admira le *Jésus-Christ sur la croix* d'Eric Gill. Arrivé à destination, il balaya les alentours du regard avant d'ouvrir le tronc et d'y placer dans un coin le paquet de cigarettes. Il referma le couvercle et le verrouilla avant de glisser cinquante pence dans la fente afin de soulager sa culpabilité.

Il décida de rentrer chez lui à pied. Une sacrée trotte mais il avait besoin d'exercice et de temps pour réfléchir à ce qu'il dirait.

*

— Le commissaire Lamont a pris contact, annonça Booth Watson en s'asseyant en face de son client dans la salle de visite privée de la prison.

Il ouvrit son attaché-case, en sortit des documents qu'il posa sur la table entre eux.

— Il a fait une demande d'ordre de production dans le cadre de la loi sur les preuves judiciaires, et il souhaite vous interroger dès que possible.

— Alors je vais être transféré dans une prison ouverte ? demanda Faulkner. Ou bien ma peine va être réduite de moitié pour bonne conduite ?

— Ni l'un ni l'autre. Lamont veut vous interroger sur deux autres crimes dans lesquels il vous soupçonne d'être impliqué.

— Lesquels ?

— Incendie criminel, pour commencer. Ils ont des raisons de croire que vous êtes responsable de l'incendie qui a ravagé votre maison.

— Pendant que j'étais enfermé ici ?

— Ainsi que du vol de soixante-douze tableaux à votre domicile avant qu'il ne parte en fumée, pour une valeur qui avoisine les trente millions de livres, ajouta Booth Watson sans tenir compte de cet éclat.

— Mais ils ont brûlé dans l'incendie.

— Ce n'est pas ce que pense Lamont et il prétend qu'il peut le prouver.

— Sherlock Holmes ne pourrait pas le prouver.

— Mais William Warwick, si.

— Pas encore lui !

— Il a passé toute une journée à ratisser les cendres de Limpton Hall, et il a découvert soixante et un crochets de tableaux.

— Ce qui prouve seulement que les tableaux y étaient au moment de l'incendie.

— Au contraire. D'après lui, cela prouve qu'ils n'y étaient pas. Ce n'est pas ce qu'il a trouvé qui compte, mais ce qu'il n'a pas trouvé. Et avant que vous ne disiez quoi que ce soit, Miles, je vous suggère de garder le silence jusqu'à ce que vous ayez réponse à deux ou trois questions que le commissaire va très probablement vous poser.

Faulkner retint sa langue à contrecœur.

— Si les tableaux étaient suspendus aux crochets que Warwick a retrouvés dans les décombres, par quoi les cadres étaient-ils retenus ?

— Du fil de fer, bien sûr. Sauf pour les tableaux les plus grands, pour eux il fallait...

Il s'interrompit puis déclara :

— Ah oui, je me souviens. Je les ai tous fait remplacer par de la corde il y a deux ans.

— Une corde pour vous pendre, commenta Booth Watson. Parce que votre ex-femme affirme que...

— Ce sera sa parole contre la mienne.

— Si seulement. Hélas, Warwick s'est rendu récemment au Fitzmolean, où il a vu le Vermeer dont Christina a fait don au musée suspendu par un fil de laiton et d'acier tressé, et le Rembrandt comme le Rubens que vous avez si généreusement offerts au musée l'année dernière comportaient tous deux leur chaîne d'origine. Donc, avant de fixer une date avec le commissaire Lamont pour qu'il vous interroge, Miles, je vous conseille de trouver quelque chose de plus convaincant que la corde. Sinon, la seule raison pour laquelle vous sortirez plus tôt de Pentonville sera pour assister à votre procès pour incendie volontaire et le vol de soixante-douze œuvres d'art valant plus de trente millions de livres. Auquel cas, votre logement actuel pourrait bien devenir permanent jusqu'au siècle prochain.

26

— Dans une heure, d'une façon ou d'une autre, la bataille sera terminée, furent les premiers mots du commissaire divisionnaire à ses troupes au sol.

Hawk le Faucon avait réuni une équipe d'élite de spécialistes de plusieurs divisions des forces de l'ordre aux couleurs de la Met. Tous avaient à plusieurs reprises joué un rôle individuel sur des scènes moins importantes de la capitale, mais c'était la première fois qu'ils se regroupaient pour former la plus grosse troupe de la ville.

La veille, ils avaient participé à une répétition en costumes avec pour seul public le commissaire divisionnaire.

À 22 heures, cette heure infortunée où plus de drogues et d'argent étaient échangés qu'à n'importe quelle autre heure du jour ou de la nuit, et à l'abri des regards du public, ils s'étaient tous rassemblés à la centrale électrique de Battersea. Quatre fourgons blindés avec équipement complet, six fourgons cellulaires, une douzaine de véhicules de patrouille, quatre ambulances et un bus à impériale. À l'intérieur de la station électrique se trouvaient quatre-vingt-trois hommes et femmes qui avaient reçu l'ordre strict de garder le silence sur l'objectif de bataille de cette armée sous couverture, y compris avec leurs collègues.

Le commissaire divisionnaire supervisait ses troupes. Comme pour tout le reste en lien avec l'opération Cheval de Troie, il avait passé son discours en revue maintes et maintes fois.

— Chers officiers, nous sommes sur le point de prendre part à l'une des plus grosses opérations de toute l'histoire de la Met. Chacun d'entre vous a été sélectionné avec soin car vous êtes des maîtres dans votre domaine. Le trafic de drogues est le fléau de notre société et la cause de la plus grosse augmentation des crimes depuis des décennies. La drogue tue sans distinction les jeunes et les plus vulnérables, pendant qu'un petit groupe d'individus sans pitié se remplit les poches, sans aucune considération pour la souffrance humaine qu'ils causent et gonflés de l'arrogance d'être au-dessus des lois.

» Ce soir, nous avons une chance de porter un grand coup à ces vils personnages, en capturant l'un de leurs chefs les plus éminents, Assem Rashidi, et en fermant l'un de ses empires, qui s'étend d'un côté de Londres à l'autre. Mettons ce monstre derrière les barreaux pour le reste de sa vie.

Tout le monde se leva et applaudit, et William se rappela pourquoi il s'était engagé. Le commissaire dut attendre un moment avant de pouvoir reprendre.

— Si notre opération se déroule comme prévu, nous arrêterons aussi ses quatre acolytes les plus proches, ce qui évitera que l'Hydre ne remplace sa tête perdue. Et enfin, nous fermerons définitivement l'usine de stupéfiants où est préparée la marchandise mortelle de Rashidi avant d'être distribuée dans la rue.

Une fois encore, les paroles du commissaire divisionnaire provoquèrent une réaction enthousiaste de ses troupes.

— Si nous réussissons, vous pourrez raconter les actes héroïques qui vont se jouer ce soir. Nombre de vos collègues prétendront avoir participé à la performance de la troupe de la capitale, où les barons de la drogue sont devenus des serfs, où nos jeunes ont été affranchis et ont cessé d'être les victimes de prédateurs cyniques. Mais vous-mêmes ne parlerez jamais du rôle que vous avez joué, sinon avec ceux qui se trouvent à vos côtés ce soir.

» En tant qu'élu pour vous conduire dans cette bataille, car n'en doutez pas, ce sera une bataille, c'est sans conteste le point fort de ma carrière. Alors, en avant ! Et dans la grande tradition de la police, faisons la différence !

Hawk le Faucon descendit de l'estrade sous un tonnerre d'applaudissements qui ne s'apaisa que lorsqu'il monta à bord du bus de combat pour rejoindre son équipe rapprochée qui avait passé tant de mois à préparer cette opération.

— Ce ne serait pas tiré du discours du jour de la Saint-Crépin, par hasard ? avança William en réprimant un sourire lorsque le commissaire divisionnaire les rejoignit à l'étage.

— Si ça l'est, espérons que nous aboutirons au même résultat qu'Henry V, répliqua Hawksby.

Il prit place devant le centre de commandes qui paraissait plus adapté pour aider un homme à se poser sur la lune que douze officiers armés sur le toit d'un immeuble de Brixton.

— Le moment est venu de mesurer l'efficacité de ce matériel, décréta-t-il en se branchant sur une fréquence qui lui permettrait de rester en contact avec tous les hommes au sol, même si eux avaient pour ordre de garder le silence radio une fois le convoi lancé.

Danny se mit en selle sur le cheval de Troie, pieds aux étriers, impatient d'éperonner la bête, tandis que Lamont, William et Jackie restaient auprès du commissaire divisionnaire. Paul était en position à l'étage inférieur, bien résolu à être le premier à bondir du bus à la seconde où ils s'arrêteraient devant l'entrée des immeubles.

Le commissaire divisionnaire consulta sa montre, appuya sur une touche de son émetteur-récepteur et annonça :

— Que la bataille commence.

Le bus 118 conduisit les troupes sur Brixton Road, suivi de près par son cortège organisé. Pas de gyrophare, ni de sirène, ni de crissement de pneus. Sur divers points désignés à l'avance le long du chemin, certains véhicules quittaient la formation et disparaissaient dans des ruelles sans éclairage en attente des ordres.

À environ un kilomètre et demi de la cible, Hawksby annonça :

— Il est temps pour vous de nous quitter, brigadier Warwick, et de commencer à diriger les opérations au sol. Aucun contact tant que la mission n'est pas accomplie.

— J'y vais, monsieur, répondit celui-ci en dévalant l'escalier en spirale pour rejoindre Paul et les troupes qui attendaient de passer à l'attaque.

Un jeune agent, choisi pour sa rapidité à la course – cent mètres en moins de dix secondes – se tenait près du contrôleur de bus, attendant le coup de feu qui donnerait le départ. Paul ne lui avait pas avoué son souhait secret d'atteindre l'ascenseur avant lui, et de s'occuper lui-même de Donoghue avant qu'il ne sonne l'alerte.

Juste derrière le sprinter se trouvaient deux armoires à glace qui jouaient en première ligne dans les mêlées chaque dimanche après-midi. Ils suivraient de près et leurs ordres étaient clairs : plaquer l'adversaire au sol par tous les moyens possibles, car il n'y aurait aucun arbitre pour siffler la faute.

Les deux rangées de sièges dans le fond étaient occupées par huit jeunes officiers en survêtement et baskets, dont le seul objectif était de désarmer les quatre guetteurs avant qu'ils ne préviennent le gardien. Sur les rangées suivantes attendaient une douzaine d'agents du service du contre-terrorisme de la Met, chacun équipé de matériel hydraulique attaché dans le dos, et qui, une fois descendus du bus, fonceraient vers les escaliers pour atteindre le vingt-troisième étage en moins de sept minutes. Les paris étaient pris sur celui qui arriverait devant la porte en premier.

Sur les sièges à l'avant du bus étaient assis plusieurs hommes et femmes qui n'étaient pas pressés. Spécialistes entraînés issus de la brigade des stupéfiants, ils avaient pour mission de rassembler méticuleusement les preuves pour les envoyer ensuite en analyse au laboratoire. Les indices qu'ils récolteraient, plus que le courage des fantassins, détermineraient la durée de la peine de prison.

Dispersées au milieu de tout ce monde, se trouvaient plusieurs policières au sujet desquelles Hawksby avait commenté :

« Pas moins ne sert qui reste assis et se tient prêt. » William avait souri en entendant cette citation déformée de Milton.

Le charpentier était déjà en position à proximité de la passerelle au vingt-troisième étage du bâtiment B, prêt à installer son panneau d'interdiction d'entrer personnel, afin de bloquer complètement une issue de l'usine.

Les unités d'intervention armée étaient invisibles, mais Hawksby avait la certitude que, à l'instar d'invités inopportuns, elles apparaîtraient quand on les attendrait le moins.

Jusque-là, tout se déroulait comme prévu, pourtant Hawksby ne savait que trop bien qu'on ne pouvait pas prévoir l'imprévisible. Sur ce point, en tout cas, raison lui serait donnée. Le bus continua sa progression le long de Coldharbour Lane avec à son bord un groupe silencieux de passagers sans ticket en route pour le travail. Danny avait effectué deux fois le trajet la veille et il savait combien de temps durait chaque feu rouge, où se situaient les passages piétons, où la voie se rétrécissait, empêchant de doubler ou d'être doublé. Il roula sans s'arrêter devant des groupes de civils à la fois furieux et perplexes de voir leurs gestes d'appel frénétiques ignorés. Comprendraient-ils pourquoi ils n'avaient pas pu monter à bord de ce bus quand ils liraient les journaux du matin ?

— Cible atteinte dans cinq minutes, annonça Hawksby, rompant le silence radio pour la seconde fois.

William voyait bien que les passagers qui allaient descendre au prochain arrêt étaient nerveux, perchés au bord de leur siège, tendus, prêts à partir au quart de tour dès que l'ordre serait donné.

Le sprinter était déjà dans les starting-blocks, pressé de s'élancer avec ses deux collègues baraqués sur les talons. Paul, toujours bien décidé à atteindre Donoghue le premier, avait laissé tomber sa machine à poinçonner et son képi et commençait à déboutonner sa veste. La descente du bus avait été répétée de nombreuses fois afin que personne ne trébuche ni ne bouscule les autres.

— Trois minutes, annonça le commissaire divisionnaire quand ils sortirent du virage et que les deux bâtiments apparurent dans leur champ de vision pour la première fois.

William sentit l'adrénaline fuser dans son corps, avec une pointe d'appréhension et de peur, quand ils se rapprochèrent de leur cible.

Hawksby regarda son chronomètre, le pouce en suspens sur le bouton, conscient que quelques secondes feraient la différence entre l'échec et la victoire.

Deux minutes. Rouge.

— On cloue les planches ! ordonna le commissaire divisionnaire.

Le charpentier sortit du logement où il avait passé la nuit et procédé le jour à ses préparatifs. Il appuya trois épaisses planches contre le mur puis s'empara d'une perceuse électrique et d'une poignée de vis dans sa caisse à outils. Il plaqua la première planche en travers de la porte. Pile la bonne taille. Il inséra la première vis dans le trou déjà percé et se mit à l'œuvre, certain que personne de l'autre côté de la lourde porte blindée ne l'entendrait.

Une minute. Bleu.

— On se prépare au débarquement.

Le charpentier vissait la deuxième planche quand un hélicoptère Gazelle sortit des nuages, vira légèrement et vola en surplace au-dessus du bâtiment A.

Trente secondes.

Le charpentier avait vissé la dernière planche et recula d'un pas pour admirer son travail. Quiconque envisagerait de quitter l'abattoir par-là serait déçu. Il ramassa sa caisse à outils et se mit à siffloter tout en redescendant par les escaliers. Il avait prévenu sa femme qu'il serait un peu en retard pour le dîner mais sans lui en donner la raison.

Quinze secondes.

Danny commença à ralentir à l'approche de l'arrêt de bus ; le commandant Scott Cairns sauta de l'hélicoptère et descendit le long de la corde lisse sur le toit. Un autre officier l'imita quelques secondes plus tard, pendant que deux autres attendaient leur tour.

Danny enfonça la pédale de frein devant l'entrée du bâtiment A.

— Go ! Go ! Go ! hurla le commissaire divisionnaire en déployant enfin ses troupes hors du cheval de Troie.

Il avait une conscience douloureuse que la partie n'était plus entre ses mains d'entraîneur et qu'il devrait rester sur la touche pendant que les joueurs déterminaient le résultat.

Paul et le sprinter s'élancèrent en même temps et se mirent à courir à toute vitesse en direction de l'ascenseur suivis tant bien mal par les deux armoires à glace tandis qu'au même moment huit jeunes policiers en jogging se dispersaient dans quatre directions différentes vers les guetteurs.

L'un d'eux planait tellement qu'il n'aurait pas remarqué l'atterrissage d'un vaisseau spatial. Le deuxième était en grande conversation avec une fille qui lui proposait une gâterie en échange d'un joint. Le troisième fut maîtrisé avant même qu'il ne comprenne ce qu'il se passait et le quatrième les vit arriver et eut le temps de contacter Pete Donoghue, qui était assis près de l'ascenseur à écouter Pink Floyd à la radio.

— Les flics ! Les flics ! grésilla son interphone.

Donoghue fut aussitôt ramené dans le moment présent. Il allait appuyer sur le bouton de l'ascenseur quand le sprinter plongea tête la première comme sur la ligne d'essai. Il le percuta en plein estomac, lui fit lâcher sa radio. Donoghue tomba à la renverse, mais se releva aussitôt et envoya au sprinter un genou dans le menton qui le mit sur la touche.

Les deux armoires à glace n'étaient qu'à quelques mètres quand le sprinter chuta hors de l'ascenseur, la main agrippée à la radio. Donoghue retrouva l'équilibre et appuya avec force sur le bouton du dernier étage. Les portes commencèrent à se refermer alors que les deux piliers étaient encore à un mètre. Leur unique mission de la soirée était un échec. L'un d'eux se mit à donner de grands coups dans la porte de frustration mais il ne put que regarder impuissant les étages défiler sur le panneau. L'autre s'agenouilla à côté du sprinter qui hurlait de douleur.

— Un officier à terre ! cria-t-il dans sa radio. J'ai besoin d'une ambulance tout de suite ! Je répète : un officier à terre !

Le dernier des huit agents du contre-terrorisme atterrit sur le toit quelques secondes plus tard tandis que douze hommes armés atteignaient le sixième étage par l'escalier.

Quand l'ascenseur passa le septième étage, Donoghue put entendre le lourd martèlement des bottes dans l'escalier. Il chercha sa radio mais ne la trouva nulle part. Il lâcha un juron ; il restait convaincu de pouvoir atteindre l'abattoir et sonner l'alarme avant que les poulets débarquent.

Alors que l'ascenseur passait le vingt et unième étage, l'unité du contre-terrorisme commençait à descendre en rappel sur les flancs du bâtiment. Ils savaient que personne dans l'abattoir n'envisagerait la possibilité qu'un intrus surgisse par les hauteurs, notamment parce que chaque fenêtre des trois derniers étages était recouverte d'épais stores noirs pour s'assurer que même un pigeon ne voie pas ce qu'il se passait à l'intérieur.

Lorsque l'ascenseur atteignit le vingt-troisième étage et que les portes s'ouvrirent doucement, Donoghue les força, bondit hors de la cabine et se mit à tambouriner sur la grille métallique de la porte en face. Le gardien scruta le visiteur et lorsqu'il vit la sueur qui dégoulinait sur le visage de Donoghue, il se hâta de tirer les trois verrous et d'ouvrir la lourde porte.

— Descente de flics ! hurla Donoghue à pleins poumons tout en repoussant le gardien pour passer.

Il se lança à la recherche du seul individu dont il était responsable au moment même où l'unité d'intervention armée atteignait le quatorzième étage.

Rashidi était en train d'empiler les billets en liasses de mille livres avant de les ranger dans un sac de sport quand la porte de son bureau privé s'ouvrit à la volée. À l'instant où il vit le visage de Donoghue, il comprit sans qu'on lui dise qu'une descente était en cours. Il s'était entraîné plusieurs fois pour ce moment, sachant que ce jour viendrait sûrement.

Rashidi suivit Donoghue dans la chaufferie où il se retrouva face à un spectacle auquel il n'était pas préparé : le chaos. Pendant que ses employés se ruaient, paniqués, vers la porte d'entrée, il se faufila dans la direction opposée accompagné par Donoghue et deux gardes armés. L'unité d'intervention armée venait de passer le dix-neuvième étage.

Rashidi atteignit rapidement la porte qui donnait sur la passerelle et la sécurité de son appartement du bâtiment B. Il devint en revanche très vite évident qu'en dépit des efforts combinés des trois malabars, leur issue de secours était bloquée. Il ne restait plus qu'un seul moyen de sortir. Autour de lui, les autres continuaient de paniquer, mais Rashidi conserva son calme et se dirigea d'un pas rapide vers la porte d'entrée, dans l'espoir d'atteindre l'ascenseur avant l'apparition de ses ennemis. Son avocat lui avait affirmé que même si ce n'était pas la meilleure des alternatives, une fois dans l'ascenseur, il pourrait prétendre devant la cour qu'il n'était qu'un résident innocent pris entre deux feux, et qu'il n'avait jamais consommé de drogue de sa vie. Cette dernière partie de sa déposition déjà préparée avait l'avantage d'être vraie.

De retour dans la chaufferie, Rashidi vit sa progression entravée par ses employés qui s'agitaient comme des lemmings s'échinant à vouloir tous passer en même temps par l'étroite ouverture pour gagner l'ascenseur ou l'escalier. Ses gardes du corps et Donoghue entreprirent de les écarter pour faire place à leur maître, et il n'était plus qu'à quelques pas de la porte lorsque le premier officier du contre-terrorisme fracassa la fenêtre pour entrer, renversant Donoghue. Peu après, un deuxième intrus s'invita à la fête et lança une grenade fumigène au milieu de la pièce.

— Tout le monde à genoux ! hurla-t-il.

Rashidi venait juste d'atteindre la porte d'entrée quand un troisième parachutiste mit un de ses gardes armés à terre.

Il ne put que regarder impuissant les portes de l'ascenseur commencer à se refermer. Son dernier protecteur tendit le bras vers l'interstice dans une vaine tentative de retenir la cabine qui ne pouvait contenir plus de huit personnes mais transportait déjà douze malheureux évadés entassés à l'intérieur, qui jacassaient dans plusieurs langues. Rashidi repéra le premier des hommes armés qui émergeait de la cage d'escalier et il enclencha aussitôt le « plan du dernier recours ». Il retourna dans la chaufferie, où il retira sa veste, enfila un masque abandonné et une paire de gants en caoutchouc trouvée par terre, et se mêla aux employés docilement agenouillés, les mains derrière la tête, acceptant leur sort avec passivité. Lui aussi y était préparé.

Le premier officier armé atteignit le haut des escaliers et d'un seul mouvement il désarma le gorille de Rashidi en lui plantant la crosse de son fusil dans la mâchoire. Seul Donoghue poursuivait le combat mais le champion poids lourd de la police le mit KO avant de lui passer les menottes et de lui lire ses droits – même s'il n'en entendit pas un mot.

Les officiers armés continuèrent d'investir l'abattoir, et entreprirent d'encercler ce qu'il restait des travailleurs de Rashidi pendant qu'une demi-douzaine de policiers emmenaient sans cérémonie Donoghue et les deux gardes du corps en bas où une première file de fourgons cellulaires attendaient de les accueillir. William fut déçu que toute résistance ait été maîtrisée à son arrivée au vingt-troisième étage.

Il entra dans l'abattoir au moment où l'un des hommes de Rashidi, hurlant et vociférant, était emmené. Ce dernier eut tout de même le temps en passant de décocher à William un coup qui le sonna quelques secondes. Celui-ci recouvra vite ses esprits tandis qu'un agent menottait son assaillant. Comme la fumée des grenades commençait à se dissiper, il se tourna pour contempler le carnage qui restait de l'empire de Rashidi. Une dizaine ou plus de larbins portant un masque et des gants en caoutchouc étaient agenouillés par terre. La plupart d'entre eux étaient certainement des immigrants clandestins qui ne travaillaient pas ici par choix et qui étaient peut-être même soulagés d'être secourus. Le bas de la hiérarchie du monde de la drogue finissait toujours par porter le chapeau pour ses chefs et ils savaient qu'ils ne devaient jamais ouvrir la bouche. Il y avait toujours un autre Tulipe, un autre camé.

William était sûr de ne pas avoir croisé Rashidi en montant les escaliers, et Jackie l'avait informé par radio qu'il ne se trouvait pas parmi les passagers effrayés de l'ascenseur qui avaient été interceptés et arrêtés sitôt arrivés au rez-de-chaussée. Puisqu'il n'y avait pas d'autre sortie possible, il se mit à étudier avec attention la foule de misérables coincés dans l'abattoir. Il remarqua alors que deux d'entre eux jetaient des regards apeurés en direction d'un employé en particulier. William s'approcha mais ne discerna aucune différence avec les autres individus agenouillés. Il lui tapota l'épaule et lui demanda de se lever. L'homme ne bougea pas.

— Il ne parle peut-être pas notre langue, brigadier, avança un jeune agent en forçant l'homme à se lever.

— Je crois qu'il en parle plusieurs au contraire, répliqua William.

Il ôta son masque à l'homme mais n'en fut pas encore certain.

— Qu'est-ce que vous cherchez, brigadier ?

— La Vipère.

Sa réponse ne déclencha aucune réaction chez l'homme.

— Retirez votre gant gauche, dit-il distinctement.

Pas de réaction.

L'agent arracha le gant et dévoila un majeur auquel il manquait une phalange.

— Comment le saviez-vous, brigadier ?

— C'est sa mère qui me l'a dit.

L'homme continuait de fixer William d'un regard vide, comme s'il ne comprenait pas un mot de ce qu'il disait.

— Si vous ne l'aviez pas prise dans vos bras, monsieur Rashidi, je n'aurais jamais su que vous étiez son fils.

Toujours aucune réaction.

— Je me demande comme elle va réagir quand j'irai la voir dans les Boltons demain matin pour lui apprendre ce que son fils importe vraiment de Colombie et ce qu'il exporte dans les rues de Londres, non pas depuis un bureau chic de la City en tant que respectable directeur de Marcel & Neffe mais depuis un antre de camés où on le connaît sous le nom de la Vipère.

L'homme restait impassible ; il ne cillait même pas.

— Le fils attentionné, qui ne manque jamais une visite à sa mère le vendredi après-midi mais qui se fiche du nombre de vies qu'il détruit, tant qu'il empoche son profit toutes les semaines.

Toujours rien.

— Une chose est sûre, Rashidi. Quand j'aurais informé votre mère de l'endroit où elle vous trouvera les dix prochaines années, plus longtemps encore avec de la chance, ne vous attendez pas à ce qu'elle vienne vous rendre visite en prison. Parce qu'elle aura trop honte d'avouer à ses amies de l'Oratoire de Londres que la véritable raison pour laquelle Assem est absent c'est parce qu'il a donné une tout autre dimension au Mal incarné.

Rashidi se pencha en avant et cracha au visage de William.

— Je n'ai jamais été aussi flatté de ma vie, monsieur Rashidi.

L'agent s'avança, tordit les bras de Rashidi dans son dos et lui passa les menottes pendant que William lui lisait ses droits. Il n'avait toujours pas prononcé un mot.

— Ne le quittez pas des yeux, prévint William. Il y a un fourgon blindé dehors qui attend M. Rashidi, et une cellule pour lui au commissariat de Brixton. Il faudra sûrement la désinfecter après qu'il y aura passé la nuit.

Rashidi se pencha de nouveau et lui dit :

— Vos jours sont comptés, brigadier. Et c'est moi qui l'apprendrai à votre mère.

— Non, monsieur Rashidi, ce sont les vôtres qui sont comptés, et je vais expliquer à votre mère pourquoi demain matin.

Rashidi fut emmené sans cérémonie hors de la pièce par deux officiers armés et escorté jusqu'à l'ascenseur qu'il n'avait pas atteint à temps.

Lorsqu'il entendit le bruit de l'hélicoptère au-dessus de lui, William s'approcha de la fenêtre brisée et regarda l'appareil disparaître dans les nuages. Le colonel serait ravi d'apprendre que la nouvelle équipe était en effet aussi douée que l'ancienne.

Il reporta son attention sur la pièce, désormais scène de crime déjà investie par une autre branche de policiers : un agent chargé des pièces à conviction, qui ne rejoindrait pas sa femme pour le dîner, ni pour le petit déjeuner sans doute ; des photographes qui mitraillaient tout ce qui ne bougeait pas ; et les techniciens de scène de crime dans leur combinaison blanche et leurs gants en latex, qui récoltaient les preuves et les mettaient dans des sacs en plastique. Même une pastille de menthe serait emportée au labo pour analyses. Une presse à cocaïne, des balances, des tamis, des gants en caoutchouc et des masques chirurgicaux attendaient d'être inspectés par les experts en coulisses qui seraient les derniers à redescendre par l'ascenseur.

Après avoir noté les paroles de Rashidi dans son calepin – des mots qu'il se garderait de répéter à Beth – William gagna la pièce voisine, qui ne pouvait être que le bureau de Rashidi. Trois sacs de sport rebondis étaient alignés le long du mur. Il en ramassa un et s'étonna de le trouver si lourd. Il le reposa et l'ouvrit.

Il n'aurait pas cru pouvoir encore être surpris après ce à quoi il venait d'assister mais la vue de tant d'argent, sûrement le résultat d'une seule journée, lui rappela pourquoi les criminels modernes ne se fatiguaient plus à dévaliser les banques puisque leurs victimes leur remettaient volontairement leurs économies.

Il ouvrit le sac suivant et y découvrit encore plus de billets de dix, de vingt et de cinquante en liasses bien nettes et épaisses. Il allait ouvrir le troisième quand il entendit une voix dans son dos.

— Je m'en occupe, brigadier Warwick.

Il se tourna et vit le commissaire Lamont dans l'embrasure de la porte.

— En attendant, le commissaire divisionnaire veut votre rapport sur-le-champ.

— Bien sûr, monsieur, répondit William en tentant de dissimuler sa surprise.

— Et bien joué, brigadier Warwick. Vous serez heureux d'entendre que Rashidi est déjà en route pour le poste le plus proche, où il est attendu de pied ferme.

— Merci, monsieur, dit William tandis que Jackie faisait son entrée.

— Félicitations, brigadier ! Une soirée victorieuse pour tout le monde. Enfin, sauf pour l'agent Adaja, ajouta-t-elle après une pause.

— Pourquoi ? Que lui est-il arrivé ?

— Je crois qu'il vaut mieux qu'il le raconte lui-même.

William embrassa une dernière fois du regard la misère et la dévastation de ce qui était autrefois l'empire de Rashidi. Il quitta à contrecœur la chaufferie et entreprit de redescendre au pas de course les marches en ciment sans tenir compte des graffitis aux murs où un mot était répété encore et encore, et en refoulant l'odeur d'urine quand il arriva au rez-de-chaussée. Il passa devant plusieurs prisonniers menottés qui ne profiteraient plus du commerce de la drogue avant longtemps, voire jamais.

Dans la rue, il aspira une grande goulée d'air et regarda un autre fourgon cellulaire chargé à ras bord s'éloigner. Il approcha du bus et monta à l'étage au centre de commande.

— Que faites-vous là, brigadier Warwick ? aboya Hawksby. J'ai pourtant été clair : personne ne quitte la scène de crime avant que le boulot soit terminé.

— Le commissaire a pris les choses en main, monsieur. Il a dit que vous vouliez me voir.

— Ah oui, il a dit ça ?

27

Samedi

Ce ne fut qu'une fois le dernier tableau en sécurité dans la cale que le capitaine donna l'ordre de larguer les amarres.

Il faisait la traversée pour l'Angleterre au moins deux fois par an et il mouillait toujours à Christchurch. Le lendemain soir ferait exception. Le *Christina* sortit de la baie le samedi matin en plein jour sans attirer l'attention. Et pour cause, plusieurs yachts bien plus grandioses faisaient leur entrée dans le port pour assister au Grand Prix de Monaco la semaine suivante. Qui s'intéresserait à eux ?

Le capitaine avait fermé la villa et rendu les clés à l'agent immobilier, avant de lui donner des instructions claires au sujet de la banque suisse dans laquelle les fonds devaient être déposés une fois la vente achevée.

Tous les objets de valeur, y compris la fameuse collection d'art, étaient déjà à bord et lorsqu'ils seraient vendus aux enchères, le patron disposerait d'assez d'argent pour démarrer une nouvelle vie dans le pays de son choix, tandis que la police le croirait mort et enterré.

Le *Christina* ne jetterait l'ancre qu'une seule fois encore, pour récupérer un passager qui indiquerait au capitaine la prochaine escale.

La traversée du golfe de Gascogne fut plus calme que d'habitude. Alors qu'il voguait sur la Manche le lendemain, une boule d'un rouge incandescent disparut à l'ouest ; lorsqu'elle réapparaîtrait à l'est, sa mission serait accomplie et il regagnerait Monte Carlo.

*

Dimanche

— L'*Observer* te fait honneur, William, annonça Sir Julian. Et il ne met pas toujours la police à son avantage. Puisque tu n'as pas mentionné une seule fois l'opération Cheval de Troie au cours de l'année écoulée, ce secret devait être très bien gardé.

— Même Beth ne l'a appris qu'aux informations de ce matin.

— L'opération a même droit à son premier éditorial, ajouta Sir Julian. Je cite : « L'arrestation d'Assem Rashidi est un coup de maître dans la guerre contre la drogue et la police métropolitaine peut être félicitée de pourchasser sans relâche ces criminels impitoyables qui font tant de mal à notre société. »

Il leva les yeux de son journal.

— Il y a une photo du commissaire divisionnaire Hawksby assis dans un bus. Ce n'est pas son moyen de transport habituel, si je ne m'abuse.

Il reposa le journal et observa son fils.

— Tu ne sembles pas comblé par ce succès.

— Les journalistes n'ont qu'une version de l'histoire.

— Et l'autre version ?

— N'est pas aussi respectable. J'aurais d'ailleurs besoin de tes conseils à ce sujet.

— Raconte-moi ce qui te tracasse sans rien omettre, l'invita son père en se rencognant dans son fauteuil, les yeux fermés, ainsi qu'il le faisait chaque fois qu'on le consultait.

— Lorsque j'étais dans l'abattoir…

— L'abattoir ?

— La chaufferie, l'usine… J'ai trouvé trois sacs de sport remplis de billets – des centaines, sans doute des milliers de livres. Quand je suis rentré à Scotland Yard, il n'y en avait plus que deux.

— Et tu penses savoir qui a pris le troisième sac ?

— Je n'en ai aucun doute. Mais je ne peux pas le prouver.

— Cet individu ne doit pas être très malin, en tout cas, commenta Sir Julian.

— Pourquoi dis-tu cela ?

— Il aurait été plus sensé de retirer la même somme de chacun des trois sacs, ainsi personne ne se serait rendu compte de rien.

— Tu penses comme un criminel.

— Je suis avocat de la Couronne, répliqua Sir Julian, c'est une nécessité. Mais dis-moi, as-tu laissé les sacs où tu les as trouvés ?

— Oui.

— Dans ce cas, pourquoi avoir quitté la chaufferie ? s'enquit Sir Julian, les yeux toujours fermés.

— Le commissaire Lamont m'a ordonné d'aller faire mon rapport au commissaire divisionnaire qui supervisait l'opération depuis l'étage supérieur du bus. Il m'a assuré que c'était urgent.

— Et ça ne l'était pas ?

— Non. En fait, Hawksby n'était pas ravi que j'aie quitté la scène de crime sans sa permission.

— Preuve indirecte tout au mieux. Sans rien de plus concret, tu devrais laisser à Lamont le bénéfice du doute. Cependant, je comprends ton dilemme. As-tu confié au commissaire divisionnaire Hawksby que tu soupçonnais un de tes supérieurs d'avoir volé une grosse somme d'argent sur une scène de crime ?

Il avait toujours les yeux fermés.

— Si mes souvenirs sont corrects, poursuivit-il, le commissaire Lamont n'est plus qu'à quelques mois de la retraite.

— Oui, mais quelle différence ? S'il y a pire qu'un criminel professionnel, pour citer Hawksby, c'est un flic corrompu.

— Je suis d'accord avec lui. Mais je préfère connaître tous les faits avant de porter un jugement.

William fit la moue.

— Lamont a-t-il déjà fait l'objet d'une enquête ?

— Une fois, il y a des années. Mais depuis il a reçu trois citations.

— Ah oui. Je me rappelle qu'il a fermé les yeux sur un acte de corruption quand il était jeune brigadier. Tu te demandes si tu dois faire de même aujourd'hui ?

William allait protester mais Sir Julian ajouta :

— Comment t'entends-tu avec Lamont ?

— Pas très bien.

— Ce qui complique encore le problème. Car si tu devais dénoncer un officier supérieur pour un délit aussi grave, il y aurait une enquête au plus haut niveau, même si j'imagine que Lamont démissionnerait avant une audience disciplinaire ; s'il était reconnu coupable, il serait renvoyé de la police, il perdrait sa retraite et pourrait même écoper d'une peine de prison.

— J'ai déjà envisagé tout cela et j'ai conscience que me taire serait la solution de facilité.

— Pas pour toi, affirma son père. Néanmoins, si tu le dénonces, qu'il soit reconnu coupable ou pas, tu devras reconsidérer ta position.

— Pourquoi ? Je n'ai rien fait de mal.

— J'en conviens. Mais tes collègues policiers ne se souviendront que de cela à ton sujet. Ils ne te feront peut-être jamais de remarque en face mais dans ton dos, ils t'appelleront « balance », « traître » ou pire. Et les amis de Lamont s'efforceront d'entraver tes chances de promotion. N'oublie jamais que la police est une tribu ; et certains ne te pardonneront jamais de t'en être pris à l'un d'entre eux.

— Seulement les plus malhonnêtes, auquel cas je n'ai pas choisi la bonne profession.

— Sans doute. J'espère que tu n'agiras pas dans la précipitation et que tu ne regretteras pas plus tard ta décision.

— Que ferais-tu à ma place, père ?

— Je..., commença Sir Julian quand un coup fut frappé à la porte.

— Le déjeuner est servi, annonça Beth en entrant. Et Marjorie cherche un volontaire pour couper la viande.

— Nous en reparlerons, mon garçon. Et vite, ajouta-t-il en se levant de son fauteuil.

— Vous ne trouvez pas que l'œil au beurre noir de William lui va à ravir ? plaisanta Beth en prenant son beau-père par le bras pour l'accompagner à la salle à manger.

*

Lundi

Faulkner sourit à Rashidi et lui adressa un signe de la main pour l'inviter à le rejoindre pour le petit déjeuner. Il était le premier détenu qu'il traitait comme un égal bien qu'il ne lui fasse pas confiance pour un sou.

— Pourquoi portez-vous un costume ? demanda Rashidi en s'asseyant face à Faulkner. Vous allez être libéré ?

— Non. Je me rends à des funérailles.

— Les funérailles de qui ?

— Ma mère.

— J'adore ma mère.

— Je n'ai pas parlé à la mienne depuis plus de vingt ans, confia Faulkner tandis qu'un gardien déposait une tasse de thé devant lui.

— Pourquoi aller à son enterrement, dans ce cas ? s'enquit Rashidi.

— C'est une excuse pour quitter cet endroit pour la journée, expliqua Faulkner en faisant tomber deux morceaux de sucre dans son thé.

— Je ne reverrai pas le monde extérieur avant mon procès, dans six mois.

— Quelles sont vos chances ?

— Proches de zéro : un de mes soi-disant associés a témoigné contre moi en échange d'une peine moins lourde.

— Il y a des gens ici qui peuvent s'occuper de ce petit problème.

— Inutile : les flics ont deux autres témoins en réserve qui ne demandent qu'à prendre sa place s'il disparaît.

— Alors, qui dirige votre empire en votre absence ?

Rashidi désigna un jeune homme assis à la table voisine qui fumait une cigarette.

— Un des rares à être resté à mes côtés quand tout a déraillé.

— Mais lui aussi est coincé ici, Assem, au cas où vous n'auriez pas remarqué.

— Pas pour longtemps. Il a plaidé coupable pour possession d'un joint à demi fumé, la seule chose qu'ils ont trouvée sur lui en dehors d'un paquet de Marlboro. Puisqu'il n'a pas d'autre condamnation à son actif, il écopera de six mois maximum, peut-être moins. Il sera dehors en un rien de temps.

— Il doit bien tout de même y avoir quelqu'un qui gère vos affaires en votre absence ?

— Mon adjoint n'était même pas sur les lieux pendant la descente. Il ne me remplace en général qu'à partir de minuit. Il va garder le business à flot en attendant.

— Vous lui faites confiance ?

— Peut-on faire confiance à quiconque ? répliqua Rashidi. Néanmoins, tout n'est pas si mal. Depuis mon arrivée ici, j'ai trouvé une nouvelle catégorie de clients encore plus désespérés. Saviez-vous qu'il y a cent trente-sept prisons en Grande-Bretagne ? Et toutes vont devenir des succursales de ma nouvelle société.

Faulkner parut intéressé.

— Donnez-moi un an et je contrôlerai la livraison de drogues dans chacune d'elles. J'ai déjà repéré l'officier qui va me servir d'intermédiaire et Tulipe sera mon principal revendeur entre ces murs. Tout ce qu'il me faut, c'est un téléphone.

— Aucun problème, affirma Faulkner. Je vous indiquerai la voie quand vous irez à la chapelle dimanche.

— Je suis catholique.

— Plus maintenant. Vous venez de vous convertir à l'Église anglicane. Enfin, si vous voulez contrôler le trafic de drogues ici. Le service du dimanche matin est le seul endroit où nous sommes tous rassemblés en même temps, et les affaires de la semaine à venir sont réglées pendant le sermon.

— Qu'en pense l'aumônier ?

— Il remplit son formulaire de présence pour le ministère de l'Intérieur et se réjouit de l'assiduité des fidèles.

— En parlant du ministère de l'Intérieur, où en est votre appel ?

— Pire que tout. Ils m'accusent maintenant d'avoir incendié ma propre maison et d'avoir dérobé ma collection d'art.

— Pour quelle raison auriez-vous fait cela ? demanda Rashidi alors qu'un autre gardien lui servait une tasse de café.

— Par vengeance. Afin de ruiner mon ex-femme.

— Et avez-vous réussi ?

— Pas encore, mais j'y travaille. En fait, je lui ai organisé une petite surprise ce matin.

— Quelles sont vos chances d'échapper à ces dernières accusations ?

— Pas très bonnes. D'après mon avocat, ils disposent d'assez de preuves pour me faire plonger. Et pour couronner le tout, Warwick, l'inspecteur en charge de l'affaire, est un ami de ma femme.

— Le brigadier Warwick ? bredouilla Rashidi en recrachant son café.

— Lui-même.

— C'est le policier qui m'a arrêté. Qu'il ne compte pas témoigner à mon procès…

Faulkner sourit.

— Voilà un enterrement auquel j'aimerais assister. Au fait, si vous avez besoin d'un avocat, je peux vous en recommander un.

Un autre gardien apparut à côté de lui.

— Monsieur Faulkner, votre carrosse est avancé.

— Sans aucun doute accompagné de trois voitures de police, de six motards et d'une escorte de soldats.

— Sans oublier l'hélicoptère, ajouta le gardien.

Rashidi s'esclaffa.

— Il n'y a que vous et la famille royale pour avoir droit à un tel traitement. Je vais devoir trouver un enterrement auquel me rendre.

— Le règlement n'autorise à assister qu'aux funérailles d'un membre de la famille proche, parents ou enfants uniquement.

— Alors je n'irai à aucun enterrement, conclut Rashidi. Car ils ne me laisseront certainement pas aller à celui du brigadier Warwick.

*

— Quel est le problème, Grincheuse ?

— C'est le grand jour, répondit Beth.

— Tu vas accoucher aujourd'hui ? s'exclama William, surexcité.

— Mais non, homme des cavernes. Aujourd'hui, nous rendons le Vermeer à Christina.

— Je suis désolé, dit-il en la prenant dans ses bras. Je comprends pourquoi tu n'as pas dormi de la nuit.

— J'ai beau savoir que Christina a besoin d'argent, je dois avouer que je n'ai aucune hâte de me séparer d'une des plus belles œuvres d'art de la galerie.

— Vient-elle le chercher elle-même ?

— Non. Christie's envoie ce matin un de ses représentants pour récupérer le tableau car elle le met aux enchères. Tim se chargera de le leur restituer mais je compte bien être présente car c'est sûrement la dernière fois que je le verrai.

William ne trouva pas les mots pour la consoler alors il se contenta de la serrer dans ses bras.

*

Sir Julian avait proposé qu'ils se retrouvent dans son cabinet à 8 heures car il plaidait devant le juge Baverstock à 10 heures.

William arriva à Lincoln's Inn Fields bien avant l'heure du rendez-vous ; il traversa sans se presser le bâtiment victorien aux allures de résidence personnelle chic – ce qu'il était sans doute un siècle auparavant.

Alors qu'il entrait dans Essex Court Chambers, il s'arrêta pour étudier la longue liste de noms inscrits en noir sur le mur en briques blanches. *Sir Julian Warwick, avocat de la Couronne*, en tête. Son regard descendit plus bas jusqu'à lire *Maître Grace Warwick*. Combien de temps avant que ne soit ajouté le titre « avocat de la Couronne », se demanda-t-il. Son père serait si fier, pourtant il ne le reconnaîtrait jamais. Il passa un moment à réfléchir à la place où son nom aurait été inscrit s'il avait suivi le conseil de son père et l'avait rejoint comme assistant dans son cabinet plutôt que de s'engager dans la police métropolitaine.

William gravit les marches usées et polies jusqu'au premier étage et frappa à la porte devant laquelle il se tenait enfant. Il appréhendait tout autant la réaction de son père à la nouvelle qu'il allait lui annoncer.

— Entrez, dit la voix d'un homme qui ne se répandait pas en futilités.

William s'avança dans la pièce qui n'avait pas changé d'aussi loin qu'il se souvenait. La photo de sa mère, magnifique jeune fille, trônait dans un coin du bureau de son père. Des estampes de la ville de Sherborne, de l'université de Brasenose et de Lincoln's Inn étaient accrochées aux murs, à côté d'une photo de Sir Julian en compagnie de la reine mère lors d'un dîner au High Table, alors qu'il était trésorier de Lincoln's Inn. Il y avait même une photo de William sur le départ du cent mètres à White City quand il était étudiant. Il n'avait jamais révélé à son père qu'il avait fini dernier dans cette course.

Sir Julian se leva et serra la main de son fils comme s'il était un client, tandis que Grace prit son frère dans ses bras.

— Tu as de toute évidence besoin des conseils de deux éminents avocats, mon garçon, alors sache que le compteur tourne déjà et que, avec ton salaire, je pense que nous pouvons t'accorder dix minutes.

— J'ai toute la matinée, répliqua Grace en gratifiant son frère d'un sourire rassurant.

— Hélas, pas moi. Je dois être au Yard à 9 heures pour le compte rendu de l'opération Cheval de Troie. Mais je voulais vous informer tous les deux, avant que je ne l'apprenne au commissaire divisionnaire, que je vais démissionner.

Sir Julian ne parut pas surpris, il répondit simplement :

— Je suis navré de l'entendre.

— Je croyais que tu serais ravi. Après tout, tu n'as jamais voulu que je m'engage dans la police.

— C'est vrai, mais de l'eau a coulé sous les ponts depuis.

— Et tu as mené avec triomphe l'opération Cheval de Troie, ajouta Grace. Des rumeurs courent selon lesquelles tu deviendrais le plus jeune inspecteur de la police.

— C'est ce prétendu triomphe qui cause mon dilemme actuel.

— Comment cela ?

— Un des officiers supérieurs impliqué dans cette opération se révèle être aussi crapuleux que les criminels que je cherche à mettre derrière les barreaux.

— J'ai beaucoup réfléchi à ton problème depuis que nous en avons discuté ce week-end, intervint Sir Julian. Et j'en suis malheureusement arrivé à la conclusion que tu devrais le dénoncer.

— Je suis du même avis, répondit William. Mais je ne serais pas surpris s'il décidait de s'obstiner jusqu'à sa retraite dans dix-huit mois.

— Étant donné les circonstances, dit Sir Julian, Hawksby pourrait trouver plus avisé de le transférer dans un service moins en vue jusqu'à son départ.

— Au service des cambriolages peut-être ? railla William en arrachant un sourire à son père.

— Alors, que comptes-tu faire à la place ? demanda Grace. Parce que tu es encore assez jeune pour envisager une nouvelle carrière.

— Je vais suivre la voie que père a toujours voulu que j'emprunte. M'inscrire à l'université King's College pour étudier le droit. Bien que le moment ne soit pas idéal avec l'arrivée des jumeaux…

— Ne te préoccupe pas pour l'argent, le rassura son père.

— Et une fois diplômé, tu pourras nous rejoindre au cabinet, ajouta Grace.

— Seulement si, à l'instar de ta sœur, tu es reçu avec les honneurs, précisa Sir Julian. Je suis contre le népotisme, alors il n'y aura pas de favoritisme dans ce cabinet. Bob n'est pas ton oncle, comme on dit.

— Rappelle-moi, père, d'où vient cette expression, demanda William en jouant un jeu qui avait commencé au berceau.

— L'expression trouverait son origine à l'époque où Robert Cecil, connu plus tard comme Lord Salisbury, était Premier ministre et a joué de sa position pour faire entrer son neveu au cabinet. Ainsi, si Bob est ton oncle, tu es favorisé. Mais connaissez-vous le nom du neveu en question qui est ensuite devenu Premier ministre ?

— Sir Arthur Balfour, répondit Grace.

— Exact. Puisque tu es pressé de retourner au Yard, puis-je suggérer que nous évoquions ton avenir plus en détail quand Beth et toi viendrez déjeuner dimanche ?

— À ce moment-là, j'aurais donné ma démission, répondit William en se levant.

— Tu vas devoir remplir ton inscription pour King's College rapidement si tu veux faire la rentrée de droit en septembre.

— Je l'ai déjà remplie. Il ne me reste plus qu'à la remettre.

— Veux-tu que j'en touche un mot à Ron Maudsley, professeur de droit à King's College ? Nous étions ensemble à Brasenose et...

— Si tu fais cela, père, j'irai à l'université de Battersea et j'étudierai la vannerie.

Il referma la porte derrière lui avant que Sir Julian ne puisse répondre.

— Quelle déception, commenta Grace. Je suis d'accord avec toi, père. Son choix de départ était le bon.

— Mais il y a un côté positif. Il fera un excellent avocat et toutes les connaissances qu'il a acquises en tant que policier lui seront utiles quand il affrontera un criminel endurci à la barre.

— Ou un officier de police, d'ailleurs. Mais je persiste à penser qu'il devrait rester dans les forces de l'ordre et enfermer les criminels plutôt que de nous rejoindre et d'essayer de les faire libérer.

— Ne lui dis jamais, mais je suis d'accord avec toi et je vais essayer de l'en dissuader dimanche.

— Il sera peut-être trop tard alors.

*

Tim Knox décrocha le téléphone qui sonnait.

— Il y a un M. Drummond de chez Christie's en bas, annonça sa secrétaire. Il affirme que vous avez rendez-vous.

Knox consulta sa montre.

— Il est en avance. Mais bon, je le serais aussi si je devais récupérer une œuvre d'art estimée à plusieurs millions. Dites-lui que j'arrive et demandez à Beth de nous rejoindre.

Le directeur quitta à contrecœur son bureau et descendit le grand escalier en marbre jusqu'au rez-de-chaussée où il vit un homme en costume élégant avec un grand sac bleu de Christie's.

— Bonjour, Dr Knox, l'accueillit l'homme quand ils se serrèrent la main. Alex Drummond. M. Davage m'a demandé de le remplacer car il est à New York pour les ventes d'automne, mais il a assuré qu'il vous téléphonerait dès son réveil, ajouta-t-il en tendant au directeur sa carte de visite. Vous ne vous en souvenez probablement pas mais nous nous sommes rencontrés à Christie's lors d'un cocktail l'été dernier. Vous m'avez demandé le prix qu'atteindrait selon moi un tableau nuit et jour de Teniers.

— Rappelez-moi : à quel prix est-il parti ?

— Un peu plus d'un million.

— Bien au-dessus de nos moyens, comme je le craignais. Où a-t-il fini ?

— Le musée Getty en Californie.

— Des clopinettes pour eux, fit remarquer Tim avec tristesse comme Beth les rejoignait, les mains gantées de blanc. Je vous présente Beth, l'assistante du conservateur, gardienne des tableaux.

— Un titre malheureux compte tenu des circonstances, commenta celle-ci.

— Ravi de vous rencontrer, madame Warwick, dit Drummond.

— Bien, finissons-en, voulez-vous ? intervint Tim. J'aimerais que l'affaire soit réglée avant d'ouvrir la galerie au public.

Beth décrocha avec soin le tableau puis le tendit au directeur. Au même moment, Drummond sortit une petite caisse en bois de son sac en toile et l'ouvrit pour que Beth le place à l'intérieur.

— Pile à la bonne taille, dit-elle.

Drummond referma le couvercle, verrouilla les fermoirs et glissa la boîte dans son sac.

— Combien pensez-vous qu'il va atteindre ? demanda Tim après avoir signé le formulaire de remise.

— L'estimation basse est à un million, mais M. Davage pense qu'il pourrait partir pour deux.

— Bien assez pour résoudre les problèmes de Christina, marmonna Beth.

— Divorce, dette et décès, déclara Drummond. Les trois meilleurs amis des maisons de vente aux enchères. Et l'ironie dans cette affaire, c'est que c'est sans doute l'ex-mari de notre cliente qui va l'acheter. M. Faulkner a déjà fait savoir qu'il voulait le récupérer à n'importe quel prix.

— Alors j'espère qu'il le paiera le prix fort, déclara Beth avec émotion. Même si je vois mal les autorités pénitentiaires lui permettre de l'accrocher dans sa cellule.

Drummond sourit après avoir lui aussi signé le formulaire.

— Si l'un de vous désire que je lui réserve une place à la vente, faites-le-moi savoir.

— Je ne le supporterai pas, répondit Beth.

— Moi non plus, approuva Tim. Entre autres parce que je sais que nous ne pourrons pas participer aux enchères.

— Sur ce, je vous laisse, conclut Drummond en leur serrant la main à tous les deux.

— Un triste jour pour la galerie, commenta Tim quand Beth et lui remontèrent par l'escalier.

— C'était inévitable, j'imagine. Après que Faulkner a volé tous les tableaux de Christina. Mais au moins cette fois, elle l'aura vaincu.

*

Après avoir quitté le cabinet de son père à Lincoln's Inn Fields, William remonta le Strand et hésita un instant avant de passer à King's College.

Il tendit son formulaire d'inscription au gardien de la loge. L'expression du vieux portier laissait clairement entendre que William paraissait un peu âgé pour être étudiant.

Il consulta sa montre. Il ne fallait pas qu'il soit en retard pour la réunion du commissaire divisionnaire, pas s'il comptait dénoncer Lamont.

*

De retour dans son bureau, Tim Knox entreprit de trier le courrier du matin. Trop de factures et pas assez de dons.

L'éternel problème d'un conservateur de musée, songea-t-il alors que le téléphone se mettait à sonner.

— Il y a un M. Davage à l'accueil pour vous.

— Quoi ? Je croyais qu'il était à New York !

Aussitôt il appela Beth pour qu'elle l'accompagne et ensemble ils dévalèrent l'escalier.

— Bonjour, dit Davage quand ils eurent repris leur souffle. Bien que ce ne soit pas une belle journée pour vous, je le crains. C'est pourquoi j'ai décidé de venir récupérer le tableau en personne.

— Mais l'un de vos collègues est déjà passé, répliqua Tim en montrant l'emplacement vide au mur.

— Un de mes collègues ? De quoi parlez-vous ?

— Alex Drummond, répondit Tim avec nervosité. Il a dit que vous étiez à New York.

— Je l'étais mais j'ai pris le dernier vol pour Londres et suis venu directement à la galerie en descendant de l'avion. Et je puis vous assurer qu'il n'y a personne chez Christie's qui s'appelle Alex Drummond.

Un silence gêné s'en suivit puis Beth déclara avec calme :

— C'est encore un coup de Faulkner. Cette fois, il n'a même pas eu à enchérir pour obtenir le tableau.

Elle se tut un instant avant d'ajouter :

— J'aurais dû lui demander comment il savait...

— Il savait quoi ? l'interrompit Tim.

— Que j'étais madame Warwick alors que vous m'avez présentée comme Beth.

— Et cette caisse qu'il avait avec lui, poursuivit Knox en tapant du pied avec colère. Le tableau y logeait parfaitement.

— Bien trop parfaitement. Elle a sans doute été fournie par le propriétaire précédent.

— Mais Faulkner est en prison, intervint Davage.

— Ça ne l'empêche pas de commander ses larbins à l'extérieur, affirma Beth. Comme le prétendu Alex Drummond.

— L'heure n'est pas aux remontrances pour avoir été aussi crédules, déclara Tim. Beth, téléphonez sur-le-champ à votre mari et racontez-lui ce qu'il s'est passé.

Celle-ci retourna lentement dans son bureau en s'agrippant à la main courante. Elle craignait que la dame du *Col en dentelle blanche* ne soit déjà dans les bras d'un autre.

28

JETEZ LA CLÉ ! hurlait le gros titre du *Sun*.

L'équipe était installée autour de la table dans le bureau du commissaire divisionnaire et passait en revue les journaux du matin. William avait choisi le *Sun* car Beth refusait ce journal chez elle. « Un demi-million de livres en petites coupures, trente arrestations et cinq kilos de cocaïne retrouvés dans un haut lieu de la drogue à Brixton. » Beth aurait fait remarquer que Brixton était à peu près le seul mot correct de l'article.

Jackie lisait le *Daily Mail*. LA MET ARRÊTE UN BARON DE LA DROGUE LORS D'UNE DESCENTE NOCTURNE. Une photo plutôt flatteuse du commissaire divisionnaire ornait la première page. Son portrait détaillé se trouvait en page seize.

Lamont s'était contenté de l'*Express*. UNE VIPÈRE PIÉGÉE DANS SON NID ! clamait le gros titre au-dessus d'une photo de Rashidi traîné hors de l'immeuble par deux officiers armés.

Hawksby lisait l'éditorial du *Guardian*, EN GUERRE CONTRE LES DROGUES. Quant à Paul, il semblait être le seul à ne pas apprécier la couverture médiatique du jour.

— Assez de complaisance pour aujourd'hui, finit par déclarer Hawksby. Il est temps de passer à autre chose.

— Belle presse, quand même, commenta Lamont en jetant son journal sur la pile au centre de la table. Même si, et ce n'est pas faute d'avoir cherché, je n'ai trouvé aucune mention de l'agent Adaja et du rôle capital qu'il a joué dans toute l'opération.

— Ce doit être en petits caractères quelque part, répliqua le commissaire divisionnaire, en dissimulant son sourire. Si quelqu'un a le temps de chercher.

Tête baissée, Paul garda le silence.

— Avez-vous été témoin de ce malheureux incident, brigadier Warwick ?

— Non, monsieur. La dernière fois que j'ai vu l'agent Adaja, il se trouvait encore dans le bus.

— Où il aurait dû rester, fit remarquer Lamont.

— Et vous, Jackie ?

— Toute cette tragique scène s'est déroulée devant mes yeux, monsieur. L'agent Adaja a sauté du bus avant son arrêt complet. Il a touché terre pour courir mais par malchance, il a trébuché et est tombé. Heureusement, j'ai pu le traîner dans un coin avant qu'il ne soit piétiné par les autres qui suivaient. J'ai crié « officier à terre » et une ambulance est arrivée en quelques minutes et l'a immédiatement conduit aux urgences de St Thomas.

— Et une fois qu'ils ont eu examiné le patient, quel a été le diagnostic ? s'enquit le commissaire divisionnaire, qui peinait à garder son sérieux.

Tous se tournèrent vers Paul.

— Entorse de la cheville, réussit-il enfin à dire. La vérité, c'est que je n'ai joué absolument aucun rôle dans le succès de l'opération.

— Oh que si ! affirma Hawk le Faucon. N'oubliez pas les innombrables heures que vous avez passées à traquer Rashidi. En toute franchise, sans votre contribution, l'opération tout entière n'aurait peut-être pas pu avoir lieu.

Le reste de l'équipe se mit à taper sur la table du plat de la main pour saluer le rôle de Paul et au bout de quelques instants, un sourire familier apparut à ses lèvres.

Hawksby se tourna vers William.

— Je suis curieux, brigadier Warwick, de savoir comment vous avez récolté ce coquard.

— Un des larbins de Rashidi m'a frappé pendant la bataille, déclara William avec fierté. Mais ça valait le coup, parce que j'ai arrêté et inculpé cette petite ordure.

— Sans aucun doute, dit Hawksby. D'ailleurs, cette petite ordure était Marlboro Man.

William resta un instant sans voix.

— Vous me dites que votre agent sous couverture se trouvait dans l'abattoir tout ce temps ?

— Pendant toute l'opération. En fait, quand vous l'avez arrêté, il cherchait à vous montrer lequel était Rashidi.

— Alors je suis aveugle en plus d'être idiot, dit William. Où est-il maintenant ?

— À Pentonville, où il restera les prochaines semaines en attendant son procès.

— N'est-ce pas un peu rude ?

— Pas alors qu'il a encore du travail à accomplir. C'est pour cela qu'il est dans le même bloc que Rashidi.

— Mais si celui-ci le démasque ?

— Pourquoi le soupçonnerait-il ? Il ne connaît MM que comme un agent fidèle qui a essayé de l'aider à s'enfuir. Espérons plutôt qu'il pourra profiter d'être à l'ombre pour rassembler assez de preuves afin d'épingler le reste de ces crapules.

— Mais ne trouvera-t-on pas louche qu'il soit reconnu non coupable ?

— Il ne le sera pas. Il sera déclaré coupable de possession pour des joints, écopera de six mois et sera renvoyé à Pentonville.

— Et pour l'accusation de coups et blessures ? demanda William en montrant son œil au beurre noir.

— Sa peine en sera peut-être réduite de deux mois ! répondit Hawksby, ce qui fit rire Adaja. Non, MM sera transféré dans une prison ouverte au bout de quelques semaines et relâché peu après pour qu'il puisse reprendre le travail. Mais pas avant de s'être octroyé des vacances au soleil.

Jackie sourit. Elle savait exactement où.

— Parfait, intervint Lamont. Il ne mérite rien de moins.

— Tout à fait d'accord, approuva Hawksby. Bon, laissez-moi vous raconter mon entretien avec le directeur.

*

— La poussière à la poussière, déclama le prêtre.

Miles Faulkner portait peu d'intérêt au corps de sa mère qui était enterré. Après tout, il n'avait pas parlé à cette fichue bonne femme depuis des années et il avait plus important à l'esprit. Christina avait respecté sa part du marché une fois signé le contrat post-nuptial, ainsi que l'appelait Booth Watson. Elle recevrait mille livres par semaine tant qu'elle ne chercherait pas à le contacter ; elle savait également que les versements cesseraient si elle croisait son chemin.

Miles n'avait jamais révélé à ses amis ni à ses associés qu'il était en réalité le fils d'un employé des chemins de fer qui, par chance, était mort avant qu'il ne décroche sa bourse pour Harrow, ni que sa mère était coiffeuse et originaire de Chelmsford dans l'Essex, un comté où il n'avait pas remis les pieds depuis qu'il avait quitté l'école. Même si en vérité, la seule raison pour laquelle il avait obtenu une bourse pour intégrer l'*alma mater* de Winston Churchill était justement ses origines ; l'université de Harrow voulant se faire bien voir du gouvernement travailliste récemment élu.

Il observa autour de lui la petite assemblée près de la tombe. Miles ne reconnaissait personne alors que tous savaient qui il était.

Pendant le service funéraire, trois gardiens de prison étaient restés assis derrière lui pendant qu'un autre était posté au seuil de l'église. Ils lui avaient retiré les menottes juste avant de l'accompagner à l'intérieur, et cela contre une somme rondelette. Ils firent de leur mieux pour se fondre dans le décor lorsque lui se mêla aux autres pour assister à l'inhumation. Les gardiens portaient des costumes de couleur sombre, des cravates noires et des imperméables mal taillés, si bien que tout le monde savait qui ils étaient. Au moins, avaient-ils eu la décence de rester légèrement en retrait pendant la mise en terre. Un hélicoptère de la police survolait les lieux ; le ronflement de son moteur noyait presque les paroles du prêtre.

— La poussière à la poussière...

Le prêtre donnait la dernière bénédiction quand une camionnette Transit blanche qui roulait au pas franchit les grilles de l'entrée à l'autre bout du cimetière. Un des surveillants pénitentiaires observa la camionnette tandis qu'elle passait lourdement devant eux pour s'arrêter quelques mètres plus loin. Une pancarte avec de grosses lettres noires sur le flanc du véhicule annonçait :

Desmond Leach & Fils
Tailleurs de pierre et graveurs
Maison fondée en 1963

L'intérêt du gardien en chef fut piqué lorsque le conducteur sauta du véhicule, gagna l'arrière et en ouvrit les portières. Peu après un homme plus jeune le rejoignit et monta à l'arrière. Les quatre surveillants observaient maintenant avec attention ce qu'il se passait. Ils virent le plus jeune sortir tant bien que mal une pierre tombale de la fourgonnette. Le plus âgé vint l'aider et ensemble ils traînèrent la lourde stèle à l'autre bout du cimetière.

Ils reportèrent leur attention sur Miles Faulkner, qui gardait la tête baissée devant le cercueil qu'on descendait. Le prêtre fit le signe de croix et, alors que la première poignée de terre était jetée sur le cercueil, trois motos 750 cm^3 jaillirent de l'arrière de la camionnette. Quelques secondes plus tard, elles s'arrêtèrent dans un dérapage près des tombes, moteur ronflant.

Le surveillant en chef ne bougea pas : il savait ce qui allait se passer dans les trente secondes à venir. Le prisonnier pivota et se mit à courir vers la moto du milieu, la seule sans passager. Les trois pilotes portaient des tenues en cuir similaires et des casques noirs à la visière descendue. Les deux passagers, sur la première et la troisième moto, étaient vêtus de costumes anthracite, avec une chemise blanche et une cravate noire, identiques à la tenue de Faulkner.

Celui-ci sauta sur le siège de la moto du milieu, attrapa le casque qu'on lui tendait d'une main et s'agrippa à la taille du motard de l'autre. Il cria « Allez ! » Un des jeunes gardiens bondit vers eux tandis que la moto s'élançait, mais une seconde trop tard. Il fit une roulade et faillit terminer sa course dans la tombe.

Le surveillant en chef étouffa un rire tandis que les motos zigzaguaient entre les pierres tombales vers l'entrée piétonnière à moitié dissimulée qui donnait sur une rue animée. Puis il se dirigea d'un pas rapide, mais pas trop, vers sa voiture, y monta et aboya un ordre. Le chauffeur partit en direction de l'entrée principale tout en sachant que c'était peine perdue : le temps qu'ils rejoignent la rue, les motos seraient déjà loin. En revanche, les deux officiers dans l'hélicoptère avaient assisté à toute la scène. Le gardien conciliant avait prévenu Faulkner qu'il n'avait aucun contrôle sur eux.

Le pilote de l'hélicoptère vira sur le côté et descendit vers les trois motos, suivant leur progression de près, pendant que son collègue contactait par radio le centre de commandement à New Scotland Yard pour les informer de l'événement. Peu après, toutes les voitures de patrouille dans un rayon de huit kilomètres étaient en état d'alerte et suivaient les indications de l'hélicoptère ; cela aussi, les motards l'avaient anticipé.

Arrivées au carrefour principal, les motos exécutèrent ce qu'on appelle « le coup du jeu de cartes ». Toutes les cinq secondes, elles échangeaient leur place, jusqu'à ce que le pilote de l'hélicoptère soit incapable de dire sur laquelle se trouvait Faulkner.

À l'approche de l'intersection suivante, le premier motard tourna à gauche, le deuxième à droite et le troisième continua tout droit.

Le pilote décida de suivre la moto qui roulait en direction de l'autoroute et transmit à Scotland Yard les localisations exactes des deux autres et la direction qu'elles prenaient. La police eut de la chance. La première voiture de patrouille repéra la moto qui était allée tout droit et arrivait sur elle. Dans la voiture, le conducteur enclencha la sirène, fit demi-tour et se lança à la poursuite du suspect qui, à sa grande surprise, ralentit et s'arrêta le long du trottoir. Les deux policiers descendirent de véhicule et approchèrent avec prudence des suspects.

Le pilote avait ôté son casque bien avant que les deux officiers ne le rejoignent mais c'était le passager qui les intéressait. Le casque fut retiré lentement et un sourire charmant apparut.

— En quoi puis-je vous aider, officiers ? demanda la jeune femme.

Sur l'autoroute, la deuxième moto roula sur la voie extérieure et mit les gaz, dépassant rapidement les cent soixante kilomètres à l'heure ; l'hélicoptère la suivait depuis les airs. Lorsque le conducteur entendit la sirène, il regarda dans son rétroviseur et vit une voiture de police qui se rapprochait derrière lui. Il ralentit, changea de voie et prit la première sortie où il fut accueilli par trois véhicules de patrouille qui bloquaient la bretelle.

Cette fois, la moto se retrouva encerclée par une douzaine d'officiers dont deux armés. Le conducteur ôta son casque et dit :

— Je ne crois pas avoir dépassé la vitesse autorisée, monsieur l'agent.

— Ce n'est pas vous que nous voulons, aboya l'un des policiers en remontant la visière du casque du passager.

Il ne retrouva nez à nez avec un adolescent qui lança en riant :

— Si papa, mais ça valait le coup !

La troisième moto ralentit à l'approche d'un tunnel. Une fois hors de vue, elle s'arrêta dans un dérapage, pendant qu'une quatrième prenait le relais et ressortait du souterrain quelques secondes plus tard. Elle tourna à gauche à l'intersection suivante et accéléra dans la direction opposée à l'hélicoptère. Le conducteur avait des instructions précises : les mener par le bout de nez aussi longtemps que possible.

Miles descendit de sa moto et tendit son casque au pilote.

— Attendez encore quinze minutes puis repartez sans vous presser par-là où nous sommes arrivés, ordonna-t-il au moment où une Ford Escort entrait dans le tunnel et s'arrêtait à côté d'eux.

— Bonjour, monsieur, lança le chauffeur en descendant de voiture, comme s'il récupérait son patron devant son bureau.

— Bonjour, Eddie.

Celui-ci lui ouvrit la portière et il monta à l'intérieur.

La Ford Escort ressortit du tunnel peu après et lorsqu'elle arriva à l'intersection, Eddie tourna à droite. Miles regarda par la lunette arrière l'hélicoptère qui s'éloignait.

*

Le commissaire divisionnaire ouvrit un épais dossier.

— D'abord et surtout, Assem Rashidi est, comme vous le savez, bien au chaud entre les murs de Pentonville. Vous serez aussi ravis d'apprendre que sa liberté sous caution lui a été refusée et qu'il va passer les six prochains mois en prison, dans l'attente de son procès. Jusqu'à ce que celui-ci s'ouvre, son avocat est la seule personne autorisée à lui rendre visite.

— Avons-nous des témoins fiables, cette fois ? s'enquit Lamont.

— Le Ministère public va faire comparaître un médecin qui est déjà sous protection policière et qui fournira des preuves détaillées sur les activités de Rashidi.

— Tant mieux, nous ne voulons pas d'un autre Adrian Heath.

— Je peux vous assurer, poursuivit Hawksby, que celui-ci sera mieux protégé que la famille royale. Et même s'il changeait d'avis au dernier moment, nous avons deux autres témoins en réserve, et leurs avocats cherchent aussi à conclure un arrangement pour leur compte.

— Qu'en est-il de la mère de Rashidi ? demanda William.

— Elle s'est barricadée chez elle dans les Boltons, répondit Jackie. Elle n'ouvre à personne.

— Qui pourrait lui en vouloir ? Ce doit être un choc terrible de découvrir que son fils unique est un baron de la drogue notoire et pas le directeur respectable d'une société d'importation de thé.

— Ironique, plutôt, commenta le commissaire divisionnaire. S'il ne l'avait pas serrée dans ses bras sur le seuil de sa maison ce fameux vendredi, nous n'aurions jamais pu l'identifier.

— Elle a trahi son seul enfant, ajouta William. Mais contrairement à Judas, elle n'en avait pas l'intention.

Le commissaire divisionnaire tourna une feuille.

— Au total, vingt-sept autres suspects ont été arrêtés et inculpés, y compris Marlboro Man et quatre des proches associés de Rashidi. L'un d'eux, comme je le disais, vide son sac. Et cerise sur le gâteau, Jackie a arrêté un autre coursier qui est arrivé après la descente avec suffisamment de sachets de cocaïne sur lui pour s'assurer un séjour à Pentonville avec ses copains.

— Certains ont-ils réussi à s'échapper ? demanda William.

— Grâce au travail du charpentier et aux agents du contre-terrorisme, c'est peu probable. Mais trois de ceux qui ont été arrêtés ont été relâchés sous caution et menacent maintenant de poursuivre la police.

— Laissez-moi deviner, dit William. Les trois guetteurs ?

— De quoi nous accusent-ils ? demanda Lamont.

— Ils prétendent qu'ils rentraient tranquillement chez eux après avoir bu un verre au pub quand ils ont été attaqués, sans provocation de leur part, par des policiers. Leur avocat menace de nous poursuivre pour arrestation abusive et brutalité policière.

— Oh, par pitié ! s'exclama Lamont.

— Mais si nous acceptons d'abandonner les charges contre eux, ils en resteront là.

— Ce qui signifie qu'ils doivent avoir un casier chargé, intervint Jackie.

— Vous avez raison, confirma Hawksby. Mais franchement, ils sont tout en bas de la chaîne alimentaire. Cette fois, nous avons coincé le requin, alors je pense qu'on peut laisser filer le menu fretin.

— Et le quatrième guetteur ? demanda Lamont.

— Il était complètement défoncé, répondit le commissaire divisionnaire. Il devrait être à l'hôpital, pas en prison.

— Et Donoghue ? s'enquit William.

— Il a été inculpé d'agression envers un officier de police. La liberté sous caution lui a été refusée et avec ses antécédents, il risque de quatre à six ans.

Ils tapèrent sur la table pendant plusieurs secondes.

— J'ai une mauvaise nouvelle à vous apprendre, cependant, reprit Hawksby. Le jeune agent qui a presque réussi à arrêter Donoghue et a pu lui prendre sa radio a été gravement blessé et il se pourrait qu'il ne remarche plus jamais.

— Avec une pension de simple agent, se lamenta William. Finir comme une autre statistique dans un rapport interne et oublié par le public en quelques jours. Il devrait recevoir l'un de ces trois sacs remplis de billets. C'est le moins qu'il mérite.

— Deux sacs, intervint Lamont. Le troisième était vide, sûrement en attendant d'être rempli avec le reste de la recette de la nuit.

— Je n'ai pas ouvert les trois sacs, insista William en regardant Lamont droit dans les yeux. Mais quand j'ai soulevé le troisième, j'aurais juré qu'il était aussi lourd que les deux autres.

Un silence embarrassé tomba autour de la table.

— Vous vous trompez, brigadier Warwick, finit par répliquer Lamont d'un ton ferme. Il était vide, ainsi que le confirmera l'agent Roycroft.

Jackie hocha la tête sans conviction mais ne répondit pas.

— Marlboro Man n'est peut-être pas le seul à espérer de longues vacances au soleil, fit remarquer William, incapable de se retenir plus longtemps.

— Surveillez vos propos, petit gars ! s'écria Lamont. Je vous ai déjà dit qu'il n'y avait rien dans le troisième sac, alors restez-en là.

— Messieurs, messieurs, intervint le commissaire divisionnaire. Ce n'est pas ainsi que des collègues doivent se comporter après une telle victoire.

— Sauf si l'un d'eux s'est aussi mal conduit que les criminels, rétorqua William en fixant toujours Lamont.

Le commissaire se leva de sa chaise, serra le poing et se pencha d'un air menaçant par-dessus la table. Un coup fut frappé à la porte à cet instant et la secrétaire de Hawksby se précipita à l'intérieur.

— Le moment est mal choisi, Angela, dit le commissaire divisionnaire.

— C'est juste que M. Knox vient de téléphoner du Fitzmolean pour prévenir que la femme du brigadier Warwick avait été transportée à l'hôpital.

William sauta sur ses pieds.

— Quel hôpital ?

— Chelsea et Westminter.

Elle ajouta ensuite :

— Et il y a eu un autre appel qui devrait tous vous intéresser…

Mais William était déjà sorti du bureau et il n'entendit pas la suite.

Il courut dans le couloir, dévala l'escalier et jaillit dans la rue où il héla le premier taxi qu'il vit.

*

Les phares d'une voiture illuminèrent la surface de l'eau mais un instant seulement avant d'être éteints.

Le capitaine donna l'ordre de baisser le canot de sauvetage. Peu après, lui et un jeune matelot montaient à bord d'un bateau à moteur. Ils voguèrent en direction de la côte, le navigateur les guidant à travers un étroit bras de mer – pas pour la première fois – tandis que le capitaine scrutait les eaux à la recherche de tout ce qui ne devrait pas s'y trouver. Deux mouettes crièrent au-dessus de leurs têtes, appréciant la compagnie, alors qu'un troupeau de moutons sur la colline avoisinante ne leur prêtait aucune attention.

Il le vit sur la plage.

Le capitaine ajusta son cap et se dirigea vers le rivage.

*

— Où va-t-on, chef ?

— L'hôpital Chelsea et Westminster, répondit William. Je suis déjà en retard.

Même Danny aurait été impressionné par la connaissance des ruelles et chemins de traverse qu'avait le chauffeur de taxi qui conduisit son passager à l'hôpital en un temps record.

— Vous allez avoir un bébé, c'est ça ? demanda le chauffeur quand William lui tendit un billet de cinq livres.

— Deux en fait. Comment avez-vous deviné ?

— « Je suis déjà en retard » était le premier indice. Et l'expression sur votre visage a été la confirmation.

William allait lui dire de garder la monnaie mais le chauffeur de taxi lui rendit son billet.

— C'est pour moi, chef. Et si vous connaissez ceux qui ont coincé ces ordures hier soir, félicitez-les de ma part.

— Sans faute.

William se précipita dans l'hôpital et courut droit vers l'accueil.

— Warwick, Beth Warwick ! lança-t-il à l'infirmière derrière le comptoir. Je suis son mari.

Elle consulta son écran avant de répondre :

— Service Cavell, quatrième étage, chambre trois. Bonne chance !

William évita la foule qui attendait l'ascenseur, sachant que dans les hôpitaux ils étaient particulièrement lents. Il prit l'escalier et gravit les marches deux par deux. Arrivé au quatrième étage, il était à bout de souffle. Une infirmière l'attendait dans le couloir, un porte-bloc à la main.

— J'espère que ce qui vous a retenu était important, monsieur Warwick. Parce que votre femme vient de donner naissance à des jumeaux.

William se mit à bondir de joie.

— Des garçons ? Des filles ? Un de chaque ? demanda-t-il quand il eut repris ses esprits.

— Une petite fille, deux kilos huit cents. Elle est née la première. Et un garçon, deux kilos sept cent cinquante l'a suivie, comme il le fera sans doute toute sa vie, annonça l'infirmière avec un sourire.

— Et Beth, comment va-t-elle ?

— Venez avec moi et vous le verrez par vous-même. Mais ne restez pas trop longtemps, votre femme est épuisée, monsieur Warwick, il faut qu'elle se repose.

Elle guida William dans un service où il retrouva Beth assise sur un lit, un bébé dans chaque bras.

— Tu es en retard, dit-elle.

— Et toi en avance, répondit William.

— Désolée. Mais sur la fin, ils étaient plutôt pressés de sortir. Ils doivent tenir cela de toi. Je vous présente papa, ajouta-t-elle avec un regard d'adoration sur les jumeaux. Qui a déjà raté l'événement le plus important. Il pense qu'il est sur terre pour sauver le monde, une sorte de Superman moderne. C'est pour cela qu'il a raté la deuxième décision la plus importante de votre vie.

— Et quelle est-elle, Superwoman ? demanda William en les prenant tous les trois dans ses bras.

— Nous avons eu une discussion très sérieuse sur les prénoms, lui apprit Beth en lui tendant un des bébés.

— Et quels noms avez-vous choisis tous les trois en mon absence ?

— Pour ton fils, Peter Paul.

— Rubens, dit William. Je valide. Mais sera-t-il un artiste ou un diplomate ?

— Tant qu'il n'est pas policier, je m'en fiche.

— Et sa sœur ?

— Artemisia.

— Gentileschi ? Un génie, une femme en avance sur son époque !

— Et plus important, elle avait un père qui reconnaissait son talent et l'encourageait à s'en servir. Alors attention à toi.

— Bonjour, Artemisia, murmura William en lui caressant le nez.

— Bien essayé, mais c'est Peter Paul que tu tiens. Et qui aimerait savoir si tu as réfléchi à l'idée de postuler au Fitzmolean ? Les candidatures seront closes à la fin de la semaine, m'a rappelé le directeur.

— Tu peux dire à Tim que j'y ai très sérieusement réfléchi ces derniers temps, répondit William tout bas.

Beth prit un air perplexe.

— Pourquoi récemment ?

— Nous avons un flic véreux dans notre équipe et l'un de nous doit partir.

— Pourquoi cela devrait-il être toi ? Tu n'as rien fait de mal.

— Je refuse de fermer les yeux et c'est ce que je devrai faire si je décide de rester dans la police.

— Comme c'est dommage, murmura Beth comme pour elle-même.

— Je pensais que tu serais ravie d'apprendre que j'envisageais d'arrêter.

— Je le suis. Mais je ne voudrais pas me réveiller chaque matin à côté d'un homme des cavernes mécontent, surtout maintenant que les médias affirment que tu es en lice pour devenir le plus jeune inspecteur de toute l'histoire de la Met !

— Mais à quel prix ?

— Tu devrais peut-être en discuter avec ton père avant de prendre une décision que tu pourrais regretter plus tard.

— Ce qu'il m'a dit presque mot pour mot ! Mais je ne vois pas ce qui pourrait me faire changer d'avis.

Artemisia se mit à gémir, bientôt suivie par Peter Paul.

Achevé d'imprimer par
Normandie Roto Impression s.a.s.
N° d'impression : 2102080
Imprimé en France

— À l'évidence, ils vont œuvrer en tandem pour attirer notre attention, fit remarquer Beth.

William et elle confièrent les jumeaux à la sage-femme qui les apaisa rapidement avant de les recoucher dans leur berceau.

— Il serait peut-être temps que votre femme se repose, suggéra-t-elle avant de quitter la chambre.

— Mais pas avant d'avoir vérifié si les journalistes t'ont déjà oublié, dit Beth en allumant le poste de télévision au moment où un bus à impériale rouge disparaissait sur un côté de l'écran.

— Je suppose que nous ne te verrons plus aux infos, soupira-t-elle.

Elle allait éteindre quand le présentateur annonça :

— Information de dernière minute : un prisonnier s'est échappé du pénitencier de Pentonville.

Le portrait de Miles Faulkner envahit l'écran.

Remerciements

Pour leurs précieux conseils et leur grande expertise, mes remerciements à : Simon Bainbridge, Maître Jonathan Caplan (Queen's Counsel – avocat de la Couronne), Vicki Mellor, Alison Prince, Catherine Richards, Marcus Rutherford, Jonathan Ticehurst, Johnny Van Haeften.

Je remercie tout particulièrement le brigadier Michelle Roycroft (à la retraite), le commissaire principal John Sutherland (à la retraite), et le commissaire Robin Bhairam, médaillé de la police de la Reine (à la retraite).

Domaine français

Catherine Bardon
Un invincible été

Fabienne Betting
La Théorie des poignées de main

Nicole Giroud
Par la fenêtre

Caroline Laurent
Rivage de la colère

Ivan Nabokov et Philippe Aronson
La Vie, les gens & autres effets secondaires

Grégory Nicolas
Les Fils du pêcheur

Anne de Rochas
La Femme qui reste

Akli Tadjer
D'amour et de guerre

Pour en savoir plus sur l'actualité des Escales,
vous pouvez consulter notre site Internet
www.lesescales.fr
et nous suivre sur les réseaux sociaux

Editions Les Escales

@LesEscales

@LesEscales

MIXTE
Papier issu de
sources responsables
FSC® C003309

L'éditeur de cet ouvrage s'engage dans une démarche de certification FSC® qui contribue à la préservation des forêts pour les générations futures.

Pour en savoir plus :
www.editis.com/engagement-rse/